庫

三楽の犬

佐藤恵秋

徳間書店

目次

序章　歩立《かちだち》の達者

降り続いていた春の長雨が通り過ぎていく。
その夜は武蔵野《むさしの》に煌々《こうこう》と連なる炎の輪が際立って見えた。
関東管領《かんとうかんれい》軍八万包囲陣の篝火《かがりび》である。

城南　関東管領上杉憲政《うえすぎのりまさ》　上野箕輪《こうずけみのわ》城主長野業正《ながのなりまさ》
城西　扇谷上杉朝定《おうぎがやつうえすぎともさだ》　武蔵《むさし》守護代大石定久《おおいしさだひさ》　武蔵忍《おし》城主成田長泰《なりたながやす》
城東　古河公方足利晴氏《こがくぼうあしかがはるうじ》　常陸小田政治《ひたちおだまさはる》
城北　武蔵松山《まつやま》城主難波田憲重《なんばだのりしげ》　与力太田資正《おおたすけまさ》

二百町にも及ぶ火輪の円心にぽつりと焔立《ほむらた》つ。攻め囲まれた河越《かわごえ》城の将兵は三千、そこに立つ篝火は正に風前の灯《ともしび》にも見えた。
関東管領軍は古河公方足利晴氏、関東管領山内《やまのうち》上杉憲政、扇谷上杉朝定、関東に幅を

利かせる時の権門の呼び掛けに応じて参集し、北条の武蔵侵食を抑えるべく、まずは河越城を奪い返さんとしていた。

戦いが始まった頃は秋が深まり、日に日に寒くなっていく時分だった。それから七ヶ月、河越城は陽気が暖かくなっても持ち堪《こた》えている。

「地黄八幡《じおうはちまん》か」

男子《おのこ》は城将、北条綱成《ほうじょうつなしげ》の他国にも鳴り響く異名を口にし、敵ながら天晴《あっぱ》れな健闘に感嘆するばかりだった。清んだ瞳を凝《こ》らし、河越城を遠く望んでいる。

「私も肖《あやか》りたい」

どんな形でも良いから、この戦《いくさ》に加わり、強敵の力を体感したかった。血が沸き躍る。

太田犬之助《けんのすけ》はまだ十三歳と若いが、攻囲軍、難波田憲重の軍勢に加わり、その属将で二十五歳にして、関東に智謀を知られた太田資正の下で働いていた。犬之助と資正は同じく太田一族で少し遠いが、縁続きである。

「確かに北条左衛門大夫《さえもんのたいふ》（綱成）は戦上手だ。そして、入間《いるま》川を越えないと辿《たど》り着けないことから河越と呼ばれるようになったとも言われているこの地は、その入間川に加え、赤間《あかま》川（現新河岸《しんがし》川）、越辺《おっぺ》川が北に流れ、南には遊女《よな》川を天然の濠《ほり》とする要害だ」

背後から声を掛けたのは資正だった。

犬之助は振り向き、

「源五《げんご》様」

と、気付き、右片膝を付いて会釈《えしゃく》する。

「畏《かしこ》まらなくて良い」

源五郎資正は偉ぶらない。

犬之助は恐れ入りながら立ち上がった。

資正は身の丈五尺六寸（約百七十糎《センチ》）の犬之助よりやや背が高い。まだ若いが、落ち着いた雰囲気を醸《かも》し出していた。

犬之助を使番《つかいばん》として重用し、時に斥候《せっこう》も任せている。

今、河越城を見据えて、

「確かに名将が守る河越城は難攻不落だが……」

それはわかっているが、

「落ちぬのは寄せ手が城方を侮《あなど》っているからだ」

この戦いの本質を指摘した。

犬之助も同感だが、若輩としては発言を控《ひか》えている。少し話を変えて、

「相模守《さがみのかみ》（北条氏康《うじやす》）は関東管領様が本陣を据える砂窪から一里余南の三ツ木まで四度、出張り、入間川南岸に手勢を進めもしましたが、此方《こちら》が追い払いに掛かると、一戦にも及

ばず、灰を散らしたように逃げ去りました。然様《さよう》な体《てい》たらく故、相模守より和議の申し出があったと聞きます。和議となれば、血を見ずに戦は終わりましょう」

そのことに触れた。

「確かに、そのような扱いは来ている。が、真《まこと》であればな。これまで押さえた武蔵の諸所は全て返すと言うているようだが、一時の方便のようにしか思えぬ。関東管領軍には敵《かな》わぬと、恐れを為《な》して逃げるは、此方に侮りを与えるためとも見える」

資正は疑っている。

「ど、どういうことでしょう」

犬之助は意味を測りかねた。

「相模守は将兵の命を助ければ、城を明け渡すと言いながら、愚図愚図《ぐずぐず》と勿体《もったい》を付けている。時を稼ぎ、此方に隙《すき》が生まれる機を狙《ねら》っているような気がする」

資正の読みは鋭い。

「御上《おかみ》には仰《おお》せになったのですか」

関東管領上杉憲政のことだ。

「申し上げた。が、此方は八万の軍勢ぞ、生半《なまなか》の攻め手は通じぬ。その上、駿河《するが》の今川に背後を脅かされていたら、仕掛けようがなかろう、と取り合わない」

「源五様はどうなされるのですか」

「犬之助、北条の間者が紛れ込んでいるかも知れぬ。敵陣のみならず此方の陣にも目を凝らせ。特に南方だ。相模守は小田原《おだわら》から此方の隙を窺《うかが》っている」

「はい」

犬之助は資正の信任に応《こた》えたい。気を引き締めて本分を尽くす。

「城南は関東管領本陣、その中には長野信濃守《しなののかみ》様がいらしたな」

資正は思い付く。

「信濃守様は上州の黄斑《おうはん》と称《たた》えられる強将だ。北条の動きに目を光らせているだろう。書状を認《したた》めよう」

すらすらと書状を認め、犬之助に手渡し、

「これを長野信濃守様に渡せ」

と、言い付けた。


長野信濃守業正の軍勢は上杉憲政の与力として河越城の南方に陣取っている。

犬之助は太田資正の遣《つか》いとして業正に目通りを願い、許された。

業正は五十路《いそじ》半ばではあるが、精悍《せいかん》で眼光も鋭く、体軀《たいく》も引き締まっている。床机《しょうぎ》に腰を据え、書状に目を通す。

その前に犬之助は右片膝を付いて畏まっていた。

業正は顔を上げる。犬之助を見据えて片頰を歪《ゆが》め、

「さすがは太田道灌《どうかん》殿の御曾孫《ごそうそん》だ。源五は目がある」

と、褒《ほ》めた。

そして、

「我が陣の南方を見回ることを許して欲しいとあるが、其方《そなた》はここへ留まるが良い。儂《わし》も相模守が隙を狙っていると思っている。共に北条に目を光らせよう。其方が見聞きしたことをまず儂に知らせよ。儂から源五に遣いを出せば、二度手間にならぬ。このこと源五も承知だ」

と、言ってくれた。

「有り難き幸せ」

犬之助は業正の懐《ふところ》の広さに感じ入る。

犬之助は雑兵《ぞうひょう》まで全ての人物を知り置くことは適《かな》わないが、妙な動きをする者に目を光らせた。

（此奴《こやつ》は）

一人の小男に気付く。どこにでもいそうな男で目立たないため上杉の将兵は気にも留めず、何気なく陣中を歩いているが、瞳は左右に忙《せわ》しなく動いている。

それを犬之助は見逃さない。

（昨夜も陣中をうろついていたな）

憶《おぼ》えていた。

近付き、

「お前はここの持ち場ではなかろう。夜毎《よごと》、何をしている」

と、問い質《ただ》す。

すると、曲者《くせもの》はいきなり犬之助を突き飛ばし、駆け出した。

「わっ」

犬之助は不意を衝《つ》かれ、尻餅《しりもち》を付く。

曲者は足が速い。もう二十五間（約四十五米《メートル》）先を逃げていた。

「逃がすか」

犬之助は立ち上がり、不審者を追い掛ける。

曲者は加速し、忽《たちま》ち上杉陣から遠ざかっていく。

ところが、犬之助はもっと速かった。見る見る差が詰まっていく。

曲者が逃げ、犬之助が追い続けて五里、農村の畦道《あぜみち》でも逃げ脚の速度は落ちない。二十五間あった差が瞬《またた》く間に十間まで縮まっていた。

曲者は農家へ駆け込む。

馬がいた。小太刀を手にして繋留綱《けいりゅうづな》を断つ。然《そ》して、馬に跳び乗り、駆け去る。

「しめた」

犬之助が如何《いか》に俊足でも馬には敵わない。

「くそ」

地団駄《じだんだ》を踏んで悔しがった。

犬之助は上杉陣に戻り、業正に、

「申し訳ございません。取り逃がしました」

と、報告し、詫《わ》びる。

「曲者を見付けただけでも功がある」

業正は寛容だった。

「恐らく其奴《そやつ》は風魔小太郎《ふうまこたろう》配下随一の健脚、二曲輪猪助《にのくるわのいすけ》であろう。その韋駄天《いだてん》でも犬之助には敵わなかったか。さすがは早駆けの名人、歩立の達者と称されるだけのことはある」

と、愉快そうに笑う。

名将に褒められて、犬之助は嬉《うれ》しかった。が、

「駆け競いに負けそうになって馬を使うとは」

悔しくて仕方なく、卑怯《ひきょう》を詰《なじ》る。

業正は右手で、ぽん、ぽん、と犬之助の肩を叩《たた》き、

「嘲笑《あざけ》ってやれ」

と、言った。

「懐紙と矢立」

小姓に言い付ける。

そして、懐紙と矢立を手に取ると、すらすら書き綴《つづ》った。

「これを数多《あまた》に写し書いて、北条領に撒《ま》け」

と、言って、犬之助に差し渡す。

数日後――
北条領の彼方此方《あちこち》に、

駆り出され逃げし猪助は卑怯者　よくも太田（追うた）が犬之助かな

という落首が散らばっていた。

二曲輪猪助は面目を失った。

第一章　河越夜戦《かわごえよいくさ》

一

関東管領軍は相変わらず八万の多勢を恃《たの》み、三千ばかりでしかない河越城の北条勢を侮って士気が上がらない。

城内へ突入を試みたこともあった。

しかし、失敗《しくじ》った。

河越城は道灌懸《が》かりと呼ばれる連郭の縄張りで子城、中城、外城の曲輪《くるわ》を連ね、周囲に高さ二間程の土塁を築いている。曲輪の間には濠を巡らし、飛橋で繋《つな》ぎ、各々入口には土橋、引き橋、食い違い虎口や横矢懸かりなどの仕掛けを施していた。

敵勢に城内を侵されても中城に拠《よ》って阻止することができる。

それ以来、関東管領軍諸勢のほとんどは敢《あ》えて攻めて損耗するのを嫌い、仕掛けようとしない。

城内突入を試みて撃退させられたにもかかわず、首班の関東管領、上杉憲政は、

「今川が北条に侵された河東（駿河東部）を奪い返しに掛かっている。今、北条に此方へ兵を出す余裕などない」

と、援軍なしと思い込んでいる。

氏康が武蔵にまで出張っても、

「専守防衛が関の山であろう。相模守は幾度も入間川の南に現われながら此方の大軍に恐れを為して這《ほ》う這《ほ》うの体で逃げ去っている。援軍はない。我らが軍勢に敵なし。北条など取るに足らぬ」

と、豪語し、驕《おご》っていた。確かに、そうであり、

「城を十重二十重《とえはたえ》に囲み、糧道も断っている。城方はいずれ飢えて降参するに違いない」

自軍の備えに満足し、高を括《くく》っている。

この懈怠《けたい》を長野業正は危ぶんでいる。

関東管領軍諸勢を見渡し、

「付け入る隙があり過ぎだな」

犬之助を相手に憂慮を口にした。

「風魔を忍び込ませるとは、相模守は必ず奇襲を狙っている」

と、業正は読む。

「北条相模守が奇襲を掛けようとしても、駿河の今川にも備えねばならず、割ける人数は精々一万が良いところであろう。対して、此方は八万を数える。これに仕掛けるとなれば、どう見る」

教え諭すように意見を訊《き》く。犬之助の眼力を育て、配下の能力の底上げを図《はか》ろうとしていた。

犬之助は考える。

(寡兵《かへい》で多勢に挑むには……)

結論は、

「夜討ちでございましょうか」

であり、

「その通りだ」

業正の望んだ通りの応えだった。

満足そうに頷《うなず》き、然《さ》れば、

「このことは其方と儂の選んだ数人にしか話していない。努々《ゆめゆめ》北条の間者、また、北条に通じている者に気取られぬよう、耳目を鋭くせよ」

と、命じる。

「畏まりました」

犬之助は気を引き締めて直ちに任務へ向かった。

関東管領軍諸勢を見渡せば、相変わらず、

(弛《ゆる》んでいるな)

犬之助は嘆息する。

中でも、

(上野甘楽《かんら》の小幡信竜斎《おばたしんりゅうさい》は信濃守様の娘婿だが、御上の締まりのなさに嫌気が差しているようだ)

業正の女婿、小幡憲重《のりしげ》の動向が気に掛かった。

(武蔵守護代の大石源左衛門《げんざえもん》も気が入っていない)

上杉憲政の重臣、大石定久でさえ戦意がない。

(これで河越城を落とせるのか)

甚だ疑わしかった。

(真に御上のため参陣しているのは武蔵松山の難波田弾正少弼《だんじょうしょうひつ》様、常陸の小田左京大夫《さきょうたいふ》様、そして我が主家の太田源五郎様くらいなものだ)

手に取るようにわかる。せめてもの救いで、太田一族の主《あるじ》、源五郎資正の関東管領を支えて揺るがぬ心意気は嬉しかった。

（信濃守様の仰せの如く北条相模守の付け入る隙は十分過ぎるほどある）

心が重く、憂鬱《ゆううつ》にもなる。

仔細《しさい》を業正に報告した。

「まあ劣勢にならぬ限り北条に傾くことはあるまい」

諸将が惰性で滞陣し、日和見《ひよりみ》している本質を言い当てている。

「劣勢になった時、一気に崩れる恐れがある。それこそ相模守の奇襲ぞ。だが、相模の小田原から武蔵の河越まで三十里（百二十粁《キロ》）近くもある。一気に軍勢を駆け通すこともできなくはないが、兵が疲れて戦にならぬ。どこかに中継ぎが欲しいところだ」

「繋ぎの城ですか」

犬之助も察しが良かった。

「そうだ。武蔵のうち近隣の城に目を光らせろ」

業正は負の要因を潰しに掛かる。

業正は武蔵各所に物見を放っていた。

河越城以南に岡《おか》城、滝《たき》ノ城、根古屋《ねこや》城、山口《やまぐち》城、勝沼《かつぬま》城、二宮《にのみや》城、高月《たかつき》城、滝山《たきやま》城、平《ひら》山《やま》城などがある。

　ほとんどが大石家の縄張りだった。

　大石家当主、定久は武蔵守護代であり、関東管領軍の河越城攻囲陣に加わっている。

　北条方の城と言えば、

「岡だ」

　と、業正は睨《にら》んだ。

　岡城は河越城の東南四里、太田一族、康資《やすすけ》の居館である。康資の父の資高は北条の先代、氏綱《うじつな》の娘を室とし、江戸城代を務めていた。つまり康資は北条家当主、氏康とは伯父・甥の関係になる。

　業正は犬之助たち物見衆を呼び、

「岡を張れ」

　と、命じた。

　犬之助の顔が曇る。

（岩付の太田は関東管領方、江戸の太田は北条方）

　一族が割れていることに気が滅入った。

　ともあれ、江戸太田家が北条方であることは疑いなく、

（江戸から岡へは六里、そして、岡から河越は四里、中継ぎとしてはこの上もない）

　地の利を活かさぬ手はないと読めた。

犬之助は岡へ足を延ばす。

農夫を装い、城の周囲を探った。

（さて、張るのは良いが……）

岡は関東平野の西部にあり、見渡す限り平原で身を隠すところが少ない。

ところが、

（この辺りは古《いにしえ》の墓がいくつかある）

古墳が点在し、樹木が鬱蒼《うっそう》と繁っていた。

犬之助は水の入った竹筒と炊き上げた米を天日で乾燥させた干し飯《ほいい》を携えて古墳を覆う樹林の一木の上に潜み、岡城を注視する。

夜になると古墳の樹林からでは見難い。それこそ闇に紛れて城へ近付くことができた。

犬之助は昼も夜も見張り続ける。尿意を催せば、その場で済ませた。

だが、二、三日なら睡眠を取らなくても病むことはないが、平常の感覚が鈍り、見張りなど務まらない。

一日置きに交替した。

犬之助の見張り番の時である。

白昼、

「えっ」
犬之助は目を凝らす。見覚えのある輩《やから》が堂々と岡城から出て来た。
（彼奴《きゃつ》は二曲輪猪助）
憶えている。
河越城を囲む上杉憲政の陣を探りに来ていたことは記憶に新しい。
北条との繋ぎであることは明白だった。

猪助は軽快に平原を駆ける。
犬之助は猪助を付けた。気取られないよう二十間の距離を取り追う。
猪助は西北西へ向かっていた。
（河越の方角でもない。どういうことだ）
犬之助は訝《いぶか》る。が、悩んでいる間はない。とにかく、追った。
猪助は走り続ける。
（もう一刻《いっとき》は走っている。どこまで行く気だ）
犬之助は呆《あき》れつつも追い続けた。
（あれは？）
遠目に城砦《じょうさい》を認める。

（西へ十里ほどか。ならば……）
犬之助は知識を手繰った。
（滝山）
河越城を囲む関東管領軍の一角、武蔵守護代、大石定久の居城である。
（まさか）
と、大石家の寝返りを疑った。が、
（いや、河越の気のない囲みは、それ故か）
得心する。
（ならば、北条の繋ぎの地は岡でなく、滝山か）
そう見抜いた時だった。
「えっ」
犬之助の目の前で猪助が地に伏せる。
刹那《せつな》、数多の矢が飛んで来た。
（罠《わな》か）
犬之助は目を剝《む》き、窮地を覚《さと》る。慌てて避《よ》け、反転した。
矢の雨がまた飛来する。
犬之助は走る。走る。走る。

だが、快足をもってしても全ては避け切れなかった。

「うぐっ」

一本が左足首の腱《けん》に突き刺さる。

激痛が走った。それでも犬之助は懸命に逃げ走る。

目の前に川が見えた。

犬之助は倒れ込むように川に落ち、流されて行く。

二

猪助は相模に戻り、足柄の風間に棲《す》む頭目の風魔小太郎に復命した。

小太郎はその名に似つかわしくない身の丈七尺二寸の体軀を前屈《まえかが》みにして胡坐《あぐら》をかき、黒髭を撫《な》でながら聴き入る。

猪助は、まず、

「関東管領の連中は岡が繋ぎの城と思い込んでいます。現に、長野信濃守の手の者が探りに来ました。関東管領軍の中で物が見えるのは太田源五と長野信濃守くらいなものです。その長野信濃守が岡に目を付けているのですから、他の者共に此方の目論見《もくろみ》が読めるはずもございません」

関東管領軍の抜け目を告げた。

小太郎は、ふん、と鼻で笑い、

「そんなところだろう。が、お前、早駆けで負けた奴がいると言っていたな。其奴《そやつ》はどうした」

わずかな綻《ほころ》びも漏らさず気に掛ける。

「生死は定かでありませんが、足に深傷《ふかで》を負ったは相違なし。玉川（多摩川）に落ちて流され、早急に復命するのは難しいでしょう。最早、厄介な早駆けはいません」

「岡が囮《おとり》で、滝山が真の中継ぎと知るは其奴のみか」

「はい」

「よし、早速、相模守様に知らせよう」

小太郎は巨体を起こし、腰を上げた。

風間と小田原の中間に北条の先代氏綱の室、養珠院《ようじゅいん》が中興した香林寺がある。

本堂の縁側に胡坐をかき、茶を啜《すす》っている偉丈夫は相模の太守、北条氏康だった。

人一倍面長の顔の両頰に刻まれた向こう傷はまだ三十二歳の齢《よわい》ながら氏康の歴戦の武勇を物語っている。

白州には風魔小太郎と二曲輪猪助が片膝付いて控えていた。

この寺で氏康は風魔の摑《つか》んだ情報を報告させる。城内こそ間者が潜入している恐れが多分にあった。明け透けな場こそ間者の入り込む余地がない。

「聴こう」

氏康は耳を傾ける。

小太郎は首を傾けて猪助を見遣り、尖《とが》った顎《あご》をしゃくった。

猪助は頷《うなず》き、

「では」

話し始める。

「まず、河越城を囲む関東管領軍は弛み切っています。特に、主たる古河公方と関東管領が多勢を恃み、小勢の城方を侮り、のうのうと時を費やすばかりです。これでは八万の大軍であろうと、小勢の奇襲でも崩せます」

「そうか。然れど、この小田原から河越まで三十里、一気に河越へ駆け通すことはできぬ。駆け通せても兵は疲れ切り、戦えぬ。繫ぎの場が欲しい」

「弁千代《べんちよ》（福島勝広《くしまかつひろ》）様の調 略《ちょうりゃく》により武蔵守護代は此方の動きを見過ごすと暗に了解しました」

「確かか」

「はい。滝山城主の大石源左衛門（縄周《つなちか》）殿は、関東管領は多勢を持ちながら武蔵の国の半ばまで北条に侵されるとは、相模守を軽輩と侮り、進んで対そうとしなかった。早々に兵を出していればここまで北条に侵されることはなかったであろう。武蔵を統《す》べる大石家としては口惜《くちお》しい限りで、恨みさえする。これは守護代も同じ思いである、と仰せでした」

「そうか。して、弁千代は如何《いか》にしている」

「滝山に留まり、相模守様の御下知あらば、敵中を突破して河越を守る兄上の左衛門大夫（北条綱成）様に日取りを知らせるとのことにございます」

「然様《さよう》か。天晴《あっぱ》れな心掛けだ」

「河越の寄せ手の中で目のある長野信濃守は此方の奇襲があると読んでいます。が、その信濃守でも滝山が通じているとは見えず、罔に目を付けています。罔を張っていた信濃守の細作、太田犬之助を誘い、罠に掛け、仕留めました。生きていたとしても深傷を負い、動けないでしょう。最早、敵に俊敏な耳目はありません。此方《こちら》の目論見は見抜けませぬ」

「よし、一日待て。左衛門佐（松田憲秀）や周防《すおう》（多目元忠《ためもとただ》）に諮《はか》り、日を決めよう。それを滝山の弁千代へ知らせてくれ」

「はっ」

北条の逆襲策戦が動き出した。

氏康は松田憲秀や多目元忠ら宿老を集め、評議を開く。

「河越の関東管領軍に奇襲を掛ける」

厳然と告げた。

「寄せ手は河越が小勢と侮り、士気が上がらず、弛み切っていると聞きます」

勇猛で知られる北条五色備《ごしきぞなえ》の一、黒備《くろぞなえ》の将、多目元忠も情報は摑んでいる。

「然様、小勢でも夜討ちを掛ければ、崩せる」

氏康が自負すれば、

「寄せ手の中で長野信濃守と太田源五は出来物です。これを避け、大本の関東管領上杉勢を攻め崩せば、潰乱《かいらん》するに相違ござらぬ」

と、気を吐くのは赤備《あかぞなえ》の北条綱高《つなたか》であった。

「武蔵守護代を調略し、小田原から河越への繫ぎとして滝山始め諸城を押さえている」

氏康は下準備の万全を伝える。そして、

「駿河の今川への備えもある。連れて行ける兵は八千ばかりだ」

現実を告げた。

「それだけあれば、存分でござる」

元忠は勇ましく応える。

「然れば、四月十七日、此方を発し、滝山を経て、二十日夜半、関東管領上杉を攻める」

氏康の下知に諸将は武者震いした。

猪助は氏康の意を受けて滝山へ駆ける。

一刻駆け、四半刻《しはんとき》休み、また一刻駆け、二十里を二刻余りと驚異的な速さで走破した。

弁千代は滝山の城南、金剛院の坊で猪助を待っている。猪助を見るや、秀麗な顔を強張《こわば》らせ、性急に、

「御屋形様は何と」

と、問い立てた。

猪助は息を整え、

「四月二十日夜半、河越の関東管領上杉の陣を攻める、とのことにございます」

と、告げた。

「そうか。よし、早く兄上に知らせなければ。直ぐ発《た》とう」

弁千代は猪助の一言を聴いただけで居ても立ってもいられない。立ち上がり、急いで装束を脱ぎ捨て具足を着けた。猪助が盗んでおいた上杉勢の具足である。身に着けるやもう飛び出していた。

猪助は閉口しつつも上杉勢の具足を着けて後を追った。

弁千代は猪助のような俊足ではない。馬を飛ばした。

それに猪助が付いて行く。全速でないとはいえ、馬にも付いていく速さに、

「凄《すご》いな」

弁千代も舌を巻いた。

弁千代と猪助は河越に入る。遠目に関東管領軍の包囲陣を認め、弁千代は馬を下りた。木蔭《こかげ》に潜んで夜を待つ。

四月十九日亥《い》ノ刻《こく》（午後十時）過ぎ、関東管領軍は城方の夜襲に備えはしているが、大半の将兵は眠りに就いていた。

その様子を窺う弁千代は、

（よし）

猪助に目配せして駆け出す。

上杉勢の手前一町ほどで速度を落とし、忍び足で近付いて行った。

寄せ手の将兵のほとんどが城を向いている。北条の援軍を警戒する張り番もいるが、大将の憲政の惰気が伝染《うつ》り、気が入っていなかった。

このような見張りを躱《かわ》すことなど忍びの猪助には雑作もない。篝火の作る陰翳《いんえい》に乗じて上杉勢に紛れ込み、弁千代も倣った。

後は陰を這《は》い縫《ぬ》い、河越城へ向かう。

城門に至ると、猪助は小石を包み込んだ北条氏康の花押を記した文を城内へ投げ込んだ。

暫《しばら》くして脇戸《わきど》が開く。弁千代と猪助は素早く中へ入り、脇戸を閉ざした。

弁千代は本丸広間に通される。猪助は郭外に控えた。

城将の綱成が現われ、

「良くぞ、囲みを抜けて来た」

愛すべき弟と再会し、嬉しそうに声を掛ける。

その後から入って来たのは北条一門の長老、幻庵《げんあん》であった。

「弁千代、苦労を掛けた」

と、労《ねぎら》い、頷く。

「関東管領の軍勢は弛み切っています。風魔の忍びの術に従えば、容易《たやす》く入城を果たせました」

弁千代の豪語は決して過信からではなかった。然して、

「御屋形様は明日四月二十日夜半、上杉勢に夜討ちを掛けると仰せです」

と、伝えた。

「おお、そうか」

綱成は目を輝かせる。

果たして、天文《てんぶん》十五年（一五四六）四月二十日夜、北条勢は滝山城下に入り、時を待つ。

酉《とり》ノ刻（午後六時）を回り、陽《ひ》が地平に近付いた頃、氏康は北条の奇襲隊を見渡し、

「これより河越を救済すべく討ち入りを掛ける。皆、勇み、功を上げよ」

と、大音声に鼓舞した。

そして、本隊副将格の北条綱高が、

「皆、具足を外せ」

と、命じる。

十里を迅速に駆け通すため身軽にさせた。

北条勢は相模から武蔵へ北に駆け抜ける。

三

滝山で待ち伏せされ左足に深傷を負った犬之助は玉川に落ち、流され、大神の淵《ふち》に漂着していた。

「うう」

左足の痛みに堪えて陸《おか》に上がり、

「信濃守様に知らせなければ」

使命を全うしようと前を向く。

四月下旬の陽気が幸いした。ずぶ濡《ぬ》れだが、寒さに酷《ひど》く苛《さいな》まれることはない。

駆け出した。しかし、左足が思うように動かない。

それでも懸命に前進し続けた。

速度が上がらない。河越は遥《はる》かに遠い。

気力でただ体を動かした。

漸《よう》く入間まで辿り着く。河越まで三里ばかりである。

陽が落ちて大分経《た》つ。辺りはすっかり暗くなっていた。それでも、

「今、何刻だ」

夜を徹してでも走り続けようと思うのだが、

「もう時がない」

「ね、眠い」

少し動きが鈍った時だった。

背後から人馬の地を蹴《け》る轟音《ごうおん》が近付いて来る。

「まさか」

犬之助は戦慄《せんりつ》した。

人馬の足音が大きくなっていく。そして、軍勢が目の前を通り過ぎて行った。

夜だが、旗指物をしていないことはわかる。

「北条の夜討ちだ」

確信できた。

目が覚める。

「急がなければ」

左足の痛みを堪《こら》えて再び走り出した。

だが、北条勢は駆け去ってしまい、今の犬之助の状態では追い着き、追い越すことなど適うはずもなく、間に合わない。

どうする。犬之助は慌しく思考を巡らせた。が、熟考する余裕はない。

単身、河越に辿り着いても状況を変えることなど不可能だった。

北条勢の奇襲は避けられない。成功すれば、関東管領軍の潰乱は必至だった。

ならば、潰乱を収拾する救援が必要となる。

「援兵を頼もう」

それが最善であった。

「松山は遠い」

資正の屋敷があるが、入間からも河越からも五里よりある。

「それでは間に合わない」

近くの関東管領方を考え、

「坂戸《さかど》の浅羽《あさば》」

と、思い及ぶ。

浅羽は太田資正の家臣である。

「坂戸から河越へは二里半、戦の加勢は間に合わないが、救援はできる」

犬之助は行き先を河越から坂戸に転じ、左足を引き摺《ず》りつつ走った。

速度が上がらない。

「これでは救援を頼むのも間に合わない」

犬之助は焦った。地団駄を踏むように走るうち、

「あれは」

暗いながらも農家の厩《うまや》が目に入る。

「馬か」

犬之助は、

「非道だが、やむなし」

罪悪感を覚えつつも農家の厩を侵した。

案の定、馬がいる。

「許せ」

心で農家に詫び、繋留《けいりゅう》を外して馬に攀《よ》じ乗った。

駆け出す。

「二曲輪のことを言えぬな」

自嘲《じちょう》するも今は脇目も振らず前を向き、突き進んだ。

犬之助は馬力を借りて半刻ほどで浅羽の城へ辿り着く。

城門の脇戸を右手で強く叩き、

「頼もう。太田犬之助でござる」

と、大声で叫んだ。

何度も叩き、何度も叫ぶ。

間から門番が人物を改め、

「確かに」

脇戸を開いた。

「犬之助殿、斯様《かよう》な夜分に何用でござるか」

犬之助は同じく太田資正の配下として浅羽の家来衆も良く知っている。

「北条に河越の関東管領の軍勢への夜討ちの動きあり」

それを告げると、門番は慌てて浅羽家の嫡男、左近に繋いだ。

犬之助は城中に通され、書院で左近を待つ。左足を負傷しているため、胡坐もかけず、端座もできず、行儀は悪いが、脚を前に投げ出して座る。

左近は直ぐに現われた。

「おお、犬之助」

左近も犬之助を知っている。知っているどころか、左近は二歳上で年も近く童《わらべ》の頃は良く遊んだ幼馴染《おさななじみ》だった。犬之助より少し背は高く、きりりとした顔立ちと引き締まった体軀である。犬之助の前に腰を下ろして、

「北条に河越へ夜討ちの動きがあると聴いた」

直截《ちょくせつ》に言った。

犬之助は頷《うなず》き、

「そうだ。滝山の大石が北条に通じ、行軍に手を貸した。夜討ちが功を奏せば、関東管領の軍勢は総崩れする。浅羽家に救いの兵を出してもらえまいか」

切に願う。

「是非もない」

左近は即諾した。そして、

「お主は松山へ行け。私は源五様を連れ戻る」

と、告げる。

「私も行く」

と、犬之助は言うが、

「怪我をしているではないか。それに疲れ切っている。これでは役に立たぬ」

きっぱりと左近は通告した。犬之助の身を思ってのことである。

「良いな。松山で待つのだぞ」

左近は犬之助に言い聞かせ、急ぎ仕度に掛かった。

留守の城に存分な兵を揃《そろ》えられるはずもない。左近は掻《か》き集められるだけ集め、五十ばかりの小勢で発した。

四

四月二十日亥《い》ノ下刻（午後十一時頃）、北条勢は関東管領軍本隊、即《すなわ》ち上杉憲政の陣の後方五町まで迫り、気取られぬよう足音など最小限に落として近付く。

氏康は全兵、徹して軽装にさせた上、白い薄手の着衣を羽織らせていた。

「敵勢に討ち入る際はとにかく此方の人数を多く見せるため動き回れ。戦に及べば、白衣を着ていない敵兵を突き斬《き》り捲《ま》くれ。敵の将兵を討ち取っても、首級取るべからず。その間を惜しめ。その間にさらなる敵勢を討ち取れる」

と、厳命する。敵味方の区別を明確にし、速攻によって関東管領軍に反撃の間を与えない。指図は的確だった。

そして、兵八千を四隊に分けて一隊を多目元忠に任せ、

「戦いが終わるまで動くべからず」

と、命じる。

斯《か》くして、他三隊は氏康自らが率いて時機を待った。

関東管領軍諸将は四度も入間川南岸に及びながら一当たりもできず退散した北条氏康を侮り切っている。駿河の今川が相模の北条を脅かしていることもあり、

「纏《まと》まった兵を出したくても出せぬのだ」

関東管領の上杉憲政など自らの読みに独善《ひとりよがり》していた。

斥候に出ていた二曲輪猪助が氏康の許《もと》へ戻る。

「寝ずの番は処々《ところどころ》に五から十人ほど、関東管領軍諸勢のほとんどは今宵も何もないと気を許し、寝入っています」

と、伝えた。

「然れば、最早、勝つのみ。皆、奮え」

氏康は采《さい》を振る。

北条勢六千はついに駆け出し、河越城を向く関東管領軍の背後から突き入った。

「て、敵襲だっ」

寝ずの番が仰天し、大音声に喚《わめ》いたが、猪助の報告通り関東管領軍諸勢の大半が惰眠を貪《むさぼ》り対応が遅れる。

憲政は首班にもかかわらず、氏康の指図通り忙しなく動き回る北条勢を、

「た、多勢で仕掛けて来た」

と、見誤り、泡を食って逃げを打つ。

北条の加勢は南から襲来する。

「北へ、早う北へ」

憲政は喚き、手勢に指図して関東管領と判る旗を捨てさせ、己が家来衆さえ残して一目散に早、戦場を離脱してしまった。

大将とも言うべき関東管領の上杉憲政に置き去られた諸勢は堪ったものではない。

北条の援軍が南から攻め込んだことで、山内上杉勢は尻《しり》に火が点《つ》き、慌てて逃げたが、城北に陣取る諸勢は何が起こったのか、状況の把握が遅れた。

敗走兵に巻き込まれて漸く、

度はできていたので、逃げ足も早い。

「き、奇襲か」

と、将兵は覚り、命惜しさに逃げ散り、惑う。

副将格の扇谷上杉朝定は気付けば、置き残されていた。家来衆は主さえ構う余裕がない。

城西備えの相方、武蔵守護代大石定久は既に北条へ通じていた。夜襲を見越し退散の仕度はできていたので、逃げ足も早い。

北条方の兵が朝定に槍《やり》を付けてきた。

「わ、我を何人と心得る。従四位下扇谷上杉の修理《しゅり》大夫である。控えろ」

と、朝定は権威をひけらかすが、兵も承知である。有無を言わさず武運拙《つたな》き朝定に槍を突き入れ、難なく討ち取った。

朝定の討死は関東管領軍の潰乱に拍車を掛ける。主将たる関東管領も最早、戦場にいなければ、統率など取れるものではなかった。

しかし、多くが逃げ散ったといえど、関東管領軍の数的優位は変わらない。難波田憲重や長野業正、太田資正という良将もいれば、手勢を纏めて陣中に入り込み過ぎている氏康の軍勢を叩きに掛かり、形勢逆転の目もあり得る。

(敵陣に入り込み過ぎている)

北条援軍別働隊の多目元忠は氏康の勢い余った敵陣突入を危ぶんだ。

「法螺《ほら》を吹け」

と、兵に命じる。

乱戦の中、法螺の音が轟《とどろ》く。

（おっと）

氏康は自らの勇み足を察した。無理な進撃を思い止まる。

これで関東管領軍は息をつくが、攻め手を緩めたところで、

「すわ、討って出るぞ」

急転、城将の北条綱成が突撃を決した。

「勝った、勝ったあ」

地黄八幡《じおうはちまん》の旗翻して北条方の勝利を喚《よば》わり、突き進めば、関東管領軍諸勢は脳裡《のうり》に敗北を刷り込まれ、戦意を失う。

城方の軍勢の参戦によって関東管領軍は挟撃され、被害はさらに拡大した。

綱成は出撃後、真一文字に古河公方足利晴氏へ仕掛ける。

晴氏も古河公方という権威あればこそ祀《まつ》り上げられた手合だった。戦いなど下々がすれば良く、自ら手を濡らすつもりはない。

（ああ、面倒だ）

綱成が攻め来れば、颯々《さっさつ》と陣を払い、古河へ帰って行った。

軍の上層であればあるほど身勝手だった。己が命が何よりで兵の安否を慮《おもんばか》ることもなく、早々と戦場から消え去る。

が、意地を通す武将もいた。

「八万の軍勢を揃えて少なきに恣《ほしいまま》の戦をさせては我ら世の誹《そし》りを受ける。城中に足を踏み入れて一矢たりとも報いずば、この先、侍《さむらい》として生きて行けぬ」

扇谷上杉麾下《きか》屈指の猛将、難波田憲重は気を吐き、逃げ散る関東管領軍諸勢が大半の中、逆に城へ攻め掛かって行く。

「門を抉《こ》じ開けろ」

城門へ玉砕覚悟の突撃を繰り返す。

だが、勢いは最早、城方にあった。氏康の奇襲成功で落ち着きを取り戻し、沈着に対処して次々と単調に襲い来る難波田勢を矢、木石で封じていく。

綱成が討って出た後、城の守りを任された北条綱高は寄せ手へ存分に矢を射込んだ後、

「開け」

兵を突出させた。

意表を衝かれた難波田勢は浮き足立つ。

城方は槍衾《やりぶすま》を仕立てて将の憲重を仕留めに掛かった。

「あぐっ」

憲重は十本の槍を受けて三度突き上げられ、東明寺口の古井戸に落ちて討死した。

長野業正は早々と戦場を脱した上杉憲政に追い討ちを掛けようとする北条勢の前に立ちはだかって逃走を援護する。

業正は兵を良く纏めて追っ手と相対し、当たっては引き、時に押し返し、時に翻って全速で後退した。その見事な駆け引きにより憲政へ北条勢の追討は及ばなかったが、殿軍《しんがり》を務めた倉賀野行政《くらがのゆきまさ》が敢闘虚《むな》しく散っている。

業正も古河公方に関東管領という幕府の権威の脆《もろ》さを目の当たりにして、

（御上がこれでは統治など適わぬ）

失望し、敗走しつつ、この後の身の振り方を考えていた。

難波田憲重を輔佐《ほさ》していた太田資正も家来衆を叱咤《しった》して戦場から離脱を試みていた。が、混迷を極めて渋滞し、将兵は思うように動けない。

「斬り抜けろ」

資正は兵を叱咤し、群がる敵勢の突破を図るが、早雲、氏綱、氏康と北条三代にわたって撫育《ぶいく》された相模兵は凄まじく手強《てごわ》かった。

資正は兵を励ましつつ自ら得意の弓をもって矢を連射し、敵兵を退けていくが、後から後から続き、限りがない。やがて、矢も尽き、太刀を抜いて応戦するしかなくなった。太刀は数人斬れば、刃毀《はこぼ》れして役に立たない。ただ、敵の刀槍《とうそう》を凌《しの》ぐだけの武具でしかなくなっていた。

「進退窮まったか」

資正が生を諦《あきら》めかけた時である。

行く手を阻む敵勢が裏崩れし始めた。

資正が見上げれば、敵勢の後方から矢の雨が降り注いでいる。

さらに、斬り込んで北条勢を割り、資正に活路を切り開いた。

「左近」

資正は目を輝かせた。

「殿っ」

浅羽左近率いる救援隊である。

「気を吐け」

資正は起死回生、兵を鼓舞して少ない余力を全て吐き出させて北条勢へ挑み掛かった。

左近と資正に挟撃されて北条勢は崩れ立つ。

「今ぞ」

資正は兵を纏めて敵中を突き抜けて左近の手勢に合流した。

「殿、お怪我《けが》はございませんか」

左近が案じると、

「大事ない。掠《かす》り傷だ。助かった。左近、礼を言う」

資正は漸く笑みを浮かべる。

太田資正も窮地を脱した。


東の地平線が赤く染まり出す。

夜明けは近い。

これまで関東管領軍は全兵の二割にも及ぶ一万六千の討死を出して潰走した。

北条勢も夜を徹しての乱戦に疲労の色が濃い。

「関東管領軍は退けた。最早、よろしかろう」

氏康も頃良しと見て兵に戦いの停止を指図した。勢いに任せて疲労を抱えたまま追撃し、力を存分に出せずに自滅する愚を避ける。

ともあれ、世に言う河越の夜戦は斯くして北条方の大勝となり、関東の覇権に大きく近付いた。

然《しか》して、この後、関東管領山内上杉家は衰退の一途を辿ることになる。

五

太田資正は浅羽左近の救援により辛くも虎口を脱し、松山に辿り着く。

門前で出迎えたのは犬之助だった。

資正は目を見開き、

「おお、犬之助ではないか。無事だったか」

それを喜ぶが、俄《にわ》かに首を捻《ひね》りつつ下馬して、

「何故、ここにいる。信濃守殿はどうした」

事情を知らず、眉を顰《ひそ》めて問い掛ける。

犬之助は居た堪れなかった。己れの腑甲斐《ふがい》なさが遣り切れず、唇を血が出るほどに嚙《か》み締める。

「申し開きのしようもございませんが……」

恥じ入りつつも言い訳する。

資正は城内へ歩を進めつつ聴いた。

犬之助は資正のやや後方から傷付いた左足を引き摺りつつ付き従い、説明する。

「私は源五様のお言い付けに従い、信濃守様の御陣の端を借り、北条の動きを探っていま

したところ、相模守奇襲の繋ぎが滝山と突き止めました」

「た、滝山だと!?」

資正は仰天した。

「滝山は武蔵守護代大石様の城ではないか」

「はい、武蔵守護代は北条に通じています」

「ま、まさか。い、いや、此度の夜討ちの手際の良さ、それなら得心がいく」

資正も納得する。

「私は風魔の罠に掛かり、深傷を負い、ついに殿、そして、信濃守様に知らせること適わず、申し訳ございません」

犬之助は涙を流して詫びた。

資正は歩を止め、右掌《みぎてのひら》を犬之助の頭に載せ、

「其方に罪はない。其方は良くやった」

と、宥《なだ》め、労う。

慰められれば慰められるほど犬之助は辛かった。

（挽回《ばんかい》できる日は来るのだろうか）

味方は一敗地に塗《まみ》れ、先の見通しも考え及ばない。

資正は一息つきたいところだが、直ぐに城主難波田憲重の一族郎党を大広間に集めた。

皆、不安な面持ちで資正の言葉を待つ。

事ここに及んでは状況厳しく、今さら一同を動揺させぬよう事実を和らげて伝えても詮なく、

「弾正少弼様は河越にて北条勢の夜討ちに遭い、お討死された」

と、資正はありのまま衝撃の事実を告げた。

一同、驚きと悲痛な声が上がる。

「ま、真にございますか。して、隼人《はやと》は」

正室の悲痛な問い返しに資正は、

「はい。隼人様も」

応えるも、言葉に詰まり、首を横に振った。憲重の嫡子隼人も討死していた。

難波田の一族郎党の悲嘆は慮られる。が、猶予はなかった。

「敵勢が押し寄せて来ます。某が先導仕ります故、囲まれる前に落ち延びませ」

現実を突き付ける。

資正は難波田の一族を急《せ》かし、城から落とした。

それを見届けた後、自らも妻子を連れて城を出る。

そして、家来衆には、

「再起する時は呼ぶ。それぞれ生き延びよ」

と、逃避を命じた。

太田資正の波乱の半生は始まったばかりである。

第二章　上州雌伏《しふく》

一

　太田一党は上野《こうずけ》へ逃れ、有力国人《こくじん》の横瀬《よこせ》成繁《なりしげ》を頼り、南部の新田に身を潜めた。

　横瀬家は正に下克上《げこくじょう》の典型である。

　元は足利一族で上野新田を支配する岩松家に仕えていた。先代の泰繁《やすしげ》は頭角を顕《あらわ》して岩松家中で累進し、筆頭家老にまで上り詰めて実権を握る。やがては当主昌純《まさずみ》を差し置いて岩松家を意のままに動かすようになっていた。

　上野は甲斐の武田、関東管領の上杉、古河公方の足利、そして、相模の北条と大勢力に圧迫されている。統治能力を失った岩松家では凌《しの》げず、泰繁の手腕に頼って切り盛りするしかなかった。

　岩松家当主、昌純は専権を振るう泰繁の失脚を目論むが、逆に暗殺されてしまう。

泰繁は昌純の嫡子、氏純を新たな当主に擁立し、実権を掌握し続けた。これより岩松家当主は傀儡と化し、横瀬家が事実上の上州新田の領主として関東の勢力と渡り合うこととなる。

泰繁に祀《まつ》り上げられた氏純も抑圧に堪え切れず、自害に追い込まれた。後はその子の守純がまた新たな当主に据えられ、岩松家は横瀬家に操られて戦国の関東に存続している。そのような梟雄《きょうゆう》が河越の戦いで大敗して逃げて来た太田資正に手を差し伸べてくれていた。

（儂の運もまだ尽きてはいないようだ）

現実を資正は素直に喜ぶ。

その上で、

（関東管領軍敗れたりといえど、越後守護代の後ろ楯は活きている。相模の獅子《しし》より越後の虎を恐れるか。相模は遠いが、越後は隣だ。どちらに気を遣うべきか。自ずと明らかだ）

越後の虎、長《なが》尾《お》景虎《かげとら》を恐れる成繁の思惑を読んでいた。

新田の南には坂東太郎の異名を持つ日本屈指の大河、利根川が流れている。この川により古来、南方から攻め来る軍勢は難儀した。

雌伏するには好都合であり、

（今は堪え忍ぶ時だ）

資正は上州で再起すべき時を待つ。


犬之助も資正に従い、新田に棲み暮らす。

左足の傷は癒《い》えた。歩行も支障ない。

「よし」

犬之助は走った。

快調に走り出したのだが、五十間も行くと、

「うっ」

左足首に痛みを覚える。腱の損傷は完全には治っていなかった。日常の歩行は人並みにできるのだが、少し長く走ると痛みが出る。

休んで走った。が、また、少し走ると痛みを感じる。

「何を」

己れの現状を認めたくなく、無理を押して走った。そして、何とか一町ほど走ったが、そこで動けなくなった。

速度も出ていない。

「わ、私はもう走れぬのか」

落ち込んだ。

暫く自室に引き籠《こ》もり、失意の日々を過ごす。


上野は関東の最北にあり、北は越後の山々、西は白根山、浅間山《あさまやま》、南は妙義《みょうぎ》山と山に囲まれた内陸の国である。国を北東から南へ流れる利根川により武蔵との国境を成す。

新田の北側に金山がある。城が立ち、七百三十六尺（約二百二十三米）ほどの高みから山下を睥睨《へいげい》し得た。岩松家の城だが、事実上の主は横瀬成繁である。

金山の北西には妙義の山々が連なり、北には赤城《あかぎ》山が聳《そび》え、東は足尾の山地が延びていた。山が近いが、南へ目を向ければ、果てしなく平野が広がっている。

草木が繁り始める頃だった。

犬之助が丘に座り、ぼおっと田園を眺める。

鷹《たか》が悠然と空を舞っていた。

（いいな）

犬之助はまた落ち込む。

（私には地を駆ける脚もない）

何かに付け、そればかり思った。

放って置けば、日がな一日、こうしている。

そこへ、

「いつまで塞《ふさ》ぎ込んでいるつもりだ」

声を掛けたのは資正だった。

犬之助は俯《うつむ》き、口を真一文字に結び、応えない。

資正は嘆息し、

「少し付き合え」

と、告げ、犬之助の右手を取り、敢《あ》えて立ち上がらせた。

「えっ、何」

犬之助は嫌がる。

「良いから付き合え」

資正は強引に犬之助を引っ張って行った。

犬之助は為されるがままに付き従うしかない。

資正は横瀬成繁から屋敷を宛《あて》がわれて暮らしていた。

中々の厚遇で屋敷は広い。

屋敷の庭に五間四方の仕切りができていた。

中に二つの茶色い小さな物体が動いている。

犬之助は目を凝らし、

「犬？」

と、認めた。

二匹の仔犬《こいぬ》が遊んでいる。

「山犬の仔だ。まだ生まれてから二月といったところだな。山で見つけた時、母犬の骸《むくろ》に縋《すが》っていた。母犬はこの仔らを猪《いのしし》から守って死んだようだ」

資正は仔犬の境遇を読み説いた。現代の柴犬《しばいぬ》の原種である。

（そうか）

犬之助は親を亡くした二匹の仔犬を不憫《ふびん》に思った。

「一楽と二楽だ。楽に生きられる時代、楽しく暮らせる時代、この仔犬らがそのように日々を送られる時代を望み、そう名付けた」

「楽……」

「お前が育ててみろ」

資正は出し抜けに言う。失意の犬之助の気を紛らす配慮であった。何かに傾注している時は不幸も忘れる。

「えっ」

犬之助は戸惑う。

「い、犬など育てたことはございません」

「お前なりに考えて育ててみるのだ」

資正は有無を言わさず押し付けた。

二

犬之助は自暴自棄になっている。

資正から仔犬たちを押し付けられても、

「ふう」

溜息《ためいき》をつくばかりだった。

迷惑にしか思えない。

仕方なく、訳もわからず二匹の仔犬の飼育を始めた。が、一楽と二楽を放っておき、相変わらず仰向けになって空を眺めていた。

暫くして一楽と二楽が吼《ほ》え出す。

煩《うるさ》い。

「何だよ」

顔を顰《しか》めた。

一楽と二楽は咆え続けている。

「鳴り止《や》め」

犬之助は頭ごなしに叱り付けた。

一楽と二楽は益々《ますます》喧《やかま》しくなる。

咆哮《ほうこう》を聞き付けて資正が出て来た。

一楽、二楽と睨《にら》み合っている犬之助に近付いて行く。しかし、一楽と二楽を向きになって抑え込もうとしている犬之助は気付かなかった。

「腹が空《す》いているのだ」

と、資正は諭す。

その声に犬之助は振り返った。やっと資正と知り、会釈する。

「雉《きじ》などの干し肉を水で柔らかくして与えてみるが良い。すぐにはやらず、まずは待つことを憶《おぼ》えさせるのだ」

と、資正は干し肉の包みを手渡した。

「そうですか」

犬之助は仕方なさそうに受け取り、水を汲《く》みに行く。

程なく戻り、干し肉を水に浸して柔らかくする。

そして、資正の指示に従い、犬之助は一楽と二楽の前に、それぞれ雉肉を置いた。

「待て」

右手で仔犬を制す。

しかし、仔犬たちは待ち切れず、肉に飛びついた。

「お、おい、待てと言っているだろう」

犬之助は叱り付ける。

その様子を資正は無言で見ていた。

犬之助は意地になり、再び、一楽と二楽の前に肉を置いて、

「待て」

言い付ける。

だが、結果は同じだった。仔犬の一楽と二楽は待てない。

ここで漸く、

「仔犬たちは人の心がわかる」

資正が口を出した。

「えっ」

犬之助は言われた意味がわからない。

「根気だ」

資正は言い置いて立ち去った。

その後、何度繰り返しても一楽と二楽は犬之助の言うことを聞かない。

「こいつら」

犬之助は一楽と二楽に虚仮《こけ》にされている気がして益々声を荒げる。

果たして、この日、一楽と二楽は犬之助の言うことを全く聞かなかった。

次の日も、その次の日も仔犬たちは犬之助に従わない。その度に犬之助は大声で怒鳴り付ける。

剰《あまつさ》え、所構わず糞尿《ふんにょう》を撒き散らした。

「ここ、ここだ」

犬之助は囲いの端に掘られた穴を指し、怒りを露わにする。

が、一楽と二楽は知らぬ顔、後ろ足で痒《かゆ》いところを掻いていた。

毎日、犬之助は憂鬱な顔して犬たちの許に姿を現わす。

が、雨の日は外での躾《しつけ》も休みであった。

犬之助は羽を伸ばし、とはいえ、日中、遊んでいる訳にもいかないので、道具の手入れなどに勤《いそ》しむ。

言うことを聞かない煩《わずら》わしい犬たちから解放されて気楽なはずだった。

だが、何か物足りない。

忙しかった日々が暇になり、間が持たなかった。

「そうか」

一楽と二楽は小屋で昼寝している。

「ふんっ、清々する」

とは言うものの少し寂しさを感じるようになっていた。

三

数日過ぎた朝――

女児が一楽と二楽をあやしている。

犬之助より一つか二つ年下か。綺麗《きれい》な容貌《ようぼう》の内に秘めた芯《しん》の強さを感じられた。

女児が草の葉を一楽と二楽それぞれの鼻面に突き付けると、噛み付き引っ張る。一楽と二楽は向きになっているかのように草の葉と戯《たわむ》れていた。

犬之助は少し嫉妬《しっと》する。

(何で娘には懐《なつ》くのだ)

面白くなかった。

女児が立ち尽くして見詰める犬之助に気付く。一楽と二楽を構ったまま振り向き、犬之助を見て笑みを湛《たた》える。

犬之助は近寄り、

「としやう殿、犬にも好かれるか」

と、嫌味っぽく言った。

としやうと呼ばれた女児は、

「犬之助さん、お早う」

屈託なく朝の挨拶《あいさつ》をする。

資正の末の妹であった。

犬之助は一楽、二楽と仲良く遊ぶとしやうを、

「退《の》いてくれ」

押し退ける。

一楽と二楽の首根っこを摑《つか》んで持ち上げ、囲いの端に連れて行った。

としやうは少し悲しげに見ている。

さすがに犬之助も気が引けたか、

「これから躾だ。躾の前の朝早くなら好きにして良い。明日、また来なよ」

と、言ってやった。

としやうは首を横に振る。

「明日は……いないの」

と、言った。

「えっ？」

犬之助は言っている意味がわからず戸惑う。

としやうは、ふう、と小さく息をつき、

「お嫁に行くの」

と、応えた。

「えっ」

犬之助はまた驚く。

「三戸《みと》家に嫁《い》けと言われたわ」

としやうは他人事《ひとごと》のように言う。

「三戸……って」

犬之助は名だけは聞いたことがあった。

資正や長野業正の耳目を任じるだけあって関東諸家の事情は頭に入っている。

「三戸家は扇谷の上杉家に近習する重臣だ。修理大夫（朝定）様が河越で討たれた後は関東管領家に従っていると聞く。越後の長尾家とも近しく、そうか、殿は三戸家を通して越後守護代との結び付きを強めようというお考えか」

そこへ行き着いた。

然《さ》れば、

（関東における駆け引きのため、としやう殿は使われるのか）

政略が明らかで、遣《や》る方ない。

資正は流浪の身で復帰の目途《めど》も立っていなかった。にもかかわらず時勢に取り残されまいと動いている。

（御《おん》自《みずか》らが世に出る日が来ると、信じていらっしゃるのか）

犬之助は資正の如何《いか》なる境遇でも挫《くじ》けぬ不屈の精神に感嘆するも、身内を巻き込むことも厭《いと》わず突き進む執念に気後れもしていた。

犬之助が突っ立ったまま思い巡らせていると、

「お達者で」

としやうは吹っ切るかのように言い残して駆け去って行った。

一人取り残された犬之助は体中の力が抜けるかのような虚脱感に襲われる。

犬之助は主筋《しゅう》ながらとしやうに仄《ほの》かな恋心を抱いていた。

その思いはもう届かない。

ただでさえ、犬たちに手を焼き、嫌気が差していたのに、やる気が出るはずもなかった。

いつまで経《た》っても仔犬たちは犬之助に懐かない。

この犬たちは大胆で独立心が強く、頑固なのである。ぎゃあぎゃあ騒ぐ犬之助を煩わしく感じているようだった。そのようなことを今、喪失感を覚えている犬之助が気付くはずもない。

斯くして、犬之助と一楽、二楽の間には溝が深まるばかりだった。

来る日も来る日も一楽と二楽は犬之助の言うことを聞かない。

犬之助の口調は厳しくなるばかりで、

（此奴《こいつ》ら）

苦々しく怒りが増していった。

「走ることもままならない。犬も言うことを聞かない。何もかも巧くいかない」

犬之助の心が折れる。

ついには、

「勝手にしろ」

不貞腐《ふてくさ》れて囲いを出た。

出入り口が閉じ切られていないことに気づいていない。

翌朝、資正が犬之助の棲《す》む小屋に駆け込んで来た。

「一楽と二楽がいないぞ」

と、告げる。

「えっ」

犬之助は急いで家を出て、仔犬たちのいる囲いに向かった。

五十間までなら駆けられるが、それを過ぎると左足に激痛が走る。

犬之助が囲いに着くと、

「な、何っ」

仔犬たちがいない。

手に余り、付き合いきれなかった。いなくなって清々すると思いきや、焦る。

放って置けない。

気づけば、駆け出していた。

少し駆けただけで左足が痛み、速度が忽《たちま》ち落ちて歩きになる。

それでも仔犬たちを探し捲くった。

翌日も探すが、見付からない。

三日目、

「い、一楽に二楽か」

裏山で見つけた。

一楽が怪我《けが》をしている。二楽が傷口を舐《な》めていた。

「どうしたんだ」

犬之助は左足を引き摺りながら駆け寄り、一楽を覗《のぞ》き込む。

腹に角で突かれたような刺し傷があった。出血している。

「猪か」

犬之助は覚った。

「手当てしなくては」

一楽を抱えて家に向かう。左足の痛みも忘れて懸命に急ぐ。

屋敷の門前で資正が待っていた。

「いたか」

見つかったことを喜ぶ。

「早く中へ」

資正に促され、犬之助は一楽を囲いの内へ運び入れた。

「見せろ」

資正に言われるまま、犬之助は一楽を藁《わら》の上に横臥《よこた》える。

資正は一楽の患部を診《み》て、

「太田家秘伝の膏薬《こうやく》がある」

治療に取り掛かった。

一楽の傷に膏薬を塗り、きれいな布を巻く。

「治りますか」

犬之助は不安そうに訊いた。

「治るさ」

資正は人事を尽くし、治癒を信じる。

四

犬之助は毎日、一楽に付き切りで、三回、膏薬を塗り替え、新しい布に替えた。

その様子を二楽はじっと見ている。

一楽は順調に回復していった。

治癒を待って教練は再開される。

が、

「私が一楽と二楽を躾られないから逃げた」

犬之助は己れを責めるばかりだった。教練に自信がない。

鬱屈《うっくつ》したまま時は過ぎ、一楽はほぼ元通りに蘇《よみがえ》った。

「良かった」

犬之助は素直に喜ぶが、教練する自信を取り戻せていない。

資正は一楽の状態を診て、

「よかろう」

と、復帰を認めたが、犬之助は、

「は、はい」

返事も小さく、心が晴れていなかった。

「どうした」

資正が案じる。

この際、犬之助は心の内を吐露し、

「どうしたら懐きますか」

と、直截に問うた。

資正は目を細くし、口許に微《かす》かな笑みを湛え、

「頭ごなしに命じても聞かない。まずは犬之助が心を開き、優しく、情をもって接する。従わせるのではなく、共に仲間として成長していく。そのつもりでいれば、一楽と二楽も必ず心を開いてくれる」

と、諭す。

資正が一楽の完治を言い伝えた翌日、教練は再開された。

犬之助は一楽と二楽を優しく見詰める。そして、一楽と二楽の前に干し肉を置いた。

「待て」

願うように命じる。一楽と目を見合わせ、二楽と目を見合わせ、棘々《とげとげ》しさはなく、愛情をもって信じた。

(食いたいだろう。わかっている。けど、少し待ってくれ)

と、念じる。命じるのではなく、頼み願うのでもなく、委《ゆだ》ねた。

すると、一楽と二楽は動かない。一楽を一心不乱に看護した犬之助に心を開いたか。

犬之助は涙が出るほど嬉しかった。泣き笑いして、

「よし」

許す。

一楽と二楽は干し肉に近寄り、齧《かじ》り付き、美味《うま》そうに食べる。

「一楽はお前の介抱で助かった。それが此奴らはわかっているのだ」

資正が声を掛けた。

犬之助は頷き、泣き笑いして一楽と二楽に、

「美味いか、美味いか」

何度も言う。

さて、便の場所については容易に片付いた。

元来、犬は清潔を好み、汚い場所を嫌う。辺り構わず便をすれば、居場所がなくなる。

「ここにしよう」

犬之助の指示した穴でするようになった。

だが、一ヶ所ばかりでしていると、そこばかりが汚くなり、不衛生である。

犬之助は一日ごとに穴の土を掘り出し、新しい土に換えた。

一楽と二楽の塒《ねぐら》である小屋の中に敷かれた寝藁も三日に一度は換えてやる。

一々面倒だが、一楽と二楽が犬之助の望むことに応えてくれるようになると、

「よし、いいぞ」

飼育のし甲斐を覚えるようになっていた。

犬之助は一楽と二楽を仕込んでいく。

木の棒を遠くへ投げて取って来させた。

距離を置き、待たせて、

「来い」

駆け来させる。その距離を次第に空けていく。

相当な距離でも駆け来させることができるようになったら、一楽と二楽の首に引き綱を着けて囲いの外へ出す。

引き綱の結び方も工夫した。引き綱の一方の端は犬之助の右手に二本共容易に外れないよう括《くく》り付けられているが、端を引けば、直ぐに解《ほど》けるよう結ばれていた。

「まずは二十間」

囲いから離れ、端を引いて引き綱を解き、一楽と二楽を放す。

一楽と二楽は駆け出し、囲みへ戻って行く。

太田屋敷の囲みには資正が待っていた。

「よし、よし」

戻って来た一楽と二楽を褒める。

次は臭《にお》いを追わせる。

一楽と二楽に資正の使った手拭《てぬぐ》いを嗅《か》がせた。

囲いから、

「行け」

解き放つ。

一楽と二楽は資正のところへ向かって駆けた。

「おお、よし、よし」

資正は撫《な》でて褒める。

これも距離を次第に広げていった。

資正の他の者の臭いも追わせる。

犬之助は一楽、二楽と共に寝、共に飯を食い、ほとんど共に一日を過ごした。

（一楽と二楽は私の弟だ）

そうまで思えるようになり、一楽と二楽が犬之助の言うことを聞き分け、犬之助に懐き、犬之助を慕うまで心を通わせてくれると実感できると、嬉しさを通り越し幸せな気分になった。

その光景を陰ながら資正は見守る。

（理屈ではない。如何に仕込みの術に長《た》けていたとしても心がなければ、犬は信頼しない。要は掛け替えのない相方と思い、愛《いと》しむ思いが犬の心を摑む）

一楽と二楽、そして、犬之助の絆《きずな》に目を細めた。

五

一楽と二楽の教練は犬之助に幸いを齎《もたら》す。

一楽と二楽に合わせて儘《まま》ならぬ足をとにかく動かしていた。

不自由だからと言って動かさないでいるとますます悪化してしまう。

動かすことで筋肉も付き、次第に不自由さがなくなっていく。

五ヶ月もすると歩立《かちだち》の達者と言われた全盛時には及ばぬもまずまず走れるようにもなり、左足の機能は更生した。

犬之助は一楽と二楽の教練にも手応えを感じている。

（犬は賢く、己れの棲家《すみか》を憶えている。そればかりか、一度嗅いだ臭いを忘れない。そして、速い。離れたところから有用な情報を敏速に伝えられる。人が動けば、敵も黙っていないだろうが、犬が野を走っても見過ごす）

伝令の用犬としての価値を見出《みいだ》していた。

これを資正に話せば、

「良いところに目を付けた」

と、膝を打つ。資正も考えていたことだった。

犬之助は一楽と二楽の駆け戻る距離を次第に広げていく。

だが、三町を超えると、反応が鈍い。

資正は、

「これを使ってみろ」

掌《てのひら》大の小笛を犬之助に渡した。

「これは？」

犬之助は訊く。

「犬の反応の良い音を何度か試して、これに行き着いた。吹いてみろ」

と、資正は言う。

犬之助は試しに吹いてみた。

「えっ」

音がしない。

一楽と二楽は、ぴくり、と反応してきょろきょろしたが、その場から動かなかった。

資正は、

「これならどうだ」

違う小笛を渡す。

犬之助は笛を吹いた。

これは前の笛より反応が悪い。

「ならば、これは」

資正はまた違う笛を渡した。

(どれも同じではないか)

犬之助にはそう思える。

ところが、一楽と二楽は敏感に反応した。駆け出し、瞬《またた》く間に戻って来る。

「ど、どういうことですか」

犬之助は不思議でならない。

「犬は人の何倍も耳が敏《さと》い。人が聞き分けられぬ音も聞き分けるのだ。然れど、骨で作られている笛は高い音が出なかったり、手作りのため一つ一つ音が微妙に違ったりもする。その中で己れを呼ぶ音を感じる。犬と主の音を探す。他の犬には感じられない。これを巧く使えば、敵の側近くあっても気取られぬことなく犬を操れる」

現代の犬笛ほど巧緻《こうち》ではない。犬笛が実用として世に出るのはこれより三百年余りも後のことだが、仕組みは恒久普遍の理によって成る。

「木や小竹の筒も試してみたが、鹿の骨が適しているようだ」

資正の犬を愛して止まぬ思いから研鑽《けんさん》を積んだ結論であり、試行錯誤の末、作り上げた。

三百年後に産み出される鉄製の犬笛に比べれば精度は落ちるが、少なくとも一楽と二楽は大いに反応し、

「人の耳では聞こえない。敵地での呼び戻しに使える」

犬之助は有用と確信する。そして、犬は生き物であり、その仕込みは奥深く、

（もっと知りたい）

楽しさを感じ始めていた。

犬之助は音が出ぬものの、一呼吸で「行け」、二呼吸で「戻れ」と仕込む。

次第に距離を空けていく。

「一町」

一楽と二楽に対して失礼なほど〝楽〟な距離だった。既に実証済みであり、難なく戻る。

「四半里（約一粁）」

この間になると一楽と二楽から犬之助は見えない。

犬之助は犬笛を吹いた。

一楽と二楽の両耳が立つ。聴力を研ぎ澄まし、駆け出し、これも戻った。

「半里（約二粁）」

一楽と二楽は上体を伸び上がらせ、天を仰ぐ。

が、駆け出さなかった。

犬之助は腹の底に力を込め、一気に息を吐き出す。

強い音波が放たれたが、それでも音は鳴らなかった。

果たして、一楽と二楽は駆け出し、忽《たちま》ち犬之助の許へ戻って来る。

「よしっ、よしっ」

犬之助は一楽と二楽の頭を撫でて褒め、干し肉を与えた。

音の出ない笛を、一度吹くと一楽と二楽は駆けて行き、二度立て続けに吹くと戻る。それが基本となった。

まだ一楽と二楽は干し肉欲しさに駆け出し、戻って来るというのが現状だった。

（戦場では干し肉を与えてやるゆとりはない）

なくても犬笛に従うよう躾なければならない。

「世の中、ただで動くのは川の水くらいなものだ」

犬之助は現実的に考えるようになった。左脚に深傷《ふかで》を負い、現《うつつ》の厳しさを痛感している。

犬之助は一楽と二楽を待たせ、少しずつ後ろへ下がって行き、距離を置く。

（まずは一町）

その間で犬笛を吹き、一楽と二楽を呼び戻した。

一楽と二楽は駆け戻る。

犬之助は、

「よおし」

と、褒めて、一楽と二楽の頭を撫でた。が、干し肉は与えない。

一楽と二楽は不満げに犬之助を睨んでいた。

犬之助は意に介さず、その場で、

「待て」

一楽と二楽を座らせ、右手で制しつつ距離を空ける。

これも一町、犬之助は犬笛を吹いた。

一楽と二楽は戻って来る。

だが、犬之助はまたしても一楽と二楽の頭を撫でて褒めただけで、干し肉を遣らない。

一楽と二楽は不満そうに犬之助を見ているようだった。

さらに、犬之助は一楽と二楽の呼び戻しの教練を続ける。

ところが、一楽と二楽は何をか思う。直ぐには戻って来なかった。座り続けている。

犬之助は根気良く待つ。前のように直ぐ怒り出しはしなかった。

温かい目で見守り、待ち続ける。

（根競べだ）

そういった犬たちとの駆け引きも面白くなってきていた。

やがて、堪え切れない、と言うより、何もしないでいることに飽きた一楽と二楽は後脚を起こして地を蹴り、犬之助の許へ向かう。

犬之助の前まで駆け来て伏せた。干し肉の褒美は既に諦め、期待していないようだ。

すると、

「一楽、二楽」

犬之助が声を掛けた。

一楽と二楽は鼻をひくひくさせる。

犬之助は両手に干し肉を持っていた。

一楽と二楽は透かさず起き上がり、座る。

「よし」

犬之助は一楽と二楽に干し肉を与えた。

一楽と二楽は思わぬ褒美に一瞬、戸惑ったように見えたが、直ぐ嬉しそうに食い付き、美味そうに嚙み、呑み込む。

犬之助は一楽と二楽を褒美がなくとも指示に従うよう仕込んでいった。

犬の仕込みは一朝一夕で適うものではない。

上越の山々は、夏には乾いた炎のように熱い風を吹き下ろし、秋には樹林を紅く染めて清々《すがすが》しくなるが、冬には北から酷く冷たい赤城颪《おろし》を齎《もたら》す。

季節が移り変わると共に、犬之助は根気良く時を掛けて一楽と二楽を優秀に仕込んでいった。

左足に深傷を負い、天下一の俊足を失ってから一年、犬之助は一楽と二楽という良き相方を得て自らの価値を取り戻しつつある。

「一楽、二楽と早く働きたい」

犬之助は腕が鳴った。それは再び戦乱の世に身を投じることを意味している。

六

一楽と二楽は新田という土地に慣れ、半里余り離れたところからでも犬之助の犬笛を聴き取り、確実に駆け戻る。正に以心伝心、犬笛の援《たす》けもあるが、新田の内であれば、どこにいても通じ合えるようになった。

その上で、資正の要求は尽きない。

「新田など狭い世だ。上野は素《もと》より武蔵も、さらには相模、甲斐、関東悉《ことごと》く其方と一楽二楽の庭にしてしまえ」

と、期待は大きかった。

(犬之助は諜者《ちょうじゃ》の才がある。これに良犬の耳鼻が加われば、策の幅が大いに広がる)

有能この上もない。

然して、次の段階は、

「上州も小さくはない。刀祢(利根)川の南岸にも上州は広がっている」

まず上野という一国を知ることだった。

河越の関東管領軍大敗からも一年余りが過ぎている。

太田資正が雌伏する上州にまだ戦乱の波は及んでいなかったが、近隣の信濃《しなの》が騒がしくなっていた。甲斐の武田晴信《たけだはるのぶ》が版図拡大を図り信濃を侵している。

関東管領諸勢と相模の北条が大掛かりに争っている間に信濃佐久《さく》を陥れてしまった。

その中で志賀城の笠原清繁《かさはらきよしげ》は武田勢に対して抗《あらが》い続けている。

然れば、関東管領上杉憲政は笠原家の大儀に報い、高田憲頼《たかだのりより》を援軍として差し遣わした。

さらに、憲政自ら出馬するという情報も流れている。

これが資正の耳にも届いた。

（拙《まず》いな）.

眉を顰める。

（武田勢を駆逐し、関東管領の威厳を示そうとしている）

それが見え透いていた。

平時なら良かろう。しかし、

（南に北条という難敵を抱えている今、西にまた武田という強豪を敵に回すのは巧くない）

憂えるばかりだった。

犬之助を呼ぶ。

「平井に行って来て欲しい」

と、資正は告げた。

（平井？）

犬之助が特に考えるまでもない。

平井には関東管領上杉憲政がいる。

（御上が動き出すのか）

犬之助は察した。

案の定、

「御上は如何《いかが》されているか。見聞きしてくれ」

と、資正は命じる。

聴いて犬之助はまた考えた。

（関東管領という公儀最上の権威なくして一大勢力となった相模の北条は抑えられぬ。これに甲斐の武田も動き出していれば、予断は許されぬ。関東管領が如何に処されるか。それによっては関東が北条や武田に食い荒らされる）

寒気さえする。

そう感知できる犬之助を、

「儂は其方の耳目を信じる」

資正は信頼して諜報に差し向けた。

平井は関東管領山内上杉家の重要拠点であり、その勢威を顕すかのように鎌倉に匹敵するほど栄えていたが、戦国の世となり、幕府の権威が失墜するにつれ下火になってきている。

それにしても平井は上野の南西、武蔵との境に近く、北関東を総攬《そうらん》する要衝であった。

新田から平井へは西南西に八里（三十二粁）余り、ひたすら平原を行く。

処々に萩《はぎ》の花が咲き始めていた。

（もう秋か）

犬之助は季節の移り変わりを感じる。

刀祢川の流れが行く手を遮る。天下有数の大河は中流で川幅が広くなり、新田から平井の途上では五町（約五百四十五米）近くもあった。

犬之助は衣服を脱いで畳み、革に包んで頭の上に括り付けて川を泳ぎ渡る。朝夕は心地よい涼風の吹く頃になっていたが、水に浸かっても酷く寒いことはなかった。

犬は犬掻き、どの犬でも直ぐに泳げると思われがちだが、端《はな》から泳げる犬ばかりではない。水を怖がる犬も少なくないが、概して水の中へ放してしまえば、生きるため溺《おぼ》れぬよう本能で泳ぐ。

犬之助と一楽、二楽は南岸に至り、暫《しば》し身を乾かして身仕度を整え、再び歩き出した。

一楽と二楽にとって初めての遠出である。

刀祢川で変化はあったものの、行く先々は新田と同じく田園と野原の風景が続いた。それでも一楽と二楽は首を振り振り移り行く景色を楽しんでいるようだ。

次第に四千尺（千二百米強）を超える山々が近付くにつれ、平井の城郭が見えてきた。

平井は南北四半里（一粁）余り、東西四町（四百米強）と村落をすっぽり取り込んだ惣《そう》構《がま》えの城塞《じょうさい》都市である。

東を流れる鮎川《あゆかわ》を天然の濠とし、南には詰めの金山城を置く他、出城を周囲の山々に施して備えていた。北は大きく開けているが、敵襲あらば、鮎川に設けた三ヶ所の堰《せき》を切り、濁流をもって撃退する仕掛けとなっている。

犬之助は濠に架かった橋の番に、

「上州新田の横瀬家に身を寄せる太田犬之助と申します。御家中の三戸駿河守《するがのかみ》（義宣《よしのぶ》）様に書状を届けに参りました」

来意を告げ、横瀬成繁の墨付を見せた。

番士は成繁の墨付を認めたが、二匹の犬を見て微《かす》かに眉を顰める。

「父源六が諸国を見聞すると申して新田を出たまま行方《ゆくえ》知れず。何かの折に父の手掛かりがあればと望みを掛け、その時、臭いを追わせるためこれなる犬たちを連れて探しています」

と、理由を説いた。

犬之助の父源六の失踪《しっそう》は河越の敗戦に関わりなく、その前の戦乱に巻き込まれたためだが、行方知れずというのは確かで、嘘ではない。

「ふうむ」

番士は不得要領ながら哀れに思い、深く追及もせず通過を許してくれた。

呆気《あっけ》ない。関東管領という大権に溺れ、下々まで余裕が染み付いているようだ。

犬之助は関東管領麾下《きか》の弛みを感じ、

（これで北条と渡り合えるのか）

先行きに不安を覚えつつ城内へ入って行った。


城域には本丸の北に家臣団の屋敷を配し、仙蔵寺、清見寺、常光寺など寺院も多い。京や鎌倉に伍《ご》す文化的で殷賑《いんしん》な城府に仕立てられていた。

全ては山内上杉家が関東管領の権威を誇示するために他ならない。

然して、新田が鄙《ひな》に思えるほど人が多く、往来は賑《にぎ》やかだった。

一楽と二楽に少し警戒心が出る。警戒心は危険を察知する上で欠かせない本能であった。

平井は河越の敗戦を感じさせない。

「御上の権勢衰えず、か。負けても沈まない。そういうことでは彼の御方の資質もそこそこあるということか」

犬之助は世評の芳《かんば》しくない憲政を少し見直した。だが、憲政の表面を見に来たわけではない。

（御上が何を考えているのか）

実のところを探りに来た。

「とにかく三戸家だ」

当主の義宣は関東管領の宿老であり、としやうが嫁いだ景道《かげみち》の実父である。資正の情報源だった。

犬之助は本丸北に屋敷を構える三戸家を訪ね、当主の義宣に資正の書状を届ける。一楽と二楽を庭の樹に繋ぎ、屋敷の中へ通された。

三戸家と太田家は姻戚《いんせき》となり、絆を強めている。犬之助も支流ながら太田の一族であり、義宣は粗略に扱わなかった。

とはいえ、身分の差は歴然で、犬之助は下座で平伏して義宣に対す。

義宣は書状を繙《ひもと》き、

「ふっ」

苦笑した。

書状は白紙だったのである。持参した犬之助は知らないし、今もわかっていなかった。水に漬けることで文字が浮かび上がる書状である。

（白文の陰書か）

義宣は白紙に隠された内容がわかっていた。後で確認するとして、書状を畳み、懐に入れる。

犬之助の用は済んだ。

「それでは」

早々に立ち去ろうとしたところ、

「少し話をしないか」

義宣に請われる。

犬之助はもう暫し留まり、義宣の話し相手になることとなった。

義宣は饒舌《じょうぜつ》だった。資正と同族の犬之助に包み隠さず話す。

まず、

「儂は隠居し、家督を景道に譲ろうと思っている」

と、告白して犬之助を驚かせた。

「い、隠居される？」

犬之助は唖然《あぜん》とし、目を丸くしている。

「御上はもう儂の申すことに耳を貸さぬ」

義宣は苦しそうに吐露した。

「御上はご遊興が過ぎると聞きます」

犬之助も歯に衣《きぬ》着せず言いにくいことを口にする。資正から三戸家とは、腹を割って話せ、と言われて来た。太田家と三戸家、互いに摑んだ情報は細大漏らさず共有する。そのために姻戚となって結び付きを強めた。戦国の関東で生き残るため、一家より二家で力を合わせた方が乗り切れるという考えは至極妥当である。

義宣もそのつもりだった。犬之助も太田の一族であれば、腹蔵ない。

「遊興に耽《ふけ》っているならまだ良い。強豪に侮られるだけで、潰しに掛かる口実を与えかねぬ」

と、話し出した。

「難儀なのは領地を侵された弱者に頼られれば、自らの力を世に示すため手を出そうとしていることだ。甲斐の武田が信濃を侵し、志賀の笠原新三郎《しんざぶろう》（清繁）が泣き付いてきた。御上は持ち上げられて良い気になり、兵を出すことを約された」

聞けば、関東管領という職を全うしようとしているようにも思えるが、

「関東管領という名に酔っているだけだ」

義宣は冷めた目で見ている。

「御上はまだ一つの勢力を保っているが、関東を統治する力はない。河越の戦では八万の軍勢を集めたが、関東管領という名の下に渋々兵を出しただけで力を尽くして働こうとはしていなかった。寄せ集めに過ぎず、弛み切り、不意を衝かれれば、忽ち崩れ立ち、斯くなる次第と相成った。それでも尚、御上は東国で最も尊ばれ、敬われ、崇められると思われている」

辛辣《しんらつ》だった。

義宣は止まらない。腹を割って話すというより、溜まった愚痴を聞いて欲しいようだ。しかし、話していることは事実であり、関東管領の根底を覆すような秘事は一切話していない。

（…………）

犬之助は閉口しもしたが、太田家にとって大事な相方であれば、割り切って聴いた。

「信濃守（長野業正）殿も出陣を思い止まれるよう説得に来られた」

そのことは犬之助にも耳よりである。業正は関東管領麾下最強の将であり、憲政に信任厚く、発言力があった。

「信濃守様が！」

期待したのだが、

「ああ、信濃守殿の言葉ならお聞きになると思うたのだが……」

義宣は歯切れが悪く、果たして、

「信濃守殿の説得をもってしても聞き入れて頂けない」

肩を落とし、嘆息して告げる。

「信濃守殿は兵を出せば、甲斐の武田と事を構えることになる。強勢の北条に加え、武田まで敵に回すこととなれば、如何に関東管領の名をもって兵を集めても間に合わず、劣勢は必至、勝ち目は薄い、と説かれたのだが……」

義宣の眉間《みけん》の皺《しわ》が益々深くなっていった。

「どうして？　何が御上に信濃出兵を推し進めさせるのですか」

犬之助は疑問をそのまま投げ掛ける。

義宣は口にするのも忌々しそうにしながらも、

「女だ」

と、言った。

第三章　関東管領《かんとうかんれい》迷走

一

犬之助は気鬱になって三戸家を出た。

河越の戦いでは関東管領軍の端に加わっていたが、属将の太田資正や長野業正の下で指図に従っていたまでで、憲政の考えなど知る由もなく、目通りを許されたこともない。

それが三戸義宣から聴いた上杉憲政は、

(我欲の向くままではないか)

耳を疑ったほど自己中心的で視野が狭く感じられた。少しは見直していただけに落胆する。

甲斐の武田に侵攻された信濃の国人衆の懇請に応じて兵を出す。聞こえは良いが、関東管領という権威を世に顕示するための名誉欲から言い出している。

それはまだ政事的な駆け引きもあり、全く頷けないこともなかったが、

（女絡みとは……）

それは呆《あき》れるにも程があり、受け容れ難かった。

（海野某とは……）

得体の知れない輩《やから》が憲政の近くで恣《ほしいまま》に振る舞っている。まだまだ世間知らずの犬之助でも、きな臭さを感じた。

それを良しとしてしまっている憲政も憲政で、

「関東管領とは何なのだ」

犬之助はわからなくなってしまう。

胸中靄《もや》の掛かったような状態で外に繋がれている一楽と二楽を迎えに行った。

「ん？」

男二人女一人が一楽、二楽と戯れている。

女は知るも知る、としやうであった。三戸家に嫁いでまだ日も浅いが、屈託のない笑顔を見せられる環境は不幸せでないと知れる。

（悪くはなさそうだな）

犬之助は、良さそうだ、とは表現しないが、としやうのまずまずの幸せを喜んだ。

男の一人は、

（あれが亭主か）

としやうと寄り添っているのは三戸家の嫡男、景道と直ぐに知れた。

としやうと景道は仲良く一楽、二楽と遊んでいる。

（ふんっ）

犬之助は面白くなかった。としやうと景道の睦《むつ》まじさも然ることながら、

（一楽と二楽まで）

手塩に掛けた一楽と二楽が懐いていることに嫉妬《しっと》する。

「あら、犬之助さん」

としやうが気付いた。

「おお」

景道も振り向く。

「其方が犬之助か。としやうから話は聞いている」

軽々しく話し掛けてきた。

（どのような話をしたのだ）

夫婦の間で話の種にされ、益々面白くない。

「どうも」

犬之助は無愛想に会釈して、

「一楽、二楽、来い」

慌しく樹の繋ぎを解き、一楽と二楽の綱を引く。

もう一人の男衆が悲しそうに目で一楽と二楽を追い掛けていた。気品があり、衣類も一目で上等とわかる。年端は景道と同じくらいと思えるが、まだ童臭の抜けぬ男児であった。

(偉い御方のご子息か)

当たってはいるが、それどころではない。

世事に疎《うと》い犬之助に景道が耳打ちした。

果たして、

「えっ」

犬之助は思わず直立する。そして、急いで思考を繋ぐと慌てて右片膝付いて頭を低くした。

(お、御曹司《おんぞうし》か)

冷や汗が出る。

その男児は関東管領、上杉憲政の嫡男、龍若丸《りゅうわかまる》だった。

平井は上杉の本拠であるから一族がいて当たり前だが、心構えなく出会えば、焦る。

龍若丸は犬之助の傍らに屈《かが》み、一楽の頭を撫で、二楽の頭を撫でた。

一楽と二楽も嫌がらず、目を閉じて、されるまま大人しい。

「良い仔だな」

龍若丸は犬之助に微笑《ほほえ》み掛ける。

「は、はい」

犬之助は汗をかきつつ漸く応えた。

「大切にせよ」

そう言って、もう龍若丸は立ち上がり、歩み出し、犬之助、一楽、二楽から離れて行く。

景道ととしやうが後を追った。

犬之助は、ふう、と息を吐いて胸を撫で下ろす。突如、貴人と出交《でく》わし緊張した。

去り行く龍若丸の背に頭を下げて礼を取り、見送る。

(お守《も》りか)

としやうの今を垣間見《かいまみ》た気がした。

すると、不意に、としやうが振り向く。

犬之助に向けて右手を高く上げて振り、

「また会いましょうね」

と、叫んだ。

犬之助は呆気に取られて声も出ず、立ち尽くす。

としやうはもう振り返らず、龍若丸、景道と屋敷へ入って行った。

道すがら、景道はとしやうに訊く。

「機嫌悪そうだったな」

邪気なく感じたままを口にする。

としやうは、くすりと笑い、景道の鈍感さを好もしくさえ思いつつ、

「色々ある年頃なのですよ」

大人びて言った。犬之助の思いはわかっている。思われて悪い気はせず、邪《よこしま》な感情ではなく、告げた言葉そのままに胸の内で呟いた。

（また会いましょう）

自分のほうが年下なのに弟のように思っている犬之助との再会を心から望む。

それを見送る犬之助は龍若丸のことが心に残っていた。

一楽と二楽を優しく扱ってくれたことに感じ入る。が、その表情は笑っているものの、寂しそうな翳《かげ》りを覚えた。

（お偉い方には、お偉い方の悩みがあるのか）

察するばかりである。

「犬好きに悪人はいない」

と、勝手に思うまま龍若丸にも当て嵌《は》め、一楽と二楽へ、

「良い御方だな」

投げ掛けた。

一楽と二楽も小さくなっていく龍若丸たちの後ろ姿を見続ける。

二

犬之助は城域を出た。北方から平山城を眺める。

一楽と二楽の頭から背を撫でつつ、

「女性のため？」

犬之助は溜息をつく。

三戸義宣の打ち明けを聴き、関東管領家の実情を知った。

古くからの重臣の諫言《かんげん》を蔑《ないがし》ろにして、海野なる新参の調子の良い話を取り上げるとは関東管領としての器量が問われる。

それにしても、姻戚の内密とはいえ、義宣の口は固くなく、上杉憲政の不首尾を太田家も末席に近い犬之助にまで話すとは、

（御上に対し余程、腹に据えかねているようだ）

それが如実に見えた。

（多少僻目《ひがめ》も入っているか）

偽りでないことはわかる。

憲政は最早、古老の忠言を聞かず、調子の良い甘言しか耳を貸さないというのは、その通りと思ってよかった。三戸義宣以外の重臣に話を訊いても大差なかろう。

(御上が籠絡《ろうらく》されている)

義宣から聴いたところによれば、憲政は気に入りの女を得た。河越の敗戦後、上州平井へ退いて一年も経たぬ間にである。度外れた好色は災いを招きかねなかった。

女の名を千代と言う。

信濃に古くから伝わる名族、海野家の姫であった。

甲斐の武田信虎が信濃へ触手を伸ばし、佐久へ兵を差し向けたのは六年前、天文九(一五四〇)年のことである。それから二年で信虎は諏訪頼重《すわよりしげ》、村上義清と組んで信濃の古豪、海野家を破り、東信濃に侵略の足を踏み入れた。

追われた海野家の当主、棟綱は上州まで逃れ、関東管領、上杉憲政を頼る。

棟綱は失意のまま死んだ。

後を継いだのは女婿の小太郎幸綱(後の幸隆)である。その小太郎の妹、千代が憲政に見初《みそ》められて寵姫《ちょうき》となり、毎夜、閨《ねや》を共にするようになった。

千代は信濃の名門、海野家の娘で佳麗な美しさも然ることながら気品があり、浅からぬ教養が滲《にじ》み出ている。

武家貴族の上杉に生まれ、上流志向の強い憲政にとって自らを装飾するため千代はこの上ない女性だった。

その千代が、そして、小太郎が、甲斐の武田に侵略された信濃の失地回復を望み、憲政に請い願い、泣き付いている。憲政も河越大敗の不名誉を回復し、関東管領の権威を世に再認識させる好機と捉え、出兵に乗り気となっていた。

（でき過ぎている）

犬之助でなくても疑う。

千代という女も怪しいが、

（後ろで操っている海野小太郎とは何者だ）

策略の臭いがした。

「私も一楽と二楽のように鼻が利くようになったか」

と、得意げに言う。

一楽と二楽は犬之助に目を向け、じっと顔を見詰める。目を離さない。

「な、何だよ」

犬之助は口を尖《とが》らせて目を背けた。

一楽と二楽は尚も犬之助を見ている。

「わかった。お前らの鼻には及ばぬよ」

犬之助が謝るように言うと、一楽と二楽が頷いたように見えた。

一楽と二楽は目を正面に向け、城を見据える。

犬之助は肩を竦《すく》め、苦笑した。

ともかくも、

「早く殿に平井のことを伝えなければ」

資正の許へ帰りを急ぐ。


犬之助が新田に戻ると、資正に客が来ていた。

「箕輪から？」

と、言えば、犬之助も良く知っている長野業正からの遣いに相違ない。

「では、改めて参ります」

犬之助は遠慮したが、

「丁度良いので、座に入るように、と、殿は仰せだ」

良い時も悪い時も常に、資正に近侍する浜野修理《はまのしゅり》が伝えた。

犬之助は恭《うやうや》しく資正のいる書院に通される。

先客は僧侶《そうりょ》だった。

「おお、犬之助、戻ったか」

資正は待ち侘《わ》びていたように手招きする。

犬之助は資正の脇、やや斜め後ろに控えた。

「我が一族の犬之助にござる。平井へ遣いさせました」

と、資正は僧侶に自らの動きを世間話のように明かす。少しばかりの智恵《ちえ》があれば、平井と聞いて関東管領に結び付けるのは容易だった。

僧は委細承知したという顔をしている。

そうなっても差し支えない、この僧とは、

「箕輪虚無僧寺の湛光風車殿だ」

資正は犬之助に名を告げた。

（箕輪？）

と、聴けば、

（信濃守様の耳目か）

犬之助が察した通り、

「湛光風車殿は乱波《らっぱ》将軍と呼ばれ、長野信濃守（業正）様の下、領内に入り込んだ間者を炙《あぶ》り出し、諸国で起きていることを集めている」

と、資正は説く。

然して、

「犬之助、平井は如何に」

湛光の耳を気にもせず訊いた。

「えっ」

犬之助は戸惑う。太田家と三戸家の間で交わされた情報を余人に漏らして良いものか。

資正は犬之助の惑いを察し、

「構わぬ」

と、告げた。

「長野信濃守殿と我ら太田は関東管領を立てて東国を統《す》べるという治略を同じくしている。

これに三戸駿河守（義宣）殿も同調し、関東の今後を思うている」

現今の情勢を説けば、犬之助も納得し、

（最早、太田家一家では立ち行かぬか）

そのことを理解し、平井での三戸義宣との遣り取りを報告する。

まず、

「これを」

義宣からの返書を資正へ手渡した。

資正は受け取り、その場で繙く。そして、書面を広げて湛光と犬之助に見せた。

「あっ」

犬之助はもう驚かないが、声を上げる。

白紙の書状は何度見ても違和感があった。

湛光は苦笑している。慣れているのだ。

資正は書状を畳み、懐に仕舞った。後で手を加えて文字を浮かび上がらせて確認するだけで、

「書いてあることはわかっている」

ということである。

湛光も異を唱えることはなかった。

「源五様も信濃守様、そして、三戸駿河守様も最早、お腹を括られておられる。紙の文字などただの書き置きに過ぎませぬ。要は世を治めんとする方々の御心が同じうあれば、事は始まります」

と、諭す。

「はあ」

犬之助はわかったような、わからないような、間の抜けた返事をした。

「その境地はまだまだ先だ。今は学ぶことだ」

資正は犬之助のさらなる成長に期待する。

仮にも上杉憲政は関東管領であり、関東の情勢が混沌とする今、その駆け引きに対して

公然と批判するのは憚《はばか》られた。資正や業正の思惑が如何にあろうと、文書にして残れば、波紋は大きく、ただでさえ纏まりに欠ける関東管領麾下諸家の結束が呆気なく切れてしまいかねない。

(御上の出師《すいし》にも一理はある)

資正を始め業正と三戸義宣もある程度、理解はしていた。

確かに、佐久は碓氷峠を越えて上野へ至る要衝であり、武田勢が佐久を押さえれば、関東への大いなる足掛かりとなる。志賀城を攻略されたら碓氷峠を越えて上州平山へは十五里(六十粁)余りでしかなく、山内上杉は喉元に刃を突き付けられたような脅威に苛まれることになるだろう。

故に、憲政の信濃出兵を全く否定できなかったが、

(時期が悪い)

長野業正も諫言したように憂えるのは南方に相模の北条という脅威を抱えながら、さらに敵を作ることだった。

(信濃出兵が失策となっても北条や武田に付け入れられぬよう我らは足許を固める)

資正、業正、そして、三戸義宣は思いを同じくして内に秘め、成り行きを見守る。

そこで望むべくは、

「他を圧し、厳に世の秩序を保てる雄か」

資正は白文の隠語を口ずさんでしまう。

「あ」

思わず出た失言に気付き、

「これは儂としたことが」

自らを窘《たしな》めた。

湛光は苦笑する。憂えを抑え切れない資正の気持ちがわからなくもなかった。

関東管領として戴く人物はそれなりにいる。だが、他を圧し、厳に世の秩序を保てる雄は現今の上杉一門にはいなかった。

（権と力を兼ね備えた人物）

それは資正と湛光の意中にある。

関東はその人物の発起を待っていた。

三

甲斐の雄、武田晴信が版図拡大の野望を具現化し、信濃を侵して佐久へ兵を進めたのは天文《てんぶん》十六（一五四七）年のことだった。天下最強軍団の一つとして呼び声高い武田勢は瞬く間に信濃諸家を降《くだ》し、内山城の大井貞清を破って佐久の大半を制圧し、志賀城を残すまでとなる。

志賀城は信濃から上野への正しく境目の城だった。

関東方にとって取られてはならない城であり、武田方にとっては是非にも欲しい城である。

それだけに一筋縄で攻略できる城ではなかった。志賀城は上信国境の寄石山から延びる峰伝い岩肌も露わな急峻《きゅうしゅん》海抜二千九百尺（八百八十米弱）に築かれた要害で落とし難い。

その難攻不落の城を質実剛健な勇将、笠原清繁が守れば、寄せ手は相当な損失を覚悟で攻めるしかなかった。


五月、西国で雨の日が続く時分になったという知らせが関東にも届く。野では田植えも済み、農家は活気付いていた。

太田資正は気の置けない股肱《ここう》の浜野修理と犬之助、一楽、二楽を連れて上野の平原を漫《そぞ》ろ歩く。

犬の一楽と二楽にとっては暑いくらいの陽気で少し不快な様子だが、健気《けなげ》に犬之助を導くようにしっかり脚を動かしていた。

資正は初夏の風物に目を細め、

「民が恙《つつが》なく作事に励めるのは何よりだ」

平穏を喜ぶ。

しかし、

「この時期に戦で田畑を荒らされたら信濃の民は堪らんだろうな」

隣国の不幸を資正は憂えもしていた。

余所事《よそごと》では済まされない。

今、甲斐の武田が信濃を侵して佐久まで蹂躙《じゅうりん》し、上野の国境近くまで迫っている。

「御上は信濃への出兵をお決めになったと聞きます。信濃で困窮する国人衆のみならず民を助ける壮挙になると誇らかに仰せとか」

犬之助は聞き知ったことを確かめたかった。

資正は青田を眺めたまま応えない。

「殿は供奉《ぐぶ》されませぬか」

犬之助は遠慮がちに訊いた。

これも資正は応えない。

流浪隠遁《いんとん》の身とはいえ、関東の名門太田の要人である。一つの発言が大きな波紋を呼ぶ。

憲政の側近くにも海野小太郎や千代がいるように得体の知れぬ輩が上野に蔓延《はびこ》っていた。どこに間者の耳目があるかわからない。白昼の公道なら例えば、農事に勤しむ民の中に紛れていることもなくはなかった。だから、三戸義宣や長野業正との交信は白文の陰書を用いている。

（要らぬことを訊いた）

犬之助は出陣を問い掛けた自らの不用意を覚り、口を閉ざした。

資正は犬之助の自省に気付き、

「まあ、良からぬ者が入り込んでいたら一楽と二楽が嗅ぎ付けてくれる」

と、言って笑う。少しは気拙い空気が払われた。

一楽と二楽が振り向いて犬之助を見る。

任せて置け。

と、告げているようだった。

修理が、ぽん、と犬之助の肩を叩く。

「殿のお腹は決まっている。この上野の民が困らぬようにせねばな」

と、諭すように言った。

「は、はい」

犬之助は微妙な駆け引きに通じずとも、修理の言わんとすることは何となくわかる。

（関東管領が信濃に手を差し伸べれば、武田に上野侵攻の口実を与えるということか。今は信濃の成り行きを見守り、事有る時に備える、ということなのだな）

と、理解した。

そこで自らがすべきことを考える。

若者の成長は早い。僅《わず》かな切っ掛けで飛躍的に伸びる。

ほんの少しの掛け合いだったが、犬之助も機微を感じ、練れてきた。

「安養寺の味噌《みそ》が色付きを見る頃となっています。味噌はやはり安養寺がよろしうございます。出来栄えを窺《うかが》って参りましょう」

と、申し出る。

乱世となり将兵に滋養を与える食として味噌は重要視されるようになった。兵糧の確保は戦略の要諦《ようてい》であり、諸家、味噌造りに余念がない。

味噌は旧暦の十二月から一月頃に始める寒仕込みが最適であり、冬から春、夏と移り変わるにつれて熟成が進み、秋に寒くなり落ち着くと良い味噌ができる。

正に七月は良い味噌を見定める時期だった。

宝林山安養寺は正元《しょうげん》元（一二五九）年に退位された後深草上皇の勅願により心地覚心《しんちかくしん》が普化《ふけ》宗興国寺の末寺として信濃佐久に開創した禅刹《ぜんさつ》である。心地覚心は留学した南宋《なんそう》から味噌造りを伝え、信州味噌発祥の地となった。

資正と修理は顔を見合わせて、にやりと笑う。

近隣、信濃の安養寺の味噌の美味さは上野の人々も知っていた。資正も武家として味噌造りに関心がある。

「そうしてくれるか」

犬之助の申し出に応じた。

しかし、資正と修理が笑ったのは安養寺の味噌を楽しみにしているということではない。緊迫している佐久の物見を安養寺の味噌の下見と言い換えた犬之助の機転が気に入ったのだ。

「はい」

犬之助から言い出したことである。快諾した。

資正は頷き、釘《くぎ》を刺す。

「然れど、少しでも我らの動きを武田に気取られてはならぬ。遠目に様子を窺うだけで、決して近付くな」

「はい」

犬之助は心する。

四

武田晴信は天下をも望む。甲斐を平定した後、信濃併呑《へいどん》は宿願であった。

佐久制圧に向けて一万の軍勢を差し向ける。そして、自ら本隊を率いて閏《うるう》七月十三日、甲府躑躅《つつじ》ヶ崎《がさき》館を出陣し、二十日、志賀城の南方二里、稲荷山《いなりやま》城に入った。

志賀城には上杉憲政麾下の高田憲頼が援軍を率いて加わっている。

武田軍は閏七月二十四日より志賀城を包囲し、二十五日には水の手を押さえた。だが、城内の水の蓄えは存分であり、十日過ぎても落ちる気配はない。

志賀城の北四半里（一粁）余り、明泉寺は天長《てんちょう》三（八二六）年、天台宗慈覚大師円仁開基の由緒ある古刹《こさつ》である。その背後に海抜三千三百尺（約千九米）の高き霊峰、閼伽流《あかる》山《さん》が聳《そび》え、観音堂の裏手から仙人ヶ岳へ向かうと八ヶ岳や蓼科山《たてしなやま》、佐久平を一望できた。

その閼伽流山を二匹と一人が登り行く。言うまでもなく、一楽、二楽と犬之助であった。

処々清水が湧《わ》き出している。閼伽は清らかな水という意味で、豊かな湧き水から山名となったと伝えられていた。

犬之助は緑の深くなった山道を息も切れ切れに頂上を目指す。

一楽と二楽は上り坂を蹴る脚も軽やかであった。少し険しい山道に入り、野性が目覚めたか。そして、犬は坂を上るのが好きだ。楽しそうに元気良く駆け上がっていた。

犬之助は付いて行くのも漸《よう》くである。

「お、おい、私の身にもなってくれよ」

左足の古傷が疼《うず》いていた。

痛みは小さく動かすのに支障はないが、

「情けない」

犬之助は自らを語る。

一楽と二楽が立ち止まり、振り返る。犬之助を睨み、

（しっかりしろ。他国まで来て誰も助けてくれぬぞ）

と、叱咤《しった》しているようだった。

「何を」

犬之助は気を吐く。

然して、その時、目の前に視界が開けた。

はあ、はあ、と息を吐きつつも顔を上げると、

「おおっ」

信濃の山河を見渡す眺望に思わず感嘆の声を発す。暫し下界の煩雑を忘れ、明媚《めいび》な風光に見惚《みと》れていた。

その視線の先に要害を認める。夥《おびただ》しい蟻《あり》が群がるように囲まれていた。

四半里向こうの遠望であれば、細々した実態まではわからないが、概況は摑むことができる。

「武田勢は五千と言う。対して、城方は五百と聞くが、良く持ち堪えている」

感心するばかりだった。

一楽と二楽が志賀城を見据えて小さく唸《うな》っている。武田軍の攻囲に何か違和感を覚えているようだった。

「気に入らなそうだな」

犬之助も一楽と二楽の疑義に同感である。

「態《わざ》と攻め倦《あぐ》んでいるような気もする」

頭の中は靄が立ち込めているようだった。


犬之助が信濃で武田軍の攻め方に疑念を抱いている頃、上州平井では関東管領上杉憲政が志賀城の〝善戦〟に大層気を良くしていた。

「関東管領様の御威光に他なりませんが、笠原新三郎殿は良く持ち堪えています。寄せ手は一万ばかりとのことでございます。ここで倍の軍勢を送り込めば、武田など一拉《ひとひし》ぎと存じます」

信濃佐久の状況を上杉憲政に知らせたのは海野小太郎である。常に側近くあり、近頃は憲政の知識のほとんどが小太郎から伝わったことばかりとなっていた。

小太郎は憲政の耳に心地の良い壺《つぼ》がわかっている。

然して、この日も愛妾《あいしょう》の千代を侍《はべ》らせ、酒を食らっていた憲政は、

「然様か」

「秋になれば、早々に兵を出そう」

上機嫌で、と、明言した。

太田資正は新田で信濃の情勢を静観している。

そこへ犬之助が戻った。一楽と二楽によって知らせるには不慣れな地で距離も長過ぎ、臭いを嗅ぎ切れない。共々一度、帰国して資正に様子を伝えた。

「確かに笠原新三郎殿は良く凌いでいらっしゃいます。高田右衛門佐《うえもんのすけ》（憲頼）殿のご助勢もあり、士気は保たれていると見受けます」

「そうか。だが、その割に浮かぬ顔をしている」

資正は鋭く犬之助の表情を捉えている。

その通りだが、

「は、はい」

犬之助ははっきりしない。武田軍の緩慢に対し感じた靄の正体を摑み切れていなかった。

それでも、

「で、其方の見立ては」

資正は敢えて訊く。

犬之助が応えに困っていると、

「抛磚引玉《ほうせんいんぎょく》」

訊《たず》ねた資正が応えていた。

「えっ」

「千百年余りもの昔、宋《そう》の将軍、檀道済《たんどうせい》によって編み出された『兵法三十六計』の第十七計、磚《れんが》を抛《な》げて玉を引く。つまり、餌《えさ》を撒《ま》き、飛び付いて来た敵を撃滅する」

「あっ」

犬之助の合点に間髪入れず、

「または第二十八計、上屋抽梯《じょうおくちゅうてい》か」

資正はさらに言い及ぶ。

「それは」

「屋《おく》に上げて梯《はしご》を抽《はず》す。誘いの隙を見せて敵を引き付け包囲殲滅《せんめつ》する、ということだ」

犬之助は二つの計について素早く思考を巡らせ、

「武田の拙攻は擬態《ぎたい》ということですか」

と、読み解いた。

資正は無言で頷く。

犬之助の推量は当たっていた。

「武田軍、恐れるに足らず、と侮り、御上が出兵したところを待ち伏せて叩く、ということでございますか」

と、続ければ、資正は、ふぅ、と息を吐き、

「武田は強い。そして、大膳大夫《だいぜんたいふ》は策士だ。如何にすれば、自ら損耗せず勝てるかを知っている。関東管領軍は動きを読まれ、迎え撃たれる」

と、予言する。

「御上に知らせ、出兵を思い止まって頂かなければ」

犬之助は焦燥し、もう発するばかりだった。

「伝えるだけ伝えてみるか」

資正は止めもしないが、

（聞く耳持つような御方なら関東管領も捨てたものではないが……）

説得に期待もしていない。

資正の思いを知らず、犬之助は平井へ向けて駆け出していた。

犬之助が一楽と二楽を連れて平井城を訪ったのは八月一日のことである。そして、城下に入った途端、驚いた。

「も、もう」

関東管領麾下の将兵が戦仕度を急いでいる。

犬之助は焦り、急いだ。

もう門番は犬之助を見知っている。息急《せ》き切った慌て振りに驚き、

「慌ててどうされた」

とにかく訊ねた。

「御上の御耳に入れたき儀がございます」

「ほお、ただごとではなさそうだの。どのようなことだ」

「はい、信濃への御出兵のことでございます」

関東管領の軍事に関わる用件となれば、容易に扱えない。

「何っ」

門番が眉を顰めていると、

「どうした」

三十路《みそじ》半ばの男衆が声を掛けてきた。小柄だが、男振り良く、浅葱色《あさぎいろ》の装束を涼やかに着こなしている。犬之助を見て品定めをするか。

にこりと微笑み、

「御出兵につき話があると耳にしたが……」

と、問う。

「は、はい」

犬之助は歯切れ良く返事した。

「貴殿は？」

男衆は誰何《すいか》する。

「あ、これは御無礼を。新田の横瀬信濃守様の許に身を寄せる太田犬之助と申します」

犬之助がそう名乗っただけで、

「ああ、太田源五殿の御身内か」

男衆はわかった。

「は、はい」

犬之助は見透かされて戸惑う。

「あ、貴方《あなた》様は？」

「関東管領様のお側に仕える海野小太郎と申す」

「こ、これは」

犬之助は噂《うわさ》の人物に出遭い、面喰《めんくら》った。

小太郎は微笑んでいるが、能面のような表情をしている。何を考えているか、わからない。

「御出兵に関わる話とは小事と思われぬ。彼方《あちら》で聴こう」

小太郎は有無を言わさず犬之助を城内へ引き入れた。気付けば、犬之助を六人の武者が取り囲んでいる。

一楽と二楽が唸っていた。犬之助は無意識に引き綱を手放す。刹那《せつな》、一楽と二楽は駆け出し、忽ち見えなくなった。

小太郎の表情が微かに動く。一瞬、苦い顔をしていた。一楽と二楽の動きが僅かながら気にかかったようだが、

（文は結ばれていなかった）

なれば、

（物言えぬ犬に伝える術《すべ》はない）

と、高を括る。

「さあ」

犬之助を導く。

六人に威圧され、犬之助は奥へ連れて行かれた。

もう門番から犬之助の姿は見えない。

「あぐっ」

犬之助は鳩尾《みずおち》を拳《こぶし》で突かれた。呼吸ができない。意識を失った。

気絶して何刻過ぎたか。

「犬之助殿」

意識の遠くで名を呼んでいる。

「犬之助殿」

呼ばれ続け、犬之助は現に返っていく。

虚《うつ》ろに瞼《まぶた》を開く。朧《おぼろ》げに顔を見る。

「犬之助殿」

また呼ばれ、犬之助は気が付いた。

薄暗い空間に、

「あ、貴方は」

としやうの夫、景道を見付ける。

「わ、私はどうしたのですか」

犬之助の記憶は飛んでいた。

「難儀なことだった」

景道が労《いた》わると、

「そ、そうか」

犬之助は海野小太郎に捕らわれたことを思い出す。

「ここは？」

「城内の岩牢《いわろう》だ。犬たちが我が家に駆け付けたことで、としやうは犬之助が捕らわれたと察し、私が助けに来た」

「そ、そうですか」

「うむ」

「忝《かたじけの》うございます」

犬之助は素直に礼を述べ、頭を下げる。

その間も惜しむように、

「さ、早く」

景道は急かす。事態は切迫していた。

犬之助は景道に促されて牢の外へ出る。

暗かった。陽が落ちて暫く経っている。それにしても、

「えっ」

首を傾《かし》げるほど静かだった。

景道は三戸家へ先導しつつ状況を話す。

「既に関東管領軍二万は信濃へ向けて発した。それ故、城内に人は少なく、容易に牢へ及べた」

犬之助など歯牙《しが》にも掛けることなく、捨て置かれたのだ。出兵の妨げが取り除かれれば、たかが異分子一人、どうでも良かった。

犬之助が三戸家に着くや、一楽と二楽が駆け寄り、跳び付く。としやうが世話してくれていたらしい。

「良かった」

としやうは犬之助の無事を喜ぶ。

犬之助はそれどころでなかった。

「早く殿に知らせなければ」

気が急く。さらには、

「駿河守（義宣）様は？」

その動向が気になった。

すると、

「儂はここだ」

義宣その人が顔を見せた。

「此度《こたび》は御声が掛からなかった」

勿怪《もっけ》の幸いか。失敗の恐れ余りある出兵から外されたことは喜ぶべきであろう。

いや、

「出兵に異を唱える儂は疎《うと》んじられている」

それが現実だった。

三戸家と関東管領陣営の間の溝は深い。陣営と言っても海野小太郎一人との確執だった。

だが、その一人が関東管領を動かしている。

「最早、どうにもならぬ」

義宣も手が付けられない。

犬之助は愕然《がくぜん》として声も出ず、地べたに膝を落とした。

果たして、関東管領上杉憲政は資正たちの憂慮を余所に八月、信濃へ出兵した。

倉賀野秀景《ひでかげ》率いる十六騎を先陣として西上野の国人衆から成る二万の援軍が三千尺（九百米強）を優に超える榛名《はるな》と妙義の山間《やまあい》を征《い》く。

第四章　松山合戦

一

浅間山で大気に浮遊する塵《ちり》が冷え、水気を纏って露が漂い、霧を成す。そのような時節となっていた。信濃佐久の山野に吹く風は少し涼気を帯び、稲穂を揺らす。

収穫は近い。

秋の始まりが感じられた。

田畑に鷺《さぎ》が舞い下りている。嘴《くちばし》を地に突き立てていた。虫を啄《つい》ばんでいるのか。

長閑《のどか》な風景だった。

果たして、長閑さは忽ちにして破られる。

人馬の群がり駆け来る喧騒《けんそう》と地揺れが鷺を一斉に飛び立たせた。

関東管領の援軍二万が国境を越えて信濃へ押し入って行く。

だが、関東管領軍の動きは武田方に筒抜けだった。

甲斐武田の総帥、晴信は志賀城の南方二里、稲荷山城に本陣を据えている。

斥候が、

「金井小源太《かないこげんた》（秀景）率いる軍勢が碓氷峠越えに及び候《そうろう》」

と、伝えた。

「そうか」

容易ならざる情報にもかかわらず晴信の反応は淡泊だ。わかり切っているというような表情をしていた。

そのはずである。

既に知っていた。

上州平井に関東管領軍大敗の報が入ったのは、それから僅か二日後のことである。

犬之助が平井城の岩牢から三戸景道に救い出された時、既に関東管領の援軍は上信の国境を越えていた。

そして、負ける。

犬之助は敗報を聞き、取るものも取り敢えず、平井城へ向かった。

己れの無力に歯噛みして妙義榛名の彼方《かなた》を思い遣る中、関東管領軍の生き残りが続々這う這うの体で平井城へ辿り着く。

兵は息荒く、血と汗に塗《まみ》れ、心身共に疲れ切っていた。どの具足も数々矢を帯び、刀槍の痕《あと》が夥《おびただ》しい。生きて還《かえ》れたことを喜ぶ間もなく倒れ込み、動かなくなった。そのまま息を引き取る兵も少なくない。

二万を数えた軍容は無残にも崩潰《ほうかい》し、見る影もなかった。

城方は慌しく兵を迎え入れ、右往左往して手当てに追われている。

犬之助は愕然とし、

「ああ」

口を開き、目を見開いたまま立ち尽くす。

凄惨《せいさん》な光景を目の当たりにして何をどうしたら良いかわからない。

やがて敗報は新田の太田資正の耳にも届く。

伝えたのは言うまでもなく犬之助であった。

資正は浜野修理を伴い、田畑を見渡す平原の路傍の岩に腰を下ろす。

「屋敷の中は人の耳目を防げるようで防げぬ。自らの領分であるも手練《てだれ》の諜者なら潜む隙はいくらでもある。野原の真ん中なら諜者の潜む余地はない」

というのが資正の考えであり、理にも適っていた。

「それに……」

資正は犬之助の左右に伏せる一楽と二楽を見遣り、

「曲者が近付けば、一楽と二楽が黙っていない」

親しみを込めて笑う。

犬の聴覚、嗅覚《きゅうかく》はこの上なく鋭く、見張りとして有能だった。

「さて」

資正は修理と共に聴き入る。

犬之助は居住まいを正し、切り出した。

「駿河守様が援兵の先鋒《せんぽう》となられた金井小源太殿より戦の仔細を聴き取られた際、私も端で伺いました。志賀城はまだ戦い続けていますが、三戸の方々が早く新田へ知らせるよう仰せ下さいましたので、戻らせて頂きました。此後、志賀に動きがあれば、三戸家より知らせて下さります」

と、言ったところで、

「前置きは良い。佐久の経緯《いきさつ》を話してくれ」

資正は促す。

「然れば」

犬之助は話し始めた。

「笠原信濃守（清繁《しげ》）殿の請願に応じ御上が出された兵二万余は碓氷の峠を越えた後、佐久の小田井原《おたいはら》に陣を布き、武田方の軍勢と相対しました」

「ふむ」

「ところが、その動きは悉く武田大膳大夫の 掌《たなごころ》 だったようです」

「…………」

資正は納得顔で頷く。

それに気付いた犬之助は、

「殿はご存知でしたか」

と、訊いた。

資正は平然と、

「いや、知らぬ」

そう応える。聴かないでもわかるといった表情だった。

「儂のことは良い。続けてくれ」

大まかなことは予想できたが、詳《つまび》らかに知りたい。

「は、はい」

犬之助は気を取り直して話を続ける。

「大膳大夫は御上の援兵の動きなど気付いていぬかのように悠然と陣構えして志賀城を包囲していたとのことです。ところが、その実、秘かに別働の兵を出し、小田井原へ中入れさせました。それも板垣駿河守《いたがきするがのかみ》（信方《のぶかた》）、甘利備前守《あまりびぜんのかみ》（虎泰《とらやす》）、横田備中守《よこたびっちゅうのかみ》（高松《たかまつ》）、多田三八《ださんぱち》といった武田勢でも屈強な将に率いさせ、八月六日、一気に後方から御上の軍勢へ突き入りました。然れば、多勢で過信した御上の将兵は意表を衝かれて浮き足立ち、崩されました。後方の崩れが中段へ、また前方へ、雪崩《なだれ》の如く伝播《でんぱ》し、後は武田勢にとって赤児の手を捻《ひね》るが如く、瞬く間に御上の軍勢は兜首《かぶとくび》十四、雑兵三千が討ち取られました」

「正しく兵法三十六計の第十七計、拋磚引玉、第二十八計、上屋抽梯だな。さらには第二十七計、仮痴不癲《かちふてん》か」

資正の読み通りだった。それも一計、二計どころか三計にも及んでいる。

「仮痴不癲とは？」

犬之助は問う。

「痴を仮るも癲せず。つまり愚かな振りをして敵に侮らせる、という計略だ」

「大膳大夫は援軍に気付かぬ振りして、実は早々と知っていたということですね」

「然様《さよう》。間者によってな」

「海野小太郎ですか」

犬之助の直截過ぎる指摘を、

「名指しするな。御上の側近だぞ」

修理が窘めた。

「然《さ》れど、それより考えられませぬ」

犬之助が言い募れば、

「証《あかし》がない」

修理に諭される。

犬之助は不承不承、口を噤《つぐ》んだ。

そこで、

「まあ、これで」

資正が口を開き、

「御上が手出しすることはない」

さらりと言い切った。

「然れば、信濃は最早、大膳大夫の恣《ほしいまま》ということですか」

犬之助は悔しそうに俯《うつむ》く。事前に海野小太郎の疑惑に迫りながら捕らわれ、関東管領の信濃援兵を止められなかったことに内心、忸怩《じくじ》たるものがあった。

資正は察したか、

「其方の責にはあらず」

と、言い聞かす。

その一言には、

（犬之助如き軽輩の働きで関東管領を動かせるものではない）

と、教え諭す意が含まれていた。

それがわかったか、わからぬままか、犬之助は悔しさに唇を噛む。そして、関東管領の不徳を知って受け流している資正にも不満があった。

「女に誑《たぶら》かされて手の内を敵に漏らしてしまう。そのように堕落した御上に対し殿は憤りを抱かれないのでしょうか」

詰め寄る。

「おい」

修理が叱り付けようとしたところ、資正は左手を横に出して制す。ふっと笑い、

「犬之助、情を面《おもて》に出すな。心を読まれる」

穏やかに諭したかと思えば、凄《すご》みのある顔付きに変わり、

「その人物に対し望みを持つから裏切られた時、怒る。望みを持たず、諦めてしまえば、怒らぬ」

と、言った。

犬之助はどきりとし、言葉が出ない。

（殿は御上を見限ろうとしているのか）

それを覚った。

太田一党に犬之助一人の思いを斟酌《しんしゃく》している余裕はない。黙れば、改めて、

「武田勢は信濃を平らげた後、上野へも兵を進めて来ましょうな」

修理は危機感を口にした。

資正はもう犬之助など構わず、

「笠原勢に援兵の望みはなくなった。志賀は持って四、五日か」

現実を直視して客観的に言えば、修理と犬之助は沈鬱《ちんうつ》な面持ちとなる。

資正は尚も冷静に、

「北信濃の村上左少将（義清）次第だな」

と、告げた。

「確かに村上は信濃最後の砦《とりで》ですな。村上が降《くだ》れば、信濃は大膳大夫の手に落ちる。そうなれば、大膳大夫が次に望むのは上野であることは明白です」

修理の危惧《きぐ》は切実である。

資正は南西、信濃の方角を見据えて、

「犬之助、引き続き、平井から信濃佐久を窺い、様子を知らせてくれ」

と、言い付けた。

「はい」

犬之助は心して応える。

資正は頷き、視線を下げて、

「其方らもな」

一楽と二楽に微笑み掛ける。

二

浜野修理の憂慮は次第に現実味を帯びていった。

犬之助が慌てて資正の屋敷へ駆け込む。一楽と二楽が追い掛けるようにして続いた。

急ぎ応じる資正へ知らせるのは、

「し、志賀が落ちました」

そのことに他ならない。

「そうか」

資正の予想した通りだった。

「して、仔細は」

「はい」

犬之助は見聞を伝える。

「武田大膳大夫は小田井原で討ち取った御上の援兵の首を悉く志賀城へこれ見よがしに並べて晒《さら》しました。城方には上州縁《ゆかり》の兵も多く、見知った剛の者さえ斃《たお》れたことを見せ付けられて最早、望みなしと覚り、ならば、最期を飾るべく討って出たそうです」

「そうか」

資正はそれだけで結末を察せられた。

犬之助は痛《いた》ましそうに話す。

「城方は死兵と化して武田方の隙間ない囲みへ突き入り、悉く討たれました。笠原新三郎は腹を切って果て、志賀城は落ちました。武田方の死傷も少なからず、大膳大夫の怒りは甚だしく、生き残った城方は一族ごと甲斐へ連れ去られ、奴婢《ぬひ》として売り飛ばされました。一人二貫文から十貫文で売った銭を手柄のあった兵へ褒美として分け与えたとのことです。小山田《おやまだ》出羽守（信有《のぶあり》）などは笠原新三郎の奥方の美しさに懸想して所望し、側妾《そばめ》にしたそうです」

資正は聴き終えて嘆息した。暫し言葉がなかったが、やがて、

「大膳大夫は過ったかも知れぬ」

と、呟く。

「過った？」

犬之助は首を捻った。

（武田は勝ったではないか）

そのことが引っ掛かる。

すると、

「残る信濃衆へ、武田に抗えば、徹して滅ぼされるという脅しを掛ける見せしめのつもりだろう」

資正は晴信の狙う効果を説いた。

（その通りだ）

犬之助も同意であり、

「はい。存分に武田の怖さを見せ付けました」

と、言った。

「そうだが……」

資正は肯定するも、

「武士には反骨の心というものがある」

暴虐に屈せぬ人間の底力を思う。逆効果になる予感がした。

武田の信濃侵攻で漁夫の利を得たのは北条である。

関東管領上杉憲政は小田井原の戦いで大敗し、権威は失墜した。この機に北条氏康は上武へ調略を仕掛ける。

浅羽左近は武蔵に留まって北条に恭順したが、その実、関東管領方太田資正との絆は切れていなかった。名将太田道灌の血を引く資正を尊崇し、今でも忠義心を持ち続けている。

左近は秘かに資正と通じていた。その繋ぎを犬之助が担っている。

犬之助は浅羽左近と密に連絡を取り、武蔵の情報も入手していた。情勢は予断を許さない。新田の資正へ知らせた。

新田の太田屋敷の縁側で、

「御上は頼りにならず、関東諸勢は続々と北条へ靡《なび》いています」

深刻な顔で告げる。

「そうか」

資正の反応は小さかった。読めていたからだ。

犬之助は気が気でなかった。

(関東が北条に侵されていく。このままでは殿が城を取り戻す機は失われてしまう)

その焦燥を資正は受け流すかのように、

「一楽と二楽の教練を確《しか》と続けろ」

と、犬之助に言い付け、奥へ引き取る。

犬之助は遣る瀬なかった。資正の悠長さに苛立《いらだ》つが、本分を疎《おろそ》かにはしない。

(殿には深いお考えがあるのだ)

自らに言い聞かせ、教練場に向かった。


一楽と二楽の教練は一年余りに及ぶ。犬之助との信頼も深まっていた。

最早、成犬となり、体高は一尺四寸(約四十二糎)にもなる。肉の締まった良い体付きであった。

二匹とも凛々《りり》しい顔立ちだが、優しい目をしている。犬之助が情を注いで育てた故か、穏やかで芯の強い犬に成長していた。

「一楽と二楽がいつまでも健やかでいるために」

犬之助は餌の栄養を考える。

雉などの干し肉は血肉になるが、それだけでは栄養が偏ってしまう。肉に野菜なども混ぜ合わせて飢えや渇きを凌《しの》ぐ、飢渇丸のような餌を考案していた。

自ら口にし、

「うん、美味い」

人が食べても行ける。だが、

「少し塩気が多いか」

人とは違う犬の体のことも気遣う。

干し肉を一度水に漬けて塩気を抜き、改めて野菜を混ぜて固めて干した。

一楽と二楽に犬之助や資正、修理の古着の切れ端に付いた臭いを嗅がせ、距離を置いて駆け来させる教練を繰り返していた。繰り返すことで、犬は体で覚え込む。

為遂げる度に特製の餌を与えると、一楽と二楽は尻尾《しっぽ》を振って食い付いた。

「美味いか、美味いか」

犬之助は一楽と二楽の喜びようを見て目尻を下げる。

一楽と二楽は壮健に育っていた。


犬之助が撫育《ぶいく》した一楽と二楽の出番がついに訪れる。

天文十六（一五四七）年八月、資正は修理と犬之助を呼び付けた。

例によって新田の田園を眺めつつ話す。

「儂と同じくして松山を追われ、腰越へ逃れて鳴りを潜めていた又次郎より音信があった」

告げられて修理と犬之助は刮目《かつもく》した。

「又次郎とは上田又次郎でございますか」

修理は言い当てる。

「そうだ」

資正は頷いた。

「どのような」

修理は訊く。容易ならざる展開になると予測できた。

資正は修理、そして、犬之助を見て、

「松山を取り返す」

堂々言い渡す。

修理と犬之助は息を飲んだ。身震いもする。

松山は市野川が成す湿地に立つ天然の要害、武蔵中原の要《かなめ》であり、関東を狙う群雄が何としても欲しい城であった。

その松山城を奪回するという大事を資正は修理と犬之助に告げ、自らを後に引けぬよう追い込んだのである。

だが、

「しかし、御上の軍勢が河越、小田井原と立て続けて敗れ、威信は急落し、武蔵の諸家までもが見切りを付けて北条へ靡いています。この流れを止めるのは容易でなく、況《ま》してや、その一角を崩すことは至難と存じます」

修理の懸念は決して思い過ごしではない。

（その通りだ）

犬之助も同意だった。

果たして、

「誰が流れを止めると言うた」

資正は片頬を歪める。

「えっ？」

修理と犬之助は揃って呆気に取られた。

「武蔵の諸家が続々と北条へ靡いているからこそ付け目があるのだ」

修理でも首を捻り、犬之助には全くわからない。

「ど、どういうことでしょう」

率直に訊いてみる。

「武蔵の諸家が雪崩の如く服していることで、北条方は世の流れが己れに傾いていると得意になっている。この流れに逆らうは愚かと何人も思うている。故に、今、膝を屈すれば、疑いなく取り込もうとする」

資正の解説を聴いて、益々犬之助は混乱した。

「ひ、膝を屈するのですか？」

松山城奪回宣言と矛盾する。

「そうか」

修理にはわかった。資正と苦楽を共にしてきた股肱だけのことはある。

「殿のお好きな兵法三十六計の第十計でございますな」

と、読み解いた。

資正は満足そうに微笑む。

犬之助にはまだわからない。

修理が説明してやった。

「兵法三十六計の第十計とは笑裏蔵刀《しょうりぞうとう》、笑いの裏に刀を蔵《かく》す、ということだ」

そこまで言われたら、

「あっ」

犬之助でもわかる。

「恭順したと見せて北条方が気を緩めたところを衝くのでございますね」

声を上げた。

修理は顔を顰め、

「声が大きい。如何に間者が身を隠せぬ場でも声が大きければ、少し離れていても聞こえる」

と、窘《たしな》める。

犬之助は首を竦《すく》めて恐縮した。

資正は目の前に跪《ひざまず》く犬之助の右肩に左手を添えて宥《なだ》め、策を語る。

まず、

「又次郎はまだ北条に恭順の意を示していない。それが要諦《ようてい》だ」

現状、上田朝直が逆境にあることを喜んでさえいた。

（どういうことだ）

犬之助の頭の中は縺《もつ》れるばかりだ。

「だからこそ使える」

と、資正は嬉しそうに言う。そして、

「今、武蔵で北条に逆らえば、正しく四面楚歌《しめんそか》、進退窮まる。よって、最早、上田も北条に屈しなければ生き延びることはできない」

現実を言明した。そこで、

「又次郎は北条への恭順を約すため松山城の垪和伊予守《はがいよのかみ》の許へ出向くのですな」

修理が応える。

「そうだ」

資正は意を得たり。

然れば、

「一楽と二楽は使えるか」

それが知りたい。

「使い走りは万全です」

犬之助は自信をもって応えたが、

「然りながら、一楽と二楽は大事な仲間です。戦わせたくありません」

きっぱり言い切る。

「わかっている」

資正が二度頷き、

「城方の様子を探り知らせるのだ」

資正の策が動き出した。

三

犬之助は一楽と二楽を連れて武州松山へ向かう。

途中、萱方《かやかた》に寄った。太田家を陰ながら支え、表向き北条に恭順している浅羽家の城がある。

北条方となると、犬之助にとって敵方だが、河越、小田井原と大敗が続いた関東管領方から西武の諸家は離れ、警戒は緩んでいた。

犬連れの旅人は何喰わぬ顔で城下に入った。

浅羽の主従は太田に関わりのある主立った人物の顔を見知っている。太田は未だ北条に従っていないが、武蔵を追われ、流浪の身であれば、影響力なく、城の門番でさえ高を括り、犬之助も、

「おお、犬之助殿、久しうござる」

障《さわ》りなく中へ通してくれた。

「おお、健やかそうで何よりだ」

左近は犬之助の復活を喜ぶ。

「何もかも左近の御蔭だ」

犬之助は感謝して止まない。左近は北条方風魔の罠に嵌まり傷付いた犬之助を救ってくれた。

「偶々《たまたま》だ。出張っていて良かった」

と、左近は控え目だが、

「今ここにあるは左近がいてくれたからだ」

犬之助は無二の友だからこその誼《よし》み故と感じ入り、改めて礼を言いたかった。

久々に犬之助と左近は交情を深めるが、それどころではない。

　一通り互いに近況を話した上で、

「殿は松山を取り戻すお積もりだ」

と、犬之助は告げた。

「そうか」

　左近は目を輝かせる。

「手を借りたい」

　犬之助が請えば、

「是非もなし」

　左近は即答した。


　犬之助と左近は一楽と二楽を連れて松山城下に入った。

　やはりここも北条方の警戒は緩い。関東管領の勢威を歯牙《しが》にも掛けず、侮り切っているからに他ならない。

　犬連れの二人は松山城下を旅商になり切って歩いた。城下は関東管領と北条の争奪に巻き込まれて動乱していたが、漸く落ち着きつつある。

「坍和伊予守を城に据え、安宅七郎次郎、太田十郎兵衛、狩野左近ら松山衆が仕切っている」

左近が松山の現状を犬之助に伝えた。

「容易に手を出せぬか」

犬之助は松山の防備を高く見積もるが、

「今は」

という限りを付ける。

犬之助と左近は一頻《ひとしき》り松山城下を見て回った。

然《そ》して、

「では、知らせを待っている」

左近は浅羽へ引き揚げる。

犬之助は頷き、左近を見送った。

犬之助は松山の様子を窺い続ける。

近くの吉見《よしみ》に夥しい洞穴があり、塒《ねぐら》には事欠かない。

岩山の斜面の穴は百まで数えてもまだ見切れないほどだった。間口は三尺から四尺ほどがほとんどだったが、中には十尺と広い穴もある。

犬之助は中に入るや、

「おお」

感嘆の声を上げた。

金緑色に光る苔《こけ》が自生している。美しさに暫し目を細めた。

ここに潜伏して松山衆の動きを探る。


九月になり松山衆の動きが慌しくなった。

(小田原から呼び出しがあったな)

犬之助は察して北叟《ほくそ》笑《え》む。

二楽の首に文の入った小さな筒を括り付けた。

手拭いの臭いを嗅がせる。左近の使った手拭いだった。

「よし、頼んだぞ」

犬之助は二楽を放つ。

二楽は走る。

馬は目的地に向かって単独では走れない。乗り手が要る。その土地で見慣れない人物が馬を駆れば、目立ち、怪しまれ、捕らえられる恐れがあった。

犬は臭いを追える。二楽は犬之助に鍛えられていた。

左近が態々《わざわざ》松山まで同道したのは道に臭いを残すためだった。

松山から浅羽へは三里ほど、これを二楽は四半刻足らずで走れる。犬之助の全盛期より速い。

見事に浅羽へ到達し、左近に密書を齎《もたら》した。

「良くした」

左近は二楽を褒め、褒美の干し肉を与える。

そして、上州新田へ向けて早馬を放った。武州松山から上州新田は二十里余りあり、二楽でも臭いを追い切れないからだ。


上野新田に左近の放った早馬が及ぶ。

資正は知らせを受け、

「よし」

膝を打つ。

修理も頷き、

「やはり北条に安房里見《あわさとみ》の名は効きますな」

と、会心の笑みを浮かべた。

「里見の海将、正木十郎（時忠）が勝浦に八十艘《そう》の軍船を揃えたと聞こえれば、心動かずにはいられないでしょう」

「然様。北条と里見は長年、関東の覇を競っている。特に浦賀沖の海を制する争いは絶え間なく続いている。明らかに里見より北条の方が強大だが、事、水軍に関しては里見が上だ。武蔵に囚《とら》われて里見に三浦でも侵されたら大事だからな」

「左京大夫（北条氏康）は里見との果てない抗争で相模が疲弊することを危ぶみ、刑部《ぎょうぶ》少輔《しょうゆう》（里見義堯《よしたか》）の崇敬する安房の保田妙本寺の日我《にちが》上人に仲立ちを頼ったようですが、刑部少輔は、日我上人の願いでも北条との和議は受け入れられぬと拒んだと聞きます。鶴《つる》谷《がや》八幡宮で自らを副将軍として願文を納めた刑部少輔にとって関東管領と敵対する左京大夫は許し難いことでしょう」

「里見は水軍では難しい奇襲を得意とし、三浦へ仕掛け、略奪することしばしばと言う。三浦の民は年貢の半分を里見へ納めて安堵《あんど》を請うているようだ。斯様な様相であれば、里見がいつ相模へ大仕掛けしてもおかしくはない」

「里見水軍襲来は信憑するに十分な知らせということですな」

「多年、里見水軍に悩まされ続けている左京大夫は対して応じざるを得ない」

「攻められる前に攻める。里見に先んじて水軍を佐貫《さぬき》へ差し向けるようです」

「兵が幾らあっても足りぬな」

「然れば、この機に」

「うむ。者共に浅羽へ集まるよう伝えてくれ」

資正が一年の沈黙を破り、動き出す。

修理の放った伝令が急ぎ上武各所へ奔《はし》る。河越夜戦以来、散り散りになっていた太田家の家来衆に決起を呼び掛けるためだった。

果たして、太田家の家来衆が次々と浅羽に集まる。大挙集結するのではなく、処々《ところどころ》より少しずつ馳せ参じれば、目立たなかった。

反して松山では北条方の将兵が続々と出立していく。

（よし、城は手薄になる）

犬之助は見極め、密書の小筒を一楽の首に括り付けて託した。

一楽は走る。ひたすら南へ。

都幾《とき》川を渡り、越辺《おっぺ》川を越え、二楽に負けず、三里を四半刻もかからず駆け抜けた。

浅羽の城で左近が手ぐすね引いている。

一楽が城下へ及び、近付き、見える姿が大きくなっていく。

「よし」

左近は一楽を抱くようにして受け入れた。

首の密書を取り出す。読むまでもなかったが、目を通し、松山の状況を確認した。

既に資正も先立って伝令の務めを果たした二楽を連れ、浅羽の城に出張って来ている。

犬之助からの知らせを待っていた。

左近が犬之助の密書を持って現われる。

「そら」

二楽の引き綱を放す。

二楽は一楽に歩み寄り、臭いを嗅ぎ合い、戯《たわむ》れた。

資正は密書を受け取る。既に左近が水に漬け、文字を浮き上がらせていた。読み下し確と頷く。

「殿、いよいよですな」

左近が言い及べば、

「ああ、いよいよだ」

資正は気を引き締めた。

家来衆も寄り集まっている。関東各地に散り散りになっていた故、集められたのは五十人ばかりでしかない。しかし、逆境の資正に付いていく気骨ある壮士たちであった。

その中に松山を追われた上田朝直もいる。

「心構えは良いか」

資正は覚悟を問う。

「はい」

朝直は確と受け応えた。

四

松山城は比企《ひき》の丘陵に築かれた平山城である。南北に流れる市野川を天然の濠とし、東に家来衆の集落、西に町屋が縄張りされていた。曲輪は本丸から北東へ二ノ丸、春日丸、三ノ丸、広沢丸と連なり、深い濠で仕切られている。堅守を主とし、防禦《ぼうぎょ》に優れた城砦《じょうさい》は正しく難攻不落であった。

この城を資正は一時、諦めている。如何に難攻不落の城であっても関東管領軍が大敗し、劣勢の中、多勢に無勢では支え切れなかった。

その雪辱を果たすつもりだが、手勢は五十人ばかりでしかない。安房里見の脅威に対し相模へ兵を割かれても太田勢は城方の十分の一にも及ばなかった。

如何にして松山城を取るつもりか。正面から攻めても撃退されるのは必至だった。

策戦の成否は朝直が鍵を握っている。

比企郡八林郷三尾谷郷の豪族、道祖土《さえど》図書助康兼《ずしょのすけやすかね》が朝直を伴い松山城の門を叩いた。

康兼は資正の父資頼の代から太田家に従っている。松山城に程近い比企に地の利があり、資正を支援して領地拡大を目論んでいた。

門番は近隣の有力者、康兼を見知っている。

「何用でござるか」

と、訊ねれば、

「松山を追われ腰越に逼塞《ひっそく》していた上田又次郎が降を請いたいと申す。関東管領も敵わぬ左京大夫様に逆らう愚かを覚ったとのことだ」

と、康兼は真しやかに言った。

関東の大勢を鑑みれば、尤《もっと》もなことである。

「ふむ」

門番は信じた。

氏康から松山城を任されている垪和氏堯へ取り次がれる。

然して、朝直と康兼は外郭、広沢丸の白州へ通された。

下人の如き扱いに朝直と康兼は屈辱を覚えたが、唇を噛んで堪える。

上段に氏堯が現われた。大仰に腰を据え、近習を左右やや後ろに侍らせて朝直と康兼を冷めた目で見下す。武蔵を席捲《せっけん》している北条の威光に正しく胡坐をかいていた。

朝直の横で跪く康兼が、

「これなる上田又次郎が降を請いたいと申します。関東管領も敵わぬ左京大夫様に逆らう愚かを覚ったとのことにございます」

と、門番に伝えたことを繰り返す。

「そうか」

氏堯は素っ気なく頷いた。

北条に逆らった将の投降である。処分は氏堯の一存では決められない。小田原に伺いを立てるのだが、それでは氏堯に何の利もなかった。

それについては朝直と康兼も鈍感でない。

「恭順の証として貢の品々を持参しています」

と、康兼が切り出した。

「ほお」

氏堯の顔が綻《ほころ》ぶ。

「上田の者共が城外に控えています。貢物の城中への持ち込みをお許し願います」

と、康兼が告げれば、

「許す」

氏堯に否む理由はなかった。

荷は氏堯の配下が改める。五つの長持ちには織物や鋳物、皮革、紙などが詰められていた。いずれも不審なく、通された。

城門が開かれ、荷が運び込まれる。三田五郎左衛門《みたごろうざえもん》、河目四郎左衛門《かわめしろうざえもん》、黒川権右衛門《くろかわごんえもん》、川崎又次郎《かわさきまたじろう》ら太田家中の精鋭が一箱四人で担ぎ、二十人が城中へ入っていた。

十箱は氏堯の前に据え置かれる。

「おお」

氏堯は貢物の数に満足していた。

刹那、黒川権右衛門と川崎又次郎が動く。資正の直臣で武芸に秀でた手練《てだれ》であった。素早く間合を詰めるが、氏堯は意表を衝かれて唖然とし、動けない。

権右衛門が氏堯の背後へ回り込んだ。右腕を氏堯の首に巻き付ける。

「ううっ」

目を剝《む》き、呻《うめ》く氏堯に対し、

「動くな。動けば、首の骨を折る」

と、権右衛門は告げた。

川崎又次郎は、

「皆の者、伊予守の命を助けたくば、下がれ」

と、北条衆に言い渡す。

北条衆は已《や》むなく後ろへ下がった。

五郎左衛門と四郎左衛門は長持ちを開く。急いで織物などを出す。箱は二重底になっていた。隠していた武具を取り出し、

「それ」

康兼、朝直、権右衛門と又次郎へ投げ渡す。

五郎左衛門と四郎左衛門は太刀を抜いて城門へ駆け、閂《かんぬき》を外した。

城門の前には資正を陣頭に浜野修理、小宮山弾正左衛門ら股肱《ここう》が門番を退けて待ち構えている。

「討ち入れ」

資正の下知により一斉に傾《なだ》れ込んだ。

太田勢は五十人ばかりでしかない。城内の北条衆の方が多いが、不意の討ち入りに後手となり、太田勢に圧倒され、城外へ追い出された。

代わって、

「推参」

高築《たかつき》次昴左衛門、比企左馬助、大島久家、広沢忠信、高崎利春ら上武に息を潜めていた太田衆が松山に集結した。左近の手の者が駆け巡り、資正の決起を呼び掛けたのである。

太田勢は氏堯を人質に取り、縄橋を渡って三ノ丸、春日丸、二ノ丸、本丸と次々に占拠した。

ここに資正は悲願の松山城奪回を果たす。

第五章　武州動乱

一

資正は二十六歳にして初めて一城の主となった。

敬愛していた岳父、河越夜戦で討死した難波田憲重の居城を北条から奪い返した感慨は一入《ひとしお》である。修理を連れて松山の地を漫《そぞ》ろ歩き一年振りに見る風景を懐かしむ。

松山城から南へおよそ一里、岩殿に丘があった。海抜四百五十尺（約百三十六米）ばかりの高さだが、山頂から富士は素より相模、信濃、上野、下野《しもつけ》、常陸の山々を望むことができる。

資正が松山城に戻って一ヶ月が過ぎている。

資正は松山城を攻略した後、垪和氏堯を放逐した。

氏堯は相模へ落ち延び、恐れながら北条氏康に報告している。

が、氏康は直ぐには松山城奪還に動かなかった。

三浦を侵し続ける里見勢に手古摺《てこず》っている。

三崎海賊衆を傘下に取り込み、三浦の要衝、新井城に横井越前を配して守りを固めると共に、下総《しもうさ》へ出兵して陸からも里見へ圧力を掛けていた。

今は松山城に構っている余裕はない。

十月に入りそろそろ冬の気が立ち始め、少し肌寒い。田畑の作物は刈られた後だが、大気は澄み渡り、資正は修理と共に久々の風景を楽しみつつ上った。そして、頂に腰を下ろし、何気なく南方を眺めている三つの後ろ姿を見付ける。

犬之助、一楽と二楽であった。

一楽と二楽が振り向く。敏感に、資正に気付いた。

「どうした」

犬之助も一楽と二楽に釣られて首を捻り、後ろを見る。

「と、殿」

と、知り、向き直って畏まった。

一楽と二楽は行儀良く座っている。

「良し」

資正は一楽と二楽に干し肉を与えた。

一楽と二楽は尻尾を振って干し肉に齧り付く。

資正は、

「この山を何故、物見山《ものみやま》と言うか、知っているか」

と、犬之助に訊いた。

犬之助は即答する。

「かつて名のある将が武州を制すに当たり物見を立てた故にございますか」

資正は満足そうに笑って頷き、

「坂上田村麻呂公が東征の折、四囲を眺めたことから物見山と呼ばれるようになったと言う。正しく松山へ攻め来る軍勢も手に取るように見通せるな」

と、解答し、犬之助の左肩に右手を添えた。

「南方から敵が来ても直ぐわかる」

「はい」

「まあ、余り気を張り詰めるな」

と、資正は優しく言う。

「私は此度の城攻めに何ら功を上げられませんでした。せめて、物見して北条に動きないか目を凝らすことで、少しでも御役に立てればと存じます」

犬之助は純粋だった。武術優れず、戦いでは本分を尽くせないことに負い目を感じている。

「何を言うか。其方が北条方の動きを見極めて左近へ知らせてくれたからこそ松山を取り戻せた」

資正が労《いた》わると、一楽と二楽も頷いているように見えた。

「一楽と二楽もな。良く駆けた」

褒めてやると、一楽と二楽は誇らしげに胸を張っているようだ。

犬之助は一楽と二楽の背を撫でてやった。

「北条も松山を奪い返されて、このまま黙ってはいまい。今は里見に手を焼いているが、片付けば必ず動く。其方らにはこれからもまだまだ働いてもらわねばならぬ。関東管領が有名無実の今、北条のみならず武田までもが上武を狙っている。全く気が抜けぬ」

資正の懸念に犬之助も気を引き締める。

「我らも一家で割れている時ではないな」

自嘲気味に呟いたのは兄資顕《すけあき》との確執のことを言っていた。資顕の太田本家相続と共に本拠の岩付を離れて十四年にもなる。

「考えなければならない」

と、思っているところだった。

「殿」

丘の下から声が掛かる。近習の内田孫四郎であった。息を切らして斜面を駆け上る。

「どうした。慌てて」

資正は眉間に皺を寄せて問い質《ただ》した。

孫四郎は資正の前で立ち止まり、両膝に両手を置いて息を整える。そして、

「昨日、信濃守様が身罷《みまか》られました」

と、告げた。

「な、何っ」

資正は目を剝《む》き、啞然とする。

「あ、兄が死んだ?」

寝耳に水だった。思いも寄らなかった肉親の急死は衝撃である。しかし、北条家を支持する資顕とは反《そ》りが合わず、袂《たもと》を分かって久しく、悲しみはなかった。

顔を強張らせて立ち尽くす資正を犬之助はただ見守るばかりである。それに倣うように一楽と二楽も静かに座っていた。

資正は何をか思う。

「お悔やみ申し上げます」

と、修理は悼みながら、

「然《さ》れど、機至れりと存じます」

と、言い及んだ。

資正もわかっている。が、事は繊細だった。

資顕は男子を儲《もう》けていない。つまり嫡子はなく、跡目を決めずに死んでしまった。とすれば、太田本家を継ぐのは実弟の資正こそ相応《ふさわ》しい。

機とはそのことだった。

資正は東南東を望み、

「岩付へ行くぞ」

修理に告げる。

犬之助に対しては、

「遣いを頼みたい」

と、言い付けた。

二

十月九日、資正の兄資顕が急死した。

子は娘のみで、父の資頼は前年、資顕が北条へ寝返ったことに憤り、自害している。

「喪主として葬儀を執り行えるのは儂のみぞ」

資正は高築次昻左衛門、高崎利春、内田孫四郎ら直臣衆を引き連れて十月十日、太田家の本拠、岩付へ駆け付けた。松山と岩付の距離は七里、馬を使えば、急がずとも一刻で着ける。

上原朝光《うえはらともみつ》や恒岡資宗、河目資為、佐枝信宗ら本家の宿老が出迎える。

まず資顕の遺骸と対面した。物言わなくなった顔を見詰め、

（行き違いはございましたが、今は水に流し、ただ兄上の死を悔やみます）

蟠《わだかま》りを捨て、目を閉じて合掌《がっしょう》し、黙禱《もくとう》した。

暫《しば》し資顕の妻子と懇談した後、

「評定を開く」

と、宿老に言い付ける。

「主立った者たちが処々より来るに時も要す。三日後とする」

日取りも決めた。

案件は明らかである。跡目のことだった。急ぎ主を定めなければ、太田家は断絶する。

宿老も異存はない。直ぐに使者を放ち、重臣たちに召集を掛けた。

岩付の領内は素《もと》より比企、入間、足立の各地から太田家重臣が参集する。

斯《か》くして評定は本丸の広間で行われた。

資正は亡き資顕の実弟として上座に腰を据える。本家宿老衆が左右に横並び、後ろに資

正の家来衆が着座した。

「各々苦労」

と、城主の如く声を掛ける。

朝光、資宗と資為は亡き資顕と同じく北条派であった。北条に手向かう資正を心良く思っていない。苦々しい顔をしている。

資正は意にも介さず、

「兄とは思うところが合わず、進むべき道を異にしてきた。然れど、この乱世において太田の家を存続してきたは兄の力あってのこと疑いなし。その兄を失った今、他家の脅威から家を守るためには直ちに新たな主を決め、一家一丸とならねばならぬ」

と、前置きした。

北条派の家臣たちの顔には一様に、

(空々《そらぞら》しい。心にもないことを)

そう思う心が表われている。

朝光が身を乗り出し、資正の機先を制するかのように、

「姫様に然《しか》るべき家から婿様を迎え、御当主に推し戴《いただ》きます」

と、決定事項のように告げた。

資顕の娘は北条方江戸衆筆頭の遠山綱景の嫡子藤九郎に嫁ぎ、女児を産んでいる。が、

藤九郎が二十一歳の若さで早世したため実家に戻っていた。

資正は目を眇《すが》め、

「然るべき家とは？」

訊く。

「深谷上杉家、次郎（憲賢）様の御子息、三郎（憲盛）様にございます」

朝光は賢《さか》しらに応えた。

資正は眉を顰《ひそ》め、

（成程な）

感心さえする。そして、

（考えたものだ。河越で大敗し、関東管領が廃《すた》れたことで深谷上杉は北条に靡いたと聞く。その証として北条より養子を迎え、上杉の家督を継がせる。然すれば、三郎は実子でありながら上杉の家は継げず、浮いてしまう。そこへ関東の名家である太田が養子に欲しいと申し入れれば、この上もないということか）

素早く読み解いた。

黙って受け容れはしない。

「三郎殿はまだ若いと聞いた。この乱世にあって一家を保てるか」

「御年十八になられます。当主となられるには存分かと。また、我ら家来衆が身命を賭《と》して守り立てます」

「其方らが太田を動かすということか」

「棘《とげ》のある仰せでございますな」

「儂の悪い癖だ。思ったままを口にしてしまう」

「まるで我らが邪《よこしま》のように聞こえます」

「そうではないのか？」

「亡き主君の弟君でも聞き捨てなりませぬな」

「これからは儂が主君だ」

「な、何と」

「養子を迎えるのは構わぬ。然《さ》れど、太田家は儂が継ぐ」

そのことを資正は一同に宣告した。

朝光は目を剝き、怒りを露わにする。

評定が不穏な様相を呈す中、内田孫四郎が城外に出て、そわそわしていた。

果たして、一楽と二楽が岩付城に向かって駆け来る。

孫四郎は目を輝かせ、

「待っていたぞ」

一楽と二楽を迎え入れた。

「よし、よし」

褒美の干し肉を与え、一楽の背に括り付けられていた文箱を外す。

箱を開け、書状を取り出した。繙《ひもと》き、目を落とす。

「よしっ」

右拳を握り締め、慌しく城内へ走り入った。評定中につき努めて足音を立てず、廊下を渡り、腰を低くして広間へ及ぶ。

下座で評定の成り行きを見守る高築次昴左衛門の袖《そで》を引く。

次昴左衛門はやや後ろへ首を向け、書状を受け取り、頷いた。

資正と朝光の張り合いで評定が縺れているところで、

「申し上げます」

次昴左衛門が立ち上がる。

朝光が水を差されて不快そうに顔を向けた。

「何だ。下野か。其方が口を挿《はさ》める懸案ではない」

と、戒める。

次昴左衛門は怯《ひる》まず、

「某が口を挿むなど滅相もござらぬ。只今、これなる書状が届きましたので、この場で改めて頂きたく存じます」

と、押した。

「何だ。それは」

朝光が訝《いぶか》るのを尻目に、

「下野、これへ」

資正は次昴左衛門を呼び寄せる。書状の内容を知っていた。

次昴左衛門はすすっと進み出て、書状を資正に差し出す。

資正は書状を手にして開き、一同に見えるように掲げた。

「これなるはこの資正を太田の家督を継ぐ者とお認めになった御上の御墨付である」

その事実を言い放てば、岩付衆は愕然《がくぜん》とする。


修理と犬之助は資正らと行動を別にしていた。

犬之助は一楽と二楽を連れて一度、岩付に入り、先行していた孫四郎と落ち合う。そこから孫四郎の古着の切れ端を道々の木の枝などに結び付けつつ上野平井へ向かった。

平井で修理が待つ。

関東管領上杉憲政に請願して資正を太田家当主として認める墨付を取り付けていた。憲政にしても河越の敗戦以来、人心離れが止まらぬ今、これまで北条寄りだった太田家の当主が関東管領に対して忠なる資正に代わることは願ってもない。三戸景道の後押しもあり、ほぼ即決で花押を捺《お》した墨付を下してくれた。

修理は墨付を犬之助に託し、犬之助は一楽に文箱を背負わせて岩付へ向けて走らせる。一楽は道筋の処々に結び残した孫四郎の古着の切れ端の臭いを追って走った。上武の冬は晴天続きで雨知らず故、臭いは消えなかった。二楽は一楽に不慮の障害が及んだ場合に援護するため並走する。


落ち目でも関東管領の権威は有効だった。その墨付に坂東《ばんどう》武士は従わざるを得ない。岩付衆は皆、言葉がなかった。朝光は眉間に皺を寄せて歯噛みし、わなわなと打ち震えている。

資正は見咎《みとが》め、

「出羽（朝光）はまだ不服のようだな。良かろう。ならば、皆に問う。太田家当主として相応しいのは、この資正か、深谷上杉の三郎殿か」

と、衆議に諮《はか》る。

譜代の重臣、恒岡資宗も朝光と同じく太田家が戦国の世で生き抜くには北条と組むしかないと考えていた。北条を敵視する資正が当主では困るのだ。しかし、関東管領の墨付により資正へ傾きつつある評定の流れから旗幟《きし》を明らかにしかねている。

岩付衆の中でも小宮山弾正左衛門や三田五郎左衛門は資正と親しかった。資正を推したいところだが、太田家の当主を決める大事に対し慎重を期す。

誰もが真っ先に発言することを躊躇《ためら》っていた。評定が膠着《こうちゃく》する中で、

「関東管領の御墨付は軽んじられませぬな」

と、口を切ったのは岩付衆きっての能吏、佐枝信宗である。

信宗は資正贔屓《ひいき》でもなかった。その中立派が資正を支持したことで、評定は一気に決議へと向かう。最早、資宗も同意し、朝光は矛を収めるしかなかった。

この後、資正は数日、岩付に留まり新当主として資顕の葬儀を済ませる。そして、一旦《いったん》、松山へ戻った。

三

資正の許に人が集まりつつある。

松山奪回後、離散していた太田の家来衆、さらには難波田の旧臣が戻って来た。

資正は太田家当主として本拠の岩付へ移る。そのため松山に城代を置かなければならない。

「本丸は尾張《おわり》（広沢忠信）に任せる。能登《のと》（上田朝直）は二ノ丸を守ってくれ」

と、頼りになる腹心を任命した。

これで後顧の憂えを絶てたか。好事魔多し。この時、資正は臣下に不満の火種が燻《くすぶ》りつつあることに気付いていなかった。

今は太田家の当主として、

（岩付衆を束ねるには）

そのことが心を支配している。上原朝光や恒岡資宗など資正に反発するのは必至だった。

（戦に勝つより難儀かも知れぬ）

資正は気を引き締めて岩付へ向かう。

松山を堅守するために十分な将兵を残し、近臣と手兵を率いて十二月九日、寒風吹く中、資正は岩付入府を果たした。

犬之助もいる。一度、岩付には来ていたが、資正の太田家相続の奔走に忙しく、ゆっくり城域を見ている余裕がなかった。改めて見る岩付城は松山城にも増して雄々しい。

岩付城は正しく沼の中に築かれた要害だった。沼地に隆起する台地を利して城郭が築かれ、北から東へ荒川が流れて天然の濠を成す。本丸の東に二ノ丸、南に三ノ丸が構えられ、諸曲輪を備える。沼地に入らない南西は武家屋敷が縄張りされ、町屋が南西から西と南東に設けられていた。その他寺社も町屋の外縁、惣構《そうがまえ》の要所に築かれている。

奥大道（鎌倉街道）や奥州道に沿い、物資が流通し、賑わっていた。

「儂の曾祖父、道灌公はこの城を縄張りした折、沼の畔《ほとり》で木の枝を水面に落とし、その上に舞い下りる二羽の白鶴をご覧になった。そのことから、数多《あまた》の竹を束ねて沼に埋め、盛土をして城を築いたと言う。故に、白鶴城とか、竹束の城とも呼ばれている」

と、資正は知識を語って犬之助たち若衆に聴かせる。

十四歳の犬之助は何度も頷き、

「河越といい、この岩付といい、道灌様のお偉さがわかります」

と、感心頻りである。

資正は入城間もなく岩付衆を広間に集めた。直臣衆と合わせて数の上では充実している。

「儂は御公儀（幕府）より関東の統治を託された御上（管領）に従い、関東を平定することが太田の本分と心得る。故に、御上の治を揺るがす北条、武田を抑えるは我が使命である」

と、訓示した。

上原朝光や恒岡資宗の反発が懸念されたが、然して波風立たず、資正は一先《ひとま》ず胸を撫で下ろす。

それも束の間、資正が岩付の城主となって僅か四日後のことだった。

南方より大軍が現われ、忽ち岩付城を取り囲む。

犬之助が資正に伝えた。

「黄、青、赤、白、黒、五色段々の旗は北条左京大夫（氏康）に候」

資正は目を剝《む》く。

（抜かった）

松山、岩付と連取して得意になり、細心の注意を怠ってしまった。慢心と言うのは酷だが、成果を上げた後に生まれる心の隙を衝かれてしまったのである。

悔やんでいる間はなかった。

まず、

「数は如何ほどか」

資正は可能な限り正確な敵の兵数を把握しなければならない。

「六千は下らぬかと。北条左京大夫自ら軍勢を率いていると見受けます」

犬之助の見立てを資正は信用していた。

それほどの軍勢を資正の岩付入城四日後に送り込んで来るとは、

（早過ぎる）

北条の手際に舌を巻く。

資正は高みに上った。眼下には兵が犇《ひし》めき、氏康の采《さい》を待っている。

（左京大夫は力攻めして此方《こちら》の術中に嵌まることを恐れる）

氏康の軍略を認めるからこそ短兵急な攻撃は仕掛けないと読めた。

「直ぐには攻めて来ぬ。思案したい。北条の相手を頼む」

対応を家来衆に託し、暫《しば》し奥に籠《こ》もった。

早さの要因は想像できる。

（出羽か）

朝光が密使を北条へ奔《はし》らせたに違いない。

北条氏康は密告を受け、自ら六千の兵を率いて出馬した。

武蔵多摩を牛耳る大石一党は疾《と》うに北条へ降っていた。河越夜戦でも有効活用されたように相模から東武への繋ぎの城は存分である。

（松山は如何に）

松山城にも北条の軍勢が襲来していることは十分考えられた。だが、

（此方に六千か。河越夜戦の折は城方と合わせても一万余だった）

とすれば、松山にまで兵を割く余裕はないとも思われる。

（松山の様子が知りたい）

窮していなければ、松山から岩付城を囲む北条勢の背後を衝かせたかった。

犬之助を呼ぶ。

「秘かに抜け出て松山の様子を見て来てくれ」

下命した。

四

岩付の城郭の周囲には沼地が広がっている。

犬之助は頭上に油紙に包んだ替え着を括り付けた。一楽と二楽を連れ、北条勢に気取られぬよう夜陰、濠に身を沈めて城から湿地帯へ抜け出す。

動きづらく、多勢では渋滞して察知されてしまう。しかし、単独なら緩慢さ故に動いているようには見えず、覚られにくかった。

泥濘《でいねい》の中を一旦東へ進む。冬場の泥は冷たく、容赦なく体温を奪うが、犬之助も、一楽と二楽も良く堪えて荒川へ出た。暫し河中を泳ぎ、北条勢の目に留まらぬ辺りで岸へ上がる。

犬之助は頭上の包みを下ろして開き、まず、

「寒かったな。寒かったな」

一楽と二楽の濡れた肢体を布で拭い、労わった。

自らも着替え、城の方角に目を向ければ、夥しい篝火《かがりび》が見える。

「殿なら必ず持ち堪える」

そう信じて、

「さあ、行こう」

西へ向かった。


犬之助はまず浅羽に立ち寄る。

浅羽にも岩付への援兵要請をするよう託されていた。犬之助の長く走られぬ脚でも三刻ほどで辿り着く。

未明にもかかわらず左近は快く応対してくれたが、

「おお、犬之助ではないか。どうした」

朋友《ほうゆう》の突然の来訪に不穏を感じた。

「岩付の城が北条勢に囲まれた」

犬之助は端的に岩付の状況を伝える。

「何と」

左近は愕然とした。

北条勢による岩付城包囲の報は浅羽に全く届いていない。情報が太田方の諸勢へ伝わらぬよう北条の防諜《ぼうちょう》は完璧《かんぺき》だった。

「援兵を頼みたい」

犬之助が請えば、左近は、

「言うまでもない。直ちに兵を出す」

と、即答する。

「うむ。だが、殿の見立てでは北条は岩付の城方の疲弊を待つ腹積もりとのことだ。北条の背後を衝くにも纏《まと》まった人数が欲しいと、仰せだ。松山にも頼みに行く。首尾を知らせに戻る故、戦仕度をして置いてくれ」

犬之助は資正の思惑を伝えた。

「承知した」

左近の応諾に、犬之助は頷き、然《さ》れば、松山へ向かおうとしたところ、

「少し待て」

引き止められる。

左近は暫し外し、程なく包みを持って戻って来た。犬之助に手渡す。

「これは？」

「握り飯だ。腹が空いているだろう。道々食え」

「有り難い」

犬之助は感謝して受け取り、松山へ向かった。

冬の夜明けは遅いが、握り飯を食いつつ松山へ歩む途中、陽が上る。

資正が松山から岩付へ居城を移したのは僅か五日前のことだった。

にもかかわらず、犬之助は城下に入り、

(ん?)

違和感を覚える。

既に陽は上り、師走の慌しい中、人々は忙しなく動いているはずだった。ところが、城下の街路に人一人いない。

(戦が起きる前のようだ)

そう感じた。

然して、

「久しいかな」

背後から声が掛かる。

犬之助は、はっ、として振り返り、ぎょっ、とした。

声の主は二曲輪猪助である。

犬之助は咄嗟に離れ、身構えた。そして、またしても、はっ、とした。

五人に囲まれている。

(風魔か)

であるとすれば、犬之助の今の脚で逃げ切れるものではなかった。
（松山は北条の手に落ちたか）
事実なら由々しきことである。それにしても、
（僅か五日で、どのようにすれば、落とせる。尾張殿や能登殿はどうした）
解せず、松山城を任された広沢忠信や上田朝直の安否が気に懸かった。
それよりもこうとなっては、
（左近に知らせよう）
今できることをする。
犬之助は手を腰の後ろへ回した。握り飯を包んでいた布を一楽に噛ませる。
（浅羽へ行け）
以心伝心、念じて語り掛けた。
犬之助は一楽と二楽の引き綱を手放す。
一楽と二楽は犬之助の意を解し、疾駆した。
猪助は目を向けたが、追おうとはしない。
「犬にも見放されたか。哀れだな」
と、嘲笑《あざわら》った。
風魔が犬之助の両腕を摑んで拘束し、引っ立てる。

犬之助は縄を掛けられて城内へ連行された。

白州に回される。

そして、

「えっ」

上段に現われたのは上田朝直だった。

犬之助は自らの扱われ方から全てを覚る。朝直を睨み付け、

「北条へ寝返ったのか」

問い詰めた。

朝直は犬之助を見下し、

「ならば、どうだと言うのだ」

悪怯《わるび》れもせず応える。

「どうして」

犬之助は恨めしそうに訊いた。

「ふん」

朝直は鼻で笑い、

「今や関東の大半は北条の勢力下にある。これに逆らう愚かを覚ったまでのことだ。北条

を恃むより乱世に生き残る術《すべ》はない。左京大夫殿は恭順するなら松山を儂に下さると約してくれた。与《くみ》せぬ理由《いわれ》はない」

と、言い聞かせる。

犬之助は憤り、打ち震えつつも、訊かなければならないことを訊いた。

「尾張殿はどうした」

そのことである。

朝直の目が据わった。

「死んでもらった」

毅然と言い切る。

犬之助は目を剝いた。今にも朝直へ飛び掛かって行きそうだったところ、左右から風魔に肩を摑まれ、押さえ込まれる。

「尾張は源五殿の信任厚きこと、この上もない。生かして置けば、必ず手向かう」

朝直の理由付けに対し、

「手向かう前に命を奪ったということは、味方のままと思わせて、尾張殿を騙《だま》し討ちしたということか」

犬之助の怒りは頂点に達した。

朝直は言い当てられて言葉なく、苦々しい顔をしている。

猪助が犬之助の前に傲然《ごうぜん》と立ち、見据えて、

「此奴は要らぬことを知った。始末しますか」

と、朝直に訊いた。

「いや、取るに足りぬ小兵だ。殺すまでもないが、取るに足りぬ小物が偶《たま》さかに功を成すこともある。岩牢に押し込めておけ」

そのように犬之助は処置される。

五

犬之助は岩牢に入れられた。

岩付城が包囲され、松山城が北条方に渡った今、気が気でない。だが、岩牢に入れられてはどうしようもなかった。

(落ち着け。落ち着け)

何度も己れに言い聞かせる。

捕らえられる寸前、一楽と二楽を浅羽へ向けて放ち、できる手は打った。

(信じて待つしかない)

努めて心を鎮め、中を見渡す。

存外、中の奥行きは広く、四、五人は収容できそうである。しかし、天井は低く、長身でない犬之助でも立っているのが漸くだった。焦燥に駆られて動き回ることも儘《まま》ならない。

先客がいた。柿色の地味な装束、中肉中背、横臥《おうが》し、左腕を枕にして寝ている。

「貴方は？」

犬之助が声を掛けても応えなかった。背を向けたまま振り向きもしない。

（何だ、愛想がないな）

不愉快だが、互いに囚われの身で騒いでも虚《むな》しいだけだった。

犬之助も横になる。

それにしても師走の寒さが身に染みた。身を丸めて、できる限り体温の低下を防ぐ。

静かだった。岩窟《がんくつ》の中、滲《にじ》み出る水が滴り落ちる音しかしない。

目を閉じて思うところは、

（一楽と二楽は左近に会えたであろうか）

そのことばかりである。


一楽と二楽は犬之助の期待に応え、半刻《はんとき》足らずで浅羽に駆け着いた。

浅羽屋敷の前で咆《ほ》え、左近を呼び続ける。

左近は岩付救援のため戦仕度をしていた。その最中、

「あれは」

聞き覚えのある犬の咆哮《ほうこう》が耳に入る。

廊下を駆け渡り、外へ出た。

門番も一楽と二楽は見知っている。荒立てずに鎮めようとしているが、一楽と二楽は鳴き止まない。閉口しているところへ左近が現われた。

「一楽と二楽ではないか。犬之助はどうした」

左近は一楽と二楽の首を抱えて訊く。

一楽は左近の腕を振り解《ほど》き、咥《くわ》えた布を差し出した。

「これは」

左近が犬之助に持たせた握り飯の包みである。

「松山で何かあったか」

左近は異変に気付いた。

夜になった。

松山城では見張番が岩牢に食事を届ける時分となる。

見張番が食事を鉄格子の下の隙間から差し入れると、柿色装束は見張番の手首を握って引き寄せ、鋭い眼光で目を合わせた。

「かっ」

気を放つ。

見張番は放心状態になった。

「鍵」

と、柿色装束が言えば、見張番は無意識に鍵を差し出す。

柿色装束は牢の鍵を開け、外へ出た。

そして、心を虚《うつ》ろにしている見張番を牢に押し入れる。

犬之助は呆気に取られていた。

「出ないのか」

柿色装束が問う。

「えっ、で、出る」

犬之助は慌てて牢を跳び出す。

柿色装束はもう消えていた。

岩牢は松山城の北側、岩室観音堂の傍だった。城域の中でも人気《ひとけ》が少ない。

犬之助は上田衆に見付からぬよう気を配り、松山城を忍び出て浅羽へ向かった。

「ん」

馬蹄《ばてい》が地を蹴る音を聞く。次第に大きくなっていく。近付いて来る証だった。

然して、前方より馬が駆け来るのを見た。

一楽と二楽が先導している。

「左近」

犬之助はほっとした。

左近は駆け寄って下馬し、犬之助の立ち姿を見て、

「無事だったか」

一先ず安堵する。

「牢に入れられたが、妙な奴がいて、其奴の首尾で出られた」

犬之助は事情を話した。

「妙な奴？　何者だ」

「わからない。わからないが、松山で牢に入れられていたとなれば、北条方ではなさそうだ」

犬之助はそう思う。

犬之助は浅羽の城砦に落ち着いた。

「左近にはまた救われた。いつか借りを返す」

恩義に感じる。

「気にするな。私とお前の仲だ」

友とは有り難いものだった。

犬之助と左近がこれから善後策を思案しようとしたところ、よちよち歩きの女児が現われた。

今巴《ともえ》は、玉のように愛らしく、

「妹の今巴だ」

左近が紹介する。

「おお、何と可愛い」

犬之助は感嘆した。だが、

「ん」

左目を常に閉じたままでいる。

「気付いたか。生まれた時から左目が見えぬ。良い顔立ちなのだが、これでは行く末、嫁の貰い手がなかろう」

左近は嘆じる。

「わ、私の嫁にどうだ」

犬之助は言い出した。

「同情は要らぬ。それで借りを返すつもりか」

左近は機嫌を損ねる。

「いや、片目が見えずとも美しい姫に育つであろう。それとも私では不足か」

「そのようなことはない」

「なら決まりだ」

犬之助に言い込められ、左近は苦笑して頷いた。

「それはそうと、これからのことだ」

左近は切り換える。

「とにかく、岩付の殿に能登が寝返ったことを知らせなくてはならぬ」

犬之助の使命であった。

「そうだな。至難だが、お前ならできる」

左近に勇気付けられ、犬之助は確と頷く。

「然れど、何故、能登殿は寝返った？」

犬之助は疑問を口にした。

「能登殿は殿を頼り、北条から松山を取り返したのに……」

それがわからない。

「それについては」

左近には思い当たることがあった。

「そもそも松山城は上田家が築いた城だ。北条から取り返し、殿が岩付へお移りになった後、任されたのは尾張殿となれば、遣る方なかろう」

「殿が主となられたことは許せたのに、か」

「殿とは松山城を取り返すということで、利害が一致しただけだろう。殿を頼ったからには、城主の座を譲るのは仕方なかったのであろうが、能登と殿の間には因縁があった」

「因縁？」

「能登は弾正（難波田憲重）殿の婿にとの話があったのだが、弾正殿が選ばれたのは殿だった」

「左京大夫（北条氏康）が松山城を任せると言って調略を仕掛ければ、一溜まりもなかったということか」

「殿が太田家を継ぎ、岩付城主となられて移られることが決まってから二月、能登の心を翻させるには十分だ」

「それにしても手際が良過ぎるな」

「殿の近くに内通者がいると見て相違ない」

「岩付衆か」

「ああ、出羽辺りが怪しい。出羽は北条寄りで殿が太田家を継ぐことに異を唱えていた」

「そのこと、そして、能登が寝返り、松山城が北条の手に落ちたこと、一刻も早く殿に知らせねばならぬ」

「北条勢に囲まれた城の中へどう知らせる。犬之助は首尾良く抜け出せたが、戻るのは至難だ。河越の戦の折、関東管領の諸勢が弛《ゆる》み切っていたが、左京大夫はそれほど甘くない」

「私が戻るのであれば、な」

犬之助は片頬を歪める。

第六章　岩付城主

一

岩付城の南東およそ八町に富士という土地がある。城域で最も高所であることから太田家の先祖が駿河の富士山から神霊を遷《うつ》し、名付けられたと言う。

氏康はこの地を奪い、本陣を据えた。

北条勢六千による包囲陣が仕上がったところで氏康は福島孫二郎勝広を使者として岩付城へ遣わす。河越の戦いで城中の綱成へ氏康の策を伝えた弁千代であった。

資正は丁重に迎え入れ、

「貴殿が河越の陣で関東管領軍十重二十重の囲みを果敢に突破し、城中の地黄八幡北条左衛門大夫（綱成）殿への遣いを果たした弁千代殿、いや、今は元服されて孫二郎勝広殿でござるか」

と、感心頻りに笑みを湛《たた》えて褒めちぎる。

資正の言う通り河越夜戦では命懸けの至難な務めを果たした胆の据わった勝広でも、こうまで持ち上げられたら悪い気はしなかった。資正は稀代《きたい》の名将、太田道灌の曾孫でもあり、温厚そうな人柄に好感を持つ。

ここぞとばかりに勝広は、

「最早、武蔵の大半が北条家に与しています。松山も此方の説得に応じ、城を開いてくれました」

恭順へ導こうとした。

（松山も？）

資正は訝《いぶか》る。

「尾張や能登も貴家に従ったということでござるか」

それを問う。

「はい」

勝広はきっぱり応えた。

（松山が落ちれば、我らは浅羽を除き孤立無援となる。最早、これまで、と思い知らせようとしているのか）

だが、松山城が北条の手に落ちたとは信じ難い。

（反間《はんかん》の計か）

資正は松山城が落ちたという偽の情報で判断を鈍らせ、降伏させる策略とも思えた。

「態々のお越し、痛み入る。家の者共に諮《はか》り、追って返答致す」

と、丁寧に猶予を願い、勝広を引き取らせる。


勝広は資正の意向を氏康に伝えた。

ところが、一日、二日過ぎても返答がない。

勝広は蒼褪《あおざ》めて、

「督促に参ります」

と、志願した。

それを、

「良い。無駄だ」

兄の綱成が差し止める。

「然様。資正の手だ」

と、氏康も冷やかに苦笑して同意した。

「松山が離反した今、岩付へ援兵はありません。それで尚、抗うとは如何に。真意を確かめて参ります」

勝広は言い募るが、幾多の戦いを経て来た綱成は、

「資正は松山の離反を此方の嘘言《きょげん》ではないかと疑っているのだ」

と、読む。

「ならば、真と教えてやるまでです」

「嘘であろうと、真であろうと、資正は我らに屈するつもりはないのだ。敵の言うことに惑わされる愚かさが結束を崩し、転落の道を辿ると知っている」

「然れど、無援ではどうにもならないでしょう」

「時を稼いでいるのだ。この冬場の寒さの中、温暖な相模から来た我らが音を上げるのを待っているのだ」

綱成は資正の思惑を見透かしていた。

「一当たりしてみるか」

氏康は言う。

「但し、優勢となっても深入りは禁物だ。まずは源五の器量を見る」

資正の軍略を測ろうとしていた。

無勢でも多勢を破る術はある。氏康は河越夜戦で身をもって体現していた。故に、兵力で劣る太田勢を侮りはしない。敵を知らなければ、思わぬ落とし穴に嵌《は》まると心得ていた。

先鋒《せんぽう》は北条軍の誇る五色備の青備《あおぞなえ》、富永直勝《とみながなおかつ》が務める。

富永隊は岩付城の防備を削りに掛かった。松明《たいまつ》を持った兵を駆け巡らせ、城下を焼き討つ。

そうはさせじ、と城から三田五郎左衛門が手勢を率いて出張った。

「蹴散らせ。我らが武力を思い知らせてやれ」

兵を鼓舞して北条勢へ突き入る。

北条勢は追い散らされた。

勇猛な五郎左衛門は、

「完膚なきまでに叩き潰せ」

北条勢に太田勢の恐ろしさを植え付け、容易に寄せられないよう仕向けようと、突出する。

だが、直勝は、

(乗ったな)

内心、北叟笑んでいた。

然して、兵が起こり、三田隊の右側面を衝く。富永隊の退却は偽装だった。城方が調子に乗って追尾して来た時、遠山綱景の軍勢が側撃する。

一転、三田隊は崩れ立ち、

「退けぃ。退け、退け」

逃げ惑う。慌てて城へ駆け戻ろうとする三田隊を富永隊と遠山隊は追い立てた。

湿地帯である。富永隊と遠山隊は足を取られ、動きが鈍った。

城門が開く。弓隊が躍り出た。三田隊が身を低くしたところで、一斉に矢を放つ。

富永隊と遠山隊は正面に矢を浴び、次々と斃《たお》れていった。

三田隊も反転し、浮き足立つ富永隊と遠山隊へ再び攻め掛かる。

富永隊と遠山隊は大崩れし、囲みの外へ逃げ出るしかなかった。

北条勢は資正の軍略に恐れ入る。

「やはり、生半の仕掛けは通じぬな」

氏康は資正の軍才を認め、攻めて裏を掻かれることを嫌う。

それでも北条勢は仕掛け続ける。

都度、城方は矢を浴びせ掛け、木石を落として応戦した。

それを氏康は泰然と見ている。

「矢が尽き、兵糧が絶えた時が攻め時だ」

城方の費《つい》えを待つ。

戦局が膠着し、城方は直ぐに潰滅《かいめつ》的打撃を与えられることもなかったが、包囲されているという状況を一気に打開できる都合の良い策もない。ただ、寄せ手の矢掛け、投石に対し応酬するだけだった。

そこへ悪い知らせが入る。

二

北条勢の包囲は重厚だった。城外から城内へ繋ぎを取ることなど不可能に近い。

犬之助は夜陰、一楽と二楽を連れて秘かに寄せ手の包囲の輪に近付いた。巌の後ろに隠れ、

(行け)

一楽と二楽を解き放つ。

北条勢は城北において天然の濠とも言える荒川の対岸に陣取り、寝ずの張り番が城の動きに目を光らせていた。そこへ一楽が北の明戸口に迷い込む。

夜の闇に現われた小さな物体を見て張り番は身構えるが、目を凝らし、

「犬か」

取るに足らぬ存在に安堵した。

「しっ、しっ」

張り番は一楽を追い払う。

一楽はすごすごと離れ、荒川に入って行った。

「この寒いのに」

張り番は鼻白み、もう一楽のことなど眼中にない。

一楽はすいすいと川を泳ぎ渡り、城門に及んだ。

城門の下に押し開ける一尺（三十糎強）四方の小さな戸口がある。ここから一楽は城内へ潜り込んだ。資正は犬を伝令に使うことを思い付くと、犬が自由に城や屋敷へ出入りできる仕組みも考案し、門の下部に小さな戸口を設けた。

人の通れぬ犬用の入口から一楽は城入りを果たした。

犬之助は二楽と共に寄せ手の様子を窺っている。一楽が城内へ潜り込めなかった場合、他の門から二楽が城入りを試みる段取りだった。

しかし、寄せ手に動揺はない。

（入り込めたか）

犬之助は城東へ回り、四半刻ほど置いて二楽を解き放った。一楽の伝令が適わなかった場合を考え、二楽を他方から城内へ向かわせる。

（すべきことはした）

犬之助は一楽と二楽の首尾を信じ、包囲陣から距離を置いて見守り続ける。

一楽は岩付城内を本丸へと進む。

資正の家来衆は皆、一楽を知っていた。

河目四郎左衛門が一楽を認め、

「一楽ではないか。犬之助はどうした」

と、訊く内に首の小筒に気付く。

直ぐに一楽を従えて本丸へ入った。

資正は仮眠していたが、帷幕《いばく》で浜野修理、高築次昴左衛門と共に四郎左衛門の注進を受ける。

「これを」

四郎左衛門は一楽の首の小筒に入っていた紙縒《こよ》りを差し出した。

それから程なく二楽も城入りを果たす。

資正は受け取り、開き読む内、顔を曇らせた。

松山城が北条勢に奪われたというだけだったら客観的に受け止めたであろう。

修理に紙縒りを回し、

「能登が寝返った」

衝撃の事実を告げた。

修理が目を通し、次昴左衛門へ、二人共、信じ難い、という顔付きをしている。

「松山から援兵は来ない。浅羽も能登を抑えるため動けぬ」

資正は進退窮まった。

今はまず宿老たちに状況を伝え、善後策を講じなければならない。

城内各所で守備している諸将を帷幕に呼び集めた。

「上田能登が北条へ寝返った」

そのことを公にする。

皆、愕然としていた。松山城の離反により岩付は武蔵で孤立無援となったに等しい。

「浅羽が松山を抑えている」

修理の告げることも気休めでしかなかった。形勢が変わるとは思えない。

重苦しい空気の中、諸将が消沈する頃合を計ったかのように、

「最早、北条に屈するしかござるまい」

と、発言したのは上原朝光だった。

「最早、武蔵の大半が北条家に与《くみ》しています。左京大夫も殿の武門を認め、殿の御力を借りて武蔵の治を安んじたいと願っているように聞きます」

と、資正を恭順へ導こうとする。

資正の表情が一変した。真顔になり、

「それは違う」

怒気を含んだ声を上げる。そして、

「出羽は武蔵の治と言うが、これは御公儀より御上に賜《たまわ》られた御役目にて相模守護職の左京大夫の本分にはあらず」

と、言い放った。

「この太田家は源三位《げんざんみ》頼政《よりまさ》公を祖とし、後裔《こうえい》の資国《すけくに》公が御家を興された式乾門院蔵人《しきけんもんいんくらんど》重房《しげふさ》公に仕えられて以来、上杉家に従ってきた。然して、先々代より御上を支え、関東の治安を保ってきた。関東に兵を入れ、秩序を乱す北条に大義なく、その軍門に降るは太田家の名が廃る。先々代、父は兄資顕が北条に靡いたことを嘆き、自害された」

資正の説法は一々岩付衆の胸に響く。

岩付衆のみならず資正が松山から連れて来た家来衆はほとんどが武蔵に根付いた土豪だった。武蔵を北条のような余所者《よそもの》に蹂躙《じゅうりん》されることを良しとしない。

上野から岩付へ流れ着き、太田家先代資顕に重用された朝光とは根本が違った。

朝光は統治能力のない関東管領上杉憲政を見限り、相模を統べ、武蔵から上野まで望む北条氏康に将来性を見る。しかし、河越の戦いは実態が脆弱でも大軍を催せる関東管領に対し北条は劣勢だった。にもかかわらず、朝光は資顕に取り入り、説き伏せて北条へ鞍替えさせている。それが奏功して北条は逆転勝利し、太田家における朝光の存在は大きくなった。

それより岩付衆は主家の資顕が北条に与したから仕方なく従っていたが、本心は関東管領の権威を重んじている。

果たして、資顕が死に、関東管領を立てる資正が当主となった。朝光にとって最悪である。

朝光は資正が太田家当主となってからも岩付に移って来るまで北条に従う実利を説いて家来衆の切り崩しに掛かり、反乱を起こすことまで考えていた。

ところが、岩付衆は皆、煮え切らない。頓挫《とんざ》し掛かっていたところ資正の力説で岩付衆の心は動いた。

(この仁は人誑《ひとたら》しだ)

朝光は言い腐すが、人心を得る器量があると思う。

(ここにもう儂の居場所はない)

それを覚り、資正に反論することを止めた。

犬之助は北条勢の囲みの外の繁みに伏せて身を隠し、岩付城の成り行きを見守っていた。

(一楽と二楽は無事、務めを遂げたか)

寝食どころか用足しも忘れて案じ続けている。

「ん」

左足首が擽《くすぐ》ったい。目を向けると、

「一楽」

が足首を舐《な》めていた。

「良く戻った」

犬之助は一楽の頭を撫でて喜ぶが、

（僕の気配がわからないとは情けない）

と、一楽は不満そうな顔して犬之助を見ている。

犬之助にもわかったようで、

「直ぐに気付かなかった私が悪いな」

素直に認め、一楽に詫びた。

それはそうと、一楽が齎した紙縒りを読む。

「諸々承知《もろもろしょうち》　後《こう》事我存分也《じわれにぞんぶんなり》」

と、書かれていた。

（お考えがあるのだ）

それがわかり一安心する。

岩付城を見詰めて、

（確と務めよ）

心の中で城内に残り、資正の側にいる二楽へ声援を送った。

この後、朝光は人知れず岩付城から消える。

朝光に追い使われていた金丸平三郎という若衆も姿を晦《くら》ましていた。朝光とは行動を共にしていない。

三

朝光が去り、岩付城は一枚岩となった。

城方は頑強に抵抗し、北条勢の波状攻撃を悉く撥《は》ね返す。

年を越し、天文十七年になった。

確かに綱成が予見した通り相模の兵に中武の寒さは堪える。武蔵守護代、大石麾下の諸城を押さえていることで、兵站《へいたん》の不安はないが、冷えは兵の動きを鈍らせていた。

北条勢が岩付城を包囲して一ヶ月にもなる。

上原朝光など北条寄りの連中を追い出した岩付城の結束は固く、統率された迎撃陣は崩し難かった。北条勢は攻め倦《あぐ》み、包囲し続けて城方の疲弊を待つ策に切り替えている。

その中で六千の将兵全てが長く集中力を保てる訳ではない。萎《な》えや弛みが出て然《しか》るべきだった。

資正は岩付城の高《たか》見櫓《みやぐら》から北条勢を見渡し、

「そろそろ良いか」

傍らにいる修理に話し掛ける。

「そのようですな」

修理は頷き応えた。

「遣いしてくれ」

資正が股肱の修理を使者に立てるほどの大事とは、

「左京大夫の娘を倅《せがれ》の嫁に貰おう」

そのことである。

資正は北条の大軍に囲まれた時点で松山が寝返らなくても勝ち目の薄いことを覚っていた。それを承知で、

（恭順するにしても……仕方がある）

徹底抗戦して大攻勢に堪え、内応切り崩しも退けて太田家の武を世に示す。

敢えて手を出せば、被《こうむ》る損害も小さくないと思い知らせる。

（まあ、できたであろう）

資正が高みの見物から動き出した。

岩付城の門が開き、人影が現われる。

浜野修理であった。諸手を挙げ、武具を所持していないことを示して岩付城を出る。北条勢へ歩み寄って来た。

「太田資正よりの遣いでござる。北条左京大夫殿に目通り願いたい」

と、喚《よば》わり告げる。

前線から兵が氏康の陣に走った。

「城方より使者が参りました」

と、伝える。

氏康にとって是非もない。

修理は奥へ通され、陣幕の外で床几《しょうぎ》を与えられた。前に氏康、左右には側近衆が居並んでいる。

小姓の勝広が岩付城へ降伏勧告の使者として赴いてから随分と時が経っていた。

(漸《ようや》く来たか)

遅きを詰《なじ》りつつも、反応があったことに安堵する。

氏康は太田家の重臣を品定めするように見据えていた。河越夜戦で負った貌《かお》に二箇所の向こう傷は歴戦を物語り、凄《すご》みがある。

修理は気後れせず、

「此度《こたび》のこと、行き違いがあり、そのまま相対することになってしまいましたが、北条家と事を構えるなど太田家の本意ではございませぬ」

　口上を始めた。

「それで」

氏康は言い訳など聴きたくない。用件を早く言え、というような目をしていた。

「然《さ》れば」

修理は改めて、

「北条家、太田家、両家が末永く交誼《こうぎ》を結ぶため太田家嫡男の正室として左京大夫様が三女、長姫様を迎えたく存ずる、と主《あるじ》、資正は申しています」

淀《よど》みなく告げる。

側近衆は目を丸くし、あんぐりと口を開け、唖然とした。

氏康だけは修理に鋭い眼光を向けたまま動じていない。

「な、何を言うかと思えば」

氏康の後ろに控えていた勝広が口を出した。

「長姫様を正室に、とは人質ではないか。城を囲まれて窮しているのは其方ではないか。それが人質を差し出せ、など気でも触れたか。出直して参られよ」

罵倒《ばとう》さえする。

修理は構わず、

「鶴千代（後の氏資）様と長姫様は同じく天文十一年生まれ御年七歳、似合いの夫婦《めおと》となりましょう」

と、続けた。

「まだ言うか」

勝広は目を剝き、修理を追い払いに掛かろうとしたところ、氏康の右腕が制す。

然《しか》して、

「申し出、聴いた。追って返答致す、と源五に伝えろ」

と、修理に言い付けた。

修理は居住まいを正し、

「承知しました」

応えて腰を上げ、氏康に辞儀して立ち上がる。そのまま氏康と側近衆に見送られるようにして陣幕の外へ出て行った。

四

修理が去った後、氏康は五色備の内、此度の遠征に従軍している三将と叔父で北条家の智恵袋とも言うべき宗哲《そうてつ》（後の幻庵）を帷幕に呼ぶ。

黄備《きぞなえ》の北条綱成を筆頭に青備の富永直勝、黒備の多目元忠、そして、宗哲が氏康の陣中に集まった。五色備の内、相模甘縄城代赤備の北条綱高と伊豆下田《いずしもだ》城代白備《しろぞなえ》の笠原綱信の二将は相模伊豆保守のため国許に残されている。

　氏康は四将に対し、

「太田が和議を結びたいと言って来た」

　と、端的に告げた。

「和議？　でございますか」

　色を作《な》したのは富永直勝である。

　心中、城方に対し緒戦で足を掬《すく》われた蟠りがあった。

「和睦《わぼく》ではなく、恭順でしょう」

　そこに拘《こだわ》る。確かに和議は和睦のための協議であり、対等であった。包囲して攻めている北条勢にとって笑止とも言える。

「源五に帰順する気はないのか」

　猛将でありながら沈着な判断のできる綱成が問うた。

「それはある」

　と、氏康は言い切る。

「源五は現状、当家に屈するも已むなしだが、地位と領土は維持したいということか」

宗哲は資正の思惑を読む。

「敵対しながら烏滸《おこ》がましい」

直勝にとって到底受け入れ難かった。

「然《さ》れど、太田が難敵であることは確かだ。このまま攻囲し続けても兵糧が費えていくばかりで愚かしい。と言って、力攻めすれば、此方も相当な死傷損害を覚悟しなければならない」

宗哲は現実を語る。

これには主戦派の直勝も頷《うなず》かざるを得なかった。

「太田は関東の名門だ」

氏康が口を開く。

「太田の名の下に集まる武士は少なくない。その上、資正は妙に人望がある。此度の戦でも出羽の説得をして城方が揺るがないのは資正へ対する信義があってこそだ。これを敵にすれば、相当な難儀であり、味方にすれば、多くの将兵を糾合《きゅうごう》できる」

損得を説いた。さらに、

「太田は上野箕輪の長野信濃守と昵懇《じっこん》であり、越後守護代長尾景虎と交流ある三戸駿河守は妹婿だ。常陸の佐竹や安房の里見にも顔が利く」

と、関東の実力者との繋がりを挙げる。

綱成と元忠は納得して頷き、直勝も言葉がなかった。

然れば、

「ここは大度を示して資正の望みを聴き入れ、巧く取り込むのが上策と存ずる」

宗哲が氏康の意に沿って進言する。

「相判った」

氏康は決めた。

斯くして、資正は天文十七年一月十八日、北条に恭順する。


北条氏康は関東の名門、太田家を丁重に扱った。

氏康は資正を古河公方、足利義氏の家臣とし、北条家の直臣とはしない。

その上、資正の嫡男、鶴千代と氏康の娘を娶《めあ》わせることを約した。

「悪い扱いではありませんね」

犬之助は資正が冷遇されなかったことを喜ぶ。

それを資正は鼻で笑い、

「相模の獅子《しし》と畏怖《いふ》されるだけのことはある。太田が関東の名門だから丁重に扱うのだ。名門の太田を潰せば、北関東の諸勢は北条に反感を抱き、嫌悪する。悪くすれば、乱を招きかねない。しかし、大度を見せて反抗したことを赦《ゆる》し、懐に取り込めば、北関東の諸勢も逆らわず靡く。兵馬を損なわず版図を拡げられるという寸法だ。左京大夫は体裁など気にせず実《じつ》を取っただけだ」

本質を説く。

「太田は古河公方の直臣とされたが、御当主の義氏様はまだ八歳、左京大夫が推して古河公方に祀《まつ》り上げた。左京大夫の意のままだ」

氏康の深謀には脱帽するが、

「左京大夫は儂を懐柔したと思っていようが、一先ずそう見せて、雌伏《しふく》し、機を待つ」

資正の気概は衰えていなかった。

それにしても岩付は安堵されたが、松山を失ったのは痛い。寝返った上田朝直が氏康の憶え目出度く、そのまま居据わっていた。

(松山まで欲は言えぬか)

資正は自らを納得させる。

生き残りを懸けて、氏康との駆け引きは際どかった。欲を張り過ぎれば、決裂し、氏康は多少の損害を被る覚悟で力攻めして滅ぼしに掛かるだろう。

(折れ時だ)

岩付を保てただけで今は満足するべきだった。

だが、従順に日々過ごすつもりはない。

「犬之助、其方と一楽、二楽にはこれまでよりさらに働いてもらうぞ」

北条家の翼下に甘んじながらも、回生の策を蔵していた。犬之助と一楽、二楽に各地を巡らせ、情勢を探らせる要務を与える。

「はい」

犬之助は意気に感じていた。

五

氏康は岩付を勢力下に吸収したことで南武を手中に収めたと言って良い。

しかし、北条の支配を受け入れられぬ国衆は少なからず、統治に時を要す。統治に失敗れば、人心を摑《つか》めず、離反を招き、苦労して手に入れた領土を忽《たちま》ち失ってしまう。領土の経営は領土を取るより難しい。

北条は永正《えいしょう》十七（一五二〇）年から領土の検地を手掛け、先代氏綱から氏康へ受け継がれている。相模における家来衆の役高を明らかにし、それぞれの軍役や知行役など諸役賦課を公正に定めるためだった。

氏康は政事に忙しく、軍事は一段落している。

武蔵は今、暫《しば》しであろうが、戦乱を免れていた。

資正は北条の強圧に堪え、岩付を保持したが、憂えは尽きない。

情報の多寡が家の浮沈を左右する。

係る人物として資正は犬之助を指名した。

例によって間者の潜む隙のない野外にて、荒川の岸辺に資正と犬之助は並んで腰を下ろし、横に一楽と二楽が伏せる。晩冬の澄み切った青空の下、彼方《かなた》に秩父《ちちぶ》の山々から富士まで見渡せた。

その方角である。

「甲斐の龍《りゅう》が信濃から上野を窺っている」

資正は苦衷を面に出さず泰然と西を見据えた。甲斐の龍とは武田晴信の異名である。

関東管領を棟梁《とうりょう》と仰ぐ太田にとって脅威は南方相模の北条だけではない。

西方からも魔の手が確実に伸びて来ていた。

甲斐の武田が信濃を侵略している。天下さえ見据える武田晴信が信濃を制すれば、次に上野、武蔵を望むのは明らかだった。

「信濃は大膳大夫の恣にされていると聞きます」

犬之助のような目下の耳にも入っている。

「村上左少将次第だな」

資正は信濃が武田に併呑《へいどん》されるか否か、その鍵を村上義清が握っていると言う。

「北信にその人ありと言われる左少将様ですか」

「そうだ。左少将は情け深く、正直で信仰心が厚い。その左少将が激高していると聞く。大膳大夫は左少将を怒らせ過ぎた」

晴信は信濃佐久の志賀城を攻め落とした。笠原清繁は討死、その室は小山田信有に下げ渡され、籠城《ろうじょう》していた一族郎党は老若男女問わず奴婢として売り飛ばされている。

「信濃を他国の軍勢に蹂躙され、祭神の血筋を称する信濃きっての尊貴な家柄の諏訪に繋がる笠原が貶《おとし》められた。左少将の憤怒は最早、噴火前の浅間山の如しであろう」

資正はそこまで緊迫していると見ていた。

「現に、一月十八日、左少将は武田勢を信濃から打ち払うべく葛尾《かつらお》から兵を出した」

奇《く》しくも資正が北条に服した同じ日である。

正に武田と村上は一触即発の状態になっていた。

「其方は儂の耳目と思うている。儂の目、儂の耳で信濃の成り行きを見て来てくれ」

資正は犬之助に託す。

犬之助も期待に応えたかった。が、

「私で良いのでしょうか。左足に古傷のある私より脚の達者は御家中、他に数多います」

それを危ぶむ。左足の状態は戻っているが、全盛期の脚力には及ばない。

「其方には古傷を補って余りある一楽と二楽という優れた脚がある。家中で其方ほどの犬遣いはいない。そして、其方は何より純朴だ。信用できる」

資正は曾祖父道灌譲りの眼識で犬之助の人間を見極めている。

「殿」

犬之助は改めて資正のため身を粉にして働くことを胆に銘じた。

「そうだ」

資正は思い付く。矢立と懐紙を取り出し、すらすらと認《したた》め、

「適うならば、左少将殿に会い、これを見せろ。その上で、援けられることあらば、手を貸せ」

と、言って書状を授けた。

「は、はい。必ず届けます」

犬之助は受け取り、さらに気を引き締める。心の内で、

(これはただの見聞では済まされぬ)

役目の重さを確と己れに言い聞かせた。

日に日に陽の光も暖かくなりつつあり、平地では雪も解け出す頃だが、上信の山々の頂は白く映えている。

まだ寒い中山道《なかせんどう》を犬之助と一楽、二楽は信濃へ向かった。

一楽と二楽は犬之助の見聞を逸早《いちはや》く岩付の資正へ知らせるために走るが、武蔵の岩付と信濃では距離があり過ぎて臭いを追い切れぬと踏む。そのため資正は、

「平井の三戸に繋ぎを頼もう」

と、妹としやうの嫁ぎ先に中継させるべく親書を認めた。

武蔵岩付と上野平井は犬之助と一楽、二楽も幾度も、行き来して慣れている。

平井に着き、三戸家を訪う。

景道としやうが歓待してくれた。まだ十代初めで若いというか、幼い夫婦は仲睦まじい。甲斐甲斐しいとしやうを見て、

(すっかり姉女房が馴染《なじ》んでいる)

犬之助は沁々《しみじみ》思い、少し寂しさを覚えた。思慕はもう届かない。

気を取り直して、

「いずれ一楽と二楽が此方へ文を届けます。岩付への繋ぎよろしくお願い致します」

と、用向きを告げた。

「心得た」

景道は快く引き受ける。

「白湯《さゆ》でも差し上げましょう。休んで行きなされ」

としやうは思い遣るが、犬之助は、

「先を急ぎますので、ご厚意だけ頂きます」

と、言って、逃げるようにして平井を後にした。人妻のとしやうと長く接していると未練が出るので、用が済めば、早く立ち去りたかったのである。

上野から信濃へ、関東の平坦《へいたん》さが嘘のように山道となった。一楽と二楽が辿れるよう景道としとしやうの臭いの付いた布切れを木の枝などに括り付けつつ信濃へ入る。

難所の碓氷峠（現、大字峠）は年間百日余りも霧が出ると言われ、晩冬から早春の頃でも用心していたが、晴天に恵まれ、雄大な山々の眺めを堪能しつつ信濃の奥深くへ進んだ。

軽井沢に至る。

高冷地でありながら鳥獣が棲《す》み、果菜が豊富である故に古《いにしえ》より集落が成り、関東と信濃以西を結ぶ往還《おうかん》の要衝として人々が行き交っていた。

情報も入る。

路傍で旅商が旅商に話していた。

「甲斐の武田が信濃へ向けて兵を出したそうな」

犬之助にとって聞き流せない情報である。

その旅商に詰め寄り、

「それはいつのことですか。兵の数は」

問い質す。

旅商は犬之助の剣幕に戸惑いながらも、

「に、二月一日と聞いた。兵の数は知らん」

と、応えてくれた。

犬之助は平静を取り戻し、

「あ、有り難う」

旅商に礼を言い、一楽と二楽を引いて西へ急ぐ。

「お、おい、上田辺りが戦場になりそうだぞ。西へ行けば、巻き込まれるぞ」

と、旅商が親切に忠告してくれたが、もう犬之助の耳には入らなかった。


二月十三日の夕暮れ、犬之助は上田に及ぶ。

千曲川の南岸、半過《はんが》の岩鼻に村上義清は陣を布《し》き、武田勢を待ち構えていた。上田原を一望にできる要地である。

犬之助は義清の陣を訪うた。

「武州岩付、太田資正の家人にて犬之助と申す。主、資正より左少将様への書状を持参致した。お目通り願いたい」

と、張り番の士卒に告げる。

見慣れぬ軽装の若衆と二匹の犬、士卒が訝《いぶか》しそうに見定めていると、

「どうした」

老境の武将が声を掛けて来た。六十歳は過ぎていそうだが、筋骨逞《たくま》しい偉丈夫《いじょうふ》である。

唐突に、

「良い犬たちだな」

一楽と二楽を褒めた。余程、気に入ったようだ。蹲《しゃが》んで愛《いと》おしそうに頭を撫でる。

一楽と二楽は警戒せず、されるがまま気持ち良さそうにしていた。

犬之助は呆気に取られるも、

「あ、貴方様は？」

何者かを訊く。

すると、

「お主は？」

訊き返された。先に名乗るのが筋である。

犬之助は恐れ入り、

「こ、これはご無礼。私は武州岩付の太田資正の家人にて犬之助と申します」

と、応えた。

「おお、関東に名立たる太田資正殿の御家来衆か。資正殿の武略は信濃にも聞こえてい

る」

老将は資正を称《たた》えて止《や》まない。

犬之助も主をそうまで褒められて悪い気はしなかった。

「して、貴方様は？」

再び訊く。

「おお、儂は安中一藤太《いちとうた》である」

と、老将は名乗った。

「殿へ遣いか。よし、案内しよう」

義清への取次を引き受ける。

「忝《かたじけの》うございます」

犬之助は一藤太に導かれて陣内へ通された。

「武州岩付の太田資正殿の御家来衆を案内しました」

と、取り次がれる。

居並ぶ村上方の将たちの中央の床几に座る雄々しく口髭《くちひげ》を蓄えた偉丈夫こそ義清であった。

犬之助は右片膝を付いて頭《こうべ》を垂れ、

「太田犬之助にございます。主、太田資正の書状を持参致しました」

名乗り、用向きを述べる。

「良う来た」

義清は快く受け入れた。

一藤太から書状を受け取り、開き見る。

書かれていたのは、武田方の驍将《ぎょうしょう》、板垣駿河守信方のことだった。

実のところ村上勢は五千、兵力で八千の武田勢に劣り、天下最強とも目される甲斐兵が相手では難戦必至と見られている。

（駿河守は大膳大夫の傅役《もりやく》であったことから遠慮なく、老いてからはその向きが強くなり、近頃は配下への恩賞なども伺い立てず勝手に振る舞っている。そうか。此度の戦でも勝ち進めば、増長し、大様となり、隙を作る、と見るか。板垣駿河は軍の要、常に先陣を任されている。これを挫《くじ》けば、武田は裏崩《うらくず》れする）

義清は資正の眼識に唸《うな》るばかりであった。

「犬之助とやら遣い、大儀。源五殿は其方を追い使うも差し支えないと仰せだ。適うならば、此方に留まり、目を配り、気付きがあれば、口添えしてほしい」

資正が目を掛けている若手に期待する。

犬之助は半過の対岸、塩尻の岩鼻から成り行きを注視することにした。元は半過と一続きの岩鼻だったが、長い歳月、千曲川の流水に浸食されて二つに割れたと言う。

犬之助は夜を徹して一睡もせず目を凝らし続けていた。腹が空けば兵糧丸《ひょうろうがん》で凌《しの》ぐ。

果たして、武田勢八千は倉升《くらます》山麓の御陣ヶ入に布陣した。

第一陣　板垣信方
第二陣　飯富虎昌　小山田信有　小山田昌辰　武田信繁
右陣　諸角虎貞《もろずみとらさだ》　真田幸綱
左陣　馬場《ばば》信春
後陣　内藤昌豊《ないとうまさとよ》
遊軍　原正俊

真田幸綱とは関東管領上杉憲政に近侍していた海野小太郎である。晴信が関東管領に送り込んだ工作人だった。

千代を使って憲政を骨抜きにして唆《そそのか》し、小田井へ出兵させて大敗を喫させた。関東管領は今や名ばかりで力なく、人心も離れ、後は熟《う》れた柿が木から落ちるのを待つばかりである。

最早、憲政の側に留まる謂《いわ》れなく、出奔し、甲斐に戻っていた。

もう一人、晴信の側近くには金丸平三郎がいる。武蔵の動静を探るため名門の太田家中に潜り込んでいた。佞臣《ねいしん》の上原朝光に取り入り、凡眼の資顕を出し抜き、内情を甲斐へ送っていたが、才望ある資正には見破られると直感して立ち退いている。

武田勢が信濃を抜いた後、上野、そして、武蔵へ進むに違いなかった。

村上は敗れる訳にはいかない。

武田勢の展開に対して村上勢五千は二月二十四日寅《とら》ノ刻（午前四時）過ぎ、細雨《さいう》が降り頻《しき》る中、天白山麓の塩田川原へ陣を進めた。

この日、義清は萌《もえ》黄縅《ぎおどし》の鎧《よろい》に裾金物繁く打たるるを着け、金の鍬形《くわがた》の前立《まえだて》の兜《かぶと》を被《かぶ》り、正宗四尺三寸重代の太刀を佩《は》き、村雨と名付けたる鹿毛成の名馬に悠然と打ち乗る。

陣容は斯くの如し。

第一陣　高梨政頼　井上清政《いのうえきよまさ》　清野清秀
第二陣　須田満親　島津規久　会田清幸　小田切清定　大日方平武
左陣　室賀満正
右陣　栗田国時
後陣　山田国政

辰《たつ》ノ刻（午前八時）を回り、雨天下、武田勢が動いた。

板垣信方が三千五百の兵を率いて先陣を切る。続いて小山田信有、甘利虎泰、初鹿野伝右衛門、才間信綱が攻勢に出た。

板垣隊の討ち込みは凄まじく、忽ち村上勢の一陣を突き崩し、百五十余の首級を稼ぎ取る。この一撃で安中一藤太の弟、八木惣八《やぎそうはち》、屋代政国の嫡男、基綱、小島重成、雨宮正利、西条義忠、森村清秀、若槻清尚、中里清純といった名のある武士《もののふ》が討死した。

「口ほどにもない」

信方は豪語する。

六十歳の声を聞いても強さは衰え知らずだが、傲慢《ごうまん》な振る舞いや軽率な判断が目立つ。資正の見立て通り、晴信が二十八歳になっても傅役という自負があり、老境に入ってさらに我意が強くなっていた。

その増長に付け込む隙があると資正は義清に伝えている。

果たして、信方はあろうことか戦いの最中に兵を休め、武功のあった者へ行賞を始めた。資正も指摘した信方に昨今、見受けられる悪習である。

犬之助は一楽、二楽と戦場にあり、渦中に巻き込まれぬよう付かず離れず、

（馬印は三日月、兜の前立は蜻蛉《かげろう》）

それを追っていた。信方の馬印と兜である。戦塵《せんじん》の外からでは武将の兜まで見えないが、

高々と掲げられた馬印は雨中でも視認できる。

板垣隊が村上勢を圧倒して押し捲《ま》くっているのが手に取るようにわかった。

信方麾下《きか》の曲渕小左衛門が村上勢屈指の剛の者、八木惣八を討ち取っている。惣八は安中一藤太の実弟であった。

目紛《めまぐ》るしく動いていた信方の馬印が止まる。

(真だったか)

犬之助は話に聞いていたが、信方が戦の最中に独断で首実検の上、行賞に及ぶとは目で見るまで信じ切れなかった。それが事実と知る。

懐紙に、

「駿河　下之条にて行賞」

と、二通、書き留め、一楽と二楽の首に付けた小筒に仕込んだ。

予《あらかじ》め一藤太に借りていた手拭いを一楽と二楽に嗅がせ、

「行け」

解き放つ。

一楽と二楽は雨を切り裂き、北信の野を走り抜けた。村上義清の本隊に駆け込み、一手の将、安中一藤太を見付ける。

「おお、犬之助殿の犬ではないか」

一藤太は走り寄る一楽と二楽を抱き止め、

「よし、よし」

褒美の干し肉を与えつつ首の小筒から紙縒りを取り出した。

事前に犬之助が敵将板垣信方の位置を見極めたら知らせることは打ち合わせ済みである。

紙縒りを開き見て、

「今こそ」

勇躍し、即、義清に突撃の伺いを立てれば、是非もなく、

「直ぐ行け」

と、命は下った。

一藤太は五百人を二つに分け、一方を上条織部に任せて出撃する。

二隊は板垣隊の左右に大きく回り込み、

「突っ込め」

一藤太と上条織部の采が振られた。

村上勢二隊が板垣隊の左右を衝く。

不意を衝かれて斬り込まれた信方は慌てて床几から腰を上げ、避難しようとしたが、忽《たちま》ち村上勢に囲まれ、一藤太の槍で深傷《ふかで》を負い、上条織部に討ち取られた。

これを見た村上勢は盛り返し、武田勢の二陣へ攻め掛かる。

板垣隊が潰滅し、武田勢の裏が崩れた。

村上勢の猛攻に、武田勢は潰乱している。

義清は機を逸せず、

「我こそはと思う者は儂に従い、高名せよ。今日こそ大膳大夫の首を見ずんば、一寸も引くまじ」

と、号令して兵二千を前後左右に従え、群がる武田勢の中へ突き入り、晴信の旗本目掛けて揉《も》み進んだ。

その目に武田勢の旗本が応戦に追われる中、白毛の下がった兜に卯《う》ノ花《はな》色の甲冑《かっちゅう》を着けて黒い悍馬《かんば》を操る若武者を捉える。

（大膳大夫に相違なし）

義清は晴信と確信し、馬を駆って一気に間を詰め、斬り込んだ。

太刀は晴信の左肩口に及び、大きく態勢を崩す。甲冑がなければ深傷となっていたであろう。義清は止めをさしに掛かった。

ところが、武田勢の馬場信房《のぶふさ》と内藤昌豊が左右から義清を挟撃し、諸角虎貞が後方を遮断する。

久保田助之丞という兵が義清の馬を刺し、慄《おのの》いて前脚を高く上げた。

「あうっ」

義清が落馬し負傷した。武田勢の兵が群がり寄る。そこへ間一髪、赤池修理が義清を救い上げ、戦場を離脱した。

村上勢が退き、晴信は窮地を脱す。陣を立て直し、そのまま上田原に二十日滞留した後、引き揚げた。大敗して尚、戦場に留まったのは村上勢の追い討ちを懸念し、武田勢の陣立てが健在であると思わせるためである。

武田方は板垣信方を始め、甘利虎泰、才間信綱、初鹿野伝右衛門など名のある将を含め七百人余が討ち取られた。

一方、村上方も屋代基綱、小島権兵衛、雨宮正利らが討死し、損耗大きく、追い討ちを掛ける余力はない。

ともあれ、村上義清は武田晴信を北信濃から追い払った。

第七章　関東大震災

一

北信濃に侵攻した武田晴信は上田原で村上義清に敗れ、退散した。

天文十七年三月二十六日、晴信は本拠の甲斐府中に帰還する。

晴信の負った傷は思いの外、深く、嶋《しま》の湯（現、湯村《ゆむら》温泉）で三十日間も湯治したと言う。

上田原の戦いは犬之助の文を一楽と二楽が平井へ運び、としやうが早馬を出し、資正に逐一知らされていた。

七百の将兵を失った武田は暫し動けず、信濃の情勢も落ち着いている。

犬之助は岩付に戻り、己れの耳で聴き、己れの目で見た事実を資正に伝えた。

私見を交えず、ありのままを説く。

(私ごときが軍略を語るなど烏滸《おこ》がましい)

と、思っているからだが、

(だからこそ良い)

資正にとっては最適だった。

才智に覚えのある者は自らの解釈に酔う。半端な見解は真実を霞《かす》ませ、判断の妨げとなる。

「文で読むのと、現場を見て来た犬之助から直に聴くのとでは大違いだな」

評価は高かった。

「武田の痛手は小さくない。暫くは動くまい。然れど、傷が癒えれば、再び北信を侵すに相違なし。引き続き我が耳目として励んでくれ」

と、頼めば、

「はい」

犬之助は一楽と二楽を連れて視察に出る。

一楽と二楽の首に付けた引き綱の一方の端を右手首に括り付けていた。容易には解けぬようしっかりと結び付けているが、端を引けば、直ぐに解けるようになっている。

二

果たして、武田の敗戦で信濃衆は村上を中心に結束し、反抗に出た。諏訪でも西方衆が決起し、武田の信濃支配は崩れ立つ。

上田原の戦いから二ヶ月、四月二十五日、村上義清は武田領に組み込まれていた佐久を奪還すべく、内山城を焼き討ちした。

晴信から郡代を任されていた板垣信方が斃《たお》れたことで諏訪が激しく揺れ動いている。然《さ》れば、晴信に押さえ込まれていた信濃守護、小笠原長時も再起し、義清や安曇の仁科盛能と連合して諏訪へ攻め入った。六月十日、諏訪下社を占領する。

さらに、七月十日、花岡藤兵衛や矢島満清ら武田に靡いていた諏訪西方衆を取り返した。武田の信濃経略は破綻する。

しかし、晴信の野望は尽きない。上田原の戦いの大敗で一旦、退いたが、天文十七年七月十九日塩尻峠において小笠原長時を撃破し、失地回復を適えた。

武田が信濃であれば、北条は武蔵であり、その先は共に上野を見据えている。

氏康も岩付の太田家を降《くだ》した後、新たに取り込んだ武蔵の統治に傾注していた。北条領土の特徴とも言える検地の目途《めど》も立った頃である。

相武を揺るがす大変が起きた。

天文十八年四月十四日夜半のことである。

一楽と二楽が吼え続け、騒がしい。

犬之助は眠気眼《ねむけまなこ》で犬舎に行き、

「どうしたのだ。もう夜も遅い、静かにしろ」

と、叱り付けた。

それから間もなく、

「な、何だ」

地面が大きく揺れ出す。

上下に揺れ、横に揺れ、建物が激しく軋《きし》み、棚から物が落ちる。

人々は屋敷から飛び出し、右往左往した。

資正も外へ出て来る。

「皆、落ち着け」

と、声を上げた。

やがて、揺れが収まる。

犬之助は資正に近寄り、

「ご無事で何よりです」

無事を喜んだ。

しかし、地面はまた揺れ出し、収まり、また揺れ、これを繰り返す。

人々は一晩中、余震に怯《おび》えさせられた。

損傷している屋敷に戻るのは危険である。

じっとして外で朝を待つ。

幸い夏も近く、夜を徹しても凍えることはなかった。


夜が明ける。

屋敷や周囲の壊れた箇所を応急修繕し、散乱する家財を元に戻すのに二日掛かった。

その後、資正は犬之助と一楽、二楽を連れて岩付領内を見て回る。

どこも被害はあったが、激しく傷んでいるところは少なかった。持ち堪《こた》えている。

資正は自領の状況を確認すると、近隣諸国の様子が気になった。

犬之助を呼び、

「南武から相模の損壊が酷《ひど》いと聞いた。様子を見て来てくれ」

と、託す。

「畏まりました」

犬之助にとっても各地の現状は気懸かりだった。

「此度は長旅になるぞ。付いて来てくれよ」

一楽と二楽を頼りにしている。

三

柴犬の原型である山犬の一楽と二楽には生来、長時間の動きに適した筋肉が付いていた。十里くらいは平易に走り続けられる。

岩付も家々の屋根瓦が崩れ落ちるなど被害は小さくなかったが、南へ進むにつれ、甚大になっていく。

荒川を越えると惨憺《さんたん》たる状況になっていた。

悉く家屋は崩れ落ち、瓦礫《がれき》と化している。

遺骸《いがい》が置き去りにされ、生きて立っている人間は一人もいなかった。

「逃げたか」

犬之助は居た堪れない。

「武蔵の南がこれだ。相模はどうなっているのだ」

気に懸かった。

さらに南へ。

瀬田辺りで北へ向かって急ぐ人々に出遭う。

「どうなされた」

犬之助が声を掛けると、

「海だ。海が押し寄せて来た」

応えるのも煩わしそうに行ってしまった。

「海が押し寄せる？」

犬之助が体験したことのない災害が起こったようだ。


夜半で人々が寝静まっていたため農家が倒壊すると大勢が下敷きになって死んだらしい。

火を使っている家は少なかったため火災は少なかったようだが、燭《しょく》が倒れて火が落ち、焼けた寺社もある。

行く先々で崖崩れが起き、道を塞《ふさ》いでいる。また崖が崩れないか、慎重に進んだ。

海沿いは悲惨だった。

津波で家屋は押し流され、何があったかわからないほど崩潰《ほうかい》して変わり果てている。

田畑の作物は全滅。

（これでは秋の刈り取りができない。武蔵を窺《うかが》うどころではないな）

犬之助は敵ながら同情した。
どこを見渡しても家屋の瓦礫ばかりである。
一楽と二楽が犬之助を引っ張った。
「ど、どうした」
犬之助は一楽と二楽に引かれるまま瓦礫の上にのる。
一楽と二楽はけたたましく吼えた。
犬之助はその場所に近付き、
「誰か、いるのか」
声を掛ける。
すると、
「た、す、け、て」
か細い女の声が返った。
助けるべきだ。しかし、
(北条方の目に留まったら拙い)
そのことが懸念される。
一楽と二楽は吼え続けた。犬之助の都合を詰るように。
犬之助の良心が甦《よみがえ》る。

「よ、よし。待っていろ。今、助けてやるぞ」

犬之助は瓦礫を取り除こうとするが、大量で重く、思うようにならない。

懐紙と矢立を取り出した。

人が瓦礫に埋もれている、と二枚書き、

「咥《くわ》えろ」

一楽と二楽に咥えさせる。小筒に入れると、気付かれない恐れがあった。よって、咥えさせて目立たせる。

そして、

「人を見付けて見せ、連れて来てくれ」

と、言って放った。

一楽と二楽は駆ける。

やがて、一楽は惨状を見回る若い奉行衆を見付けた。吼えて、懐紙を見せる。

奉行衆は、

「あ、案内せい」

配下を促して一楽に付いて行った。

奉行衆は犬之助の留まる瓦礫に着く。

「よし」

瓦礫を取り除き始めた。

その内、二楽も人を連れて来る。

瓦礫は取り除かれ、女は救出された。雨水を飲んで凌いでいたようだ。

だが、老爺《ろうや》は死んでいた。

「哀れな」

犬之助は手を合わせて拝む。

「其方の犬の手柄だな」

奉行衆は褒め称えた。まだ二十代前半の爽《さわ》やかな若者である。

「ありがとうございます」

「儂は松田右衛門と申す。北条相模守様より奉行を任せられている」

氏康、氏政、氏直の北条三代に仕え、奏者や奉行衆として政務に関わり、寺社関連や楽市制度などに携わる松田康長であった。

「其方は？」

北条の家来衆と聞いて犬之助はどきりとする。

「け、けんのすけ、です。行商に出た父が行方知れずとなり、探す旅を続けています。このものたちが臭いを嗅ぎ取ったら追わせます」

と、言い訳する。

「そうか。どうだ。他にもまだ埋もれている者は多い。犬に探させてはくれまいか」

頼まれたが、実のところ北条とは余り関わりたくない。しかし、

「頼む」

真摯《しんし》な目で頼み込まれては、

「わ、わかりました」

引き受けるしかなかった。

一楽と二楽は実に八人の被災者を探し出す。しかし、雨露などで渇きを凌いで生きていたのは僅かに二人だけだった。

それでも、

「亡骸《なきがら》が還るのと、還らぬのでは身内にとって大きな違いだ」

と、康長は言ってくれたので、救われる。

そこへ、

「右衛門」

康長に声が掛かった。

「御屋形様」

北条氏康である。

側近衆を引き連れて騎馬で被害を実見しに来たのだった。

（えっ）

犬之助は喉から心臓が飛び出しそうになるほど驚く。どうしたら良いか、わからず、立ち尽くすばかりだった。

「その者は？」

氏康に訊かれて康長は、

「この犬たちが瓦礫に埋もれた者の臭いを嗅ぎ付け、知らせてくれました。実に八人が見付かりました。この者は犬たちの主、けんのすけ、です」

犬之助と一楽、二楽の活躍を話す。

「そうか。それは大儀。左京大夫である。褒美を取らせる故、城へ参れ」

氏康は外連味《けれんみ》なく言った。

犬之助は心臓が張り裂けそうになるのを堪《こら》え、

「い、いえ、滅相もございません。お役に立てて何よりです」

と、応える。

「まあ、そう言うな。其方と犬共の振る舞い、見事である」

「はあ」

犬之助は困り果てたところ、

「然《さ》れど、何処《どこ》もこの有様だ。儂は主として惨状をこの目で実見しなければ、ならぬ。そうしなければ、この先、如何《いか》にすべきか策も立たぬ。厄災が落ち着いた頃、小田原の城へ来い。必ず褒美を取らせる」

先の話で助かった。

「あ、有り難き幸せに存じます」

犬之助はほっとして襤褸《ぼろ》を出さぬ内、早々に立ち去る。

関東も内陸を行動範囲とする犬之助は初めて海を見た。

今は波も穏やかで、黒潮の大海原に感動するはずだったが、津波の猛威を目の当たりにしては海の怖さを感じる。

それでも水際で、波の満ち引きに合わせて楽しそうに遊ぶ一楽と二楽を見て、

（ありきたりの平穏こそが一番なのだ）

と、実感した。

それにしても、

（太守自ら領地の惨状を見て回るとはできた御方だ）

氏康に好感を持った。

（それでも殿は拒むのか）

悩ましい限りである。

（人と人が争って何の益がある）

愚かしいと思いつつも、

（お偉い方々の事情はわからぬ）

己れに与えられた使命を果たすのみだった。その先に、

（関東が平定されれば、平穏な世となる）

それを信じるだけである。

四

犬之助は岩付に戻り、資正にありのままを報告した。

資正は聴く度に驚き、

「そうか。此方もかなりの被害が出たが、南武から相模は深刻だな。南関東を席捲《せっけん》する北条をも捩《ね》じ伏せる天は如何なる強大な軍勢にも勝る」

泌々《しみじみ》感想を述べる。

「この機に北条方の城を調略に掛かりますか」

それを訊ねてみた。北条から領地を取り戻す絶好機である。

資正は間を置かず、

「弱みに付け込む卑怯はできぬ」

きっぱりと言い切った。

それを聴いて犬之助は安堵する。

（やはり、殿も明主だ）

改めて思った。その上で資正に問う。

「左京大夫は自ら被災した領地を検分し、民のことを案じていました。中々に慈悲ある人物と見受けましたが、やはり殿はお好きになれませぬか」

恐る恐るだが、直截に訊いた。歯に衣着せれば、却《かえ》って嫌味になる。

資正は犬之助をじろりと一瞥《いちべつ》し、

「領主が民のことを思うは当たり前だ」

確言した。

「領主たる者、領する全ての国が愛しい。愛しみ育《はぐく》んでこそ、己が血となり、肉となる。だが、領地から得る産物には限りがある。民に強いて搾《しぼ》り取れば、人心を失い、やがて滅びるは古からこれまでの世の悪政の末路が物語っている。故に名君は民を愛す」

と、説く。

「では、左京大夫は名君なのではございませぬか」

犬之助は突っ込んだ。

「儂もそう思う」

資正は率直に応える。

「名君であっても、国を支えられなければ、暗君となる。天災や飢饉《ききん》で国が疲弊し、産物を得られぬとなれば、何とする」

と、問い掛けた。

「そ、それは……」

敏《さと》い犬之助には直ぐわかったが、口にしたくない。

資正は察し、

「そうだ。他国を侵すに如《し》かずなのだ。まあ、侵して奪い、己が領地となれば、その民も愛するであろう」

と、明解した。

「然れど、それはどの領主でもしていることではございませぬか」

犬之助の言う通りである。

資正は苦笑いした。

「そうだ。今、北条は大変な憂き目を見ているが、これより前は領地泰平にもかかわらず版図を拡げ、関東を掌中にせんとする欲により動き、秩序を乱した。これは甲斐の武田にも言えることだ。秩序こそ大事、儂は皆が関東を統《す》べるべき御上を奉じて一つに纏《まと》まってこそ泰平の世になると信じている」

きっぱり言い切る。

とにもかくにも暫くは北条が関東へ攻め込んで来ることはない。

「だが、申したように領地が荒れれば、他国へ糧を求める。落ち着けば、必ず西武、北武へ兵を出す。今は北条が動けぬうちに、此方は自力を付けることだ」

資正は領地を富ませ、兵を強くすることに力を注ぐばかりである。

五

北条は相模、武蔵と領土の被害甚大にして、復興に全力を注いでいた。その道は厳しく、相当な時を要する。

比して被害の小さかった甲斐の武田は関東の覇権を競い合っている北条の停滞を尻目に活発な動きを見せていた。

天文十九年後半は武田の独り相撲となる。

二年前に破った小笠原長時を掃滅すべく、林城を攻め立てた。

長時は林城を捨てて敗走し、平瀬へ逃れ、村上義清を恃む。

八月末、晴信は兵七千を動員し、村上の枝城、戸石城を攻囲する。対して城方は五百、武田勢は村上義清の不在を狙い、苦もなく攻略すると思われた。

しかし、城方は楽巌寺雅方、布下仁兵衛、矢沢頼綱を始め半数は三年前、晴信によって虐殺された志賀城の生き残りであり、反骨心から士気は高い。その上、戸石城は太郎山から東へ延びた尾根の先端に築かれ、四方急崖の難攻不落の要害であった。

九月九日、武田勢は横田高松が手勢を鼓舞して砥石《といし》のように切り立った崖を登って突入を図ったが、城方は木石を落とし、煮え湯を浴びせて寄せ付けない。武田勢は攻め倦《あぐ》み、城方は持ち堪えた。

その内に義清が兵二千を率いて駆け付け、背後を衝く。武田勢は総崩れし、潰走した。世に言う戸石崩れである。

またしても武田勢は重臣の横田高松を始め千人もの死者を出し、村上勢に大敗した。

武田晴信大敗の報告を資正は犬之助から聴き、

「二度まで大膳大夫を大負けさせるとは左少将の武略、天下無双だな」

感嘆して止まない。期待した通りである。

「村上左少将ある限り大膳大夫は信濃を抜けぬ」

そう信じ切るほど村上義清は武田晴信の天敵と言っても過言ではなかった。

ところが、それから八ヶ月後、

「戸石城は落ちています」

という奇怪な情報を犬之助は持ち帰る。

資正は思わず、

「戯《たわ》けたことを言うな」

窘《たしな》めたほど信じ難かった。

「真にございます」

犬之助はきっぱり言い切る。

屈強の甲斐兵が大挙押し寄せても落ちなかった城が落ちているとは、

「信じられぬ」

資正をして混乱した。

「如何なる仕儀ぞ」

それが知りたい。が、

「五月二十六日、僅か一日で落ちたということだけしかわかっていません」

犬之助は恐縮して応えた。

「い、一日だと」

「はい」

「大膳大夫が武篇の者と称する横田備中（高松）に兵七千を授けて攻めても落ちなかった城だぞ。それが一日とは、どのような策を用いたか」

「関わりがあるかわかりませんが、大膳大夫は真田弾正忠《だんじょうのちゅう》なる者にも、諏訪方三百貫並びに横田遺跡上条、合わせて千貫の地を進ぜる、と約し、それが適ったようです」

「真田弾正忠？」

その名を資正は聞いたことがなかった。

「如何なる人物だ」

「信濃小県の国衆で三十路半ば、武田家に仕えてまだ日が浅いと聞きました」

真田弾正忠幸綱が関東管領上杉憲政に取り入っていた海野小太郎とは気付いていない。

「そうか。その真田弾正忠なる者、気になるな」

「気になると言えば、戸石城の一手の将、矢沢源之助は姓こそ違えど、弾正忠の実弟です。真田家が矢沢家と和を結ぶため養子に出したようです。源之助が内応したと考えれば、一日で落城は頷けます」

犬之助は珍しく少しばかり私見を交えたが、外れてはいなかった。

「そういうことか。その源之助とやらだけでは一日で落とせまい。源之助が時を掛けて城方で心揺れる者共を調略したのであろう。真田弾正忠、中々の策士のようだな」

資正は新たな好敵手の登場に腕が鳴る。

信濃の要衝、戸石城の陥落は村上方の国衆を大いに動揺させた。

犬之助は人伝に情報を摑む。

資正の許へ急ぎ、

「信濃衆は戸石落城が内応によると知り、味方さえ疑うようになっているようです」

と、伝える。

「言い触らしているのは真田弾正忠か」

資正は深読みするが、

「そこまではわかりません」

犬之助も摑んではいなかった。

しかし、これにより義清の求心力は下落、結束が崩潰しつつあるのは紛れもなかった。

「武田に有利と思われますが、大膳大夫に目立った動きはありません」

犬之助にとっては疑問だが、

「大膳大夫は弾正忠によって調略の効き目を改めて思い知ったのだ。故に、今は村上方の将を切り崩し、左少将の武力を削いだ上で仕上げに掛かるつもりであろう」

資正には読める。

「大膳大夫が信濃を手に入れるのはそう遠くなかろう」

成り行きを見守るしかなかった。

六

武田が北信濃諸勢の調略を進める頃、北条は震災の混乱から漸く回復しつつある。

震災直後は領民が農耕も儘《まま》ならず田畑を放棄して逃散《ちょうさん》する国中諸郡退転という深刻な事態に陥っていた。これを前年の天文十九年四月に公事赦免令を発して年貢を軽減し、賦役を免じて領民を救済するばかりか、直訴も認めて役人の中間搾取を制す。役人の権限を縮小することで、相模のみならず切り取った武蔵の支配を強めることができた。

さらに、同年七月六日、足利十三代将軍義輝《よしてる》の命を受けた彦部雅楽頭晴直が関東に下向し、北条家と里見家の仲介の労を取る。これにより氏康は年来の難敵、里見義堯との争いを避けることが適った。

然《さ》れば、氏康は関東管領上杉憲政の討滅に乗り出す。

今や名ばかりだが、関東管領は上杉が世襲し、幕府より関東の統治権を与えられている。北条では関東管領になれなかった。よって、これを除かずして関東制覇は成し得ない。

上杉憲政は河越夜戦で北条氏康に大敗しながら、虚勢を張って武田晴信に侵された信濃を援けるため兵を出したが、一蹴《いっしゅう》され、さらに勢力を失った。

武蔵から上野を窺う北条にとって正しく漁夫の利と言える。

天文二十一（一五五二）年二月十日、氏康は兵二万を率いて上野平井に迫った。

資正は北条に降ったが、此度、参陣していない。関東管領に弓引くことはできず、岩付に留まり静観していた。

氏康も資正の立場を察し、黙認している。

憲政からは召集が掛けられていた。が、表向きは傘下に入っているため北条には逆らえない。それはそうなのだが、

（御上は左京大夫に敵わない）

関東管領軍が負けると踏んでいた。これに与《くみ》すれば、

（今の太田の実力では北条に潰される）

自滅が見えている。

また、

（信濃守様も御上の振る舞いに眉を顰《ひそ》めている）

長野業正も憲政の人物を疑い、従うことを考え直していた。

資正は憲政からの要請を受け流す。

憲政は曾我佑俊《そがすけとし》、金井秀景、安中重繁らを先陣に立て、自らは後方で観戦を決め込んでいた。

　北条勢は氏康自ら陣頭に立って兵を叱咤《しった》し、激しく討ち込む。関東管領の軍勢は思いの外、奮戦したが、兵二万の総攻めに堪え切れず、城へ退き、門を固く閉ざして矢を射掛け、木石を投じて応撃した。

　兎角《とかく》、力攻めは自らの兵も消耗させる。北条勢も手負いが多く、堅固な城の備えを破ろうとすれば、さらに兵を損なう。氏康は撤退と決した。

　その心は、

（田畑の刈り入れが済んだ頃、また来よう）

　強《したた》かである。収穫を我が物にできると踏んでいた。

　実が熟したのは作物ばかりではない。

　家来衆を楯にして後ろで身を竦《すく》めていた憲政から人心が離れるのは避けられそうになかった。不満の実は膨らみ、やがて熟して弾《はじ》ける。

　それを氏康は見込んでいた。

七

氏康が一旦、上野から去り、憲政は胸を撫で下ろしたが、

「御上は関東を保てまい」

資正は見切る。

長野業正が関東管領の資質に欠ける憲政を見限り、袂《たもと》を分かとうとしていると聞いた。

「共に関東管領を守り立てて、関東の秩序を保つという根本が崩れる」

そのことを憂慮する。

朝早く犬之助を呼び、

「其方は信濃守殿の覚えも目出度い。暗に真意を窺ってみてくれぬか」

と、箕輪へ遣わす。

「はい」

犬之助は一楽、二楽と共に箕輪へ向かう。

箕輪へは二十二里。五里ごとに休み、陽が暮れる前に何とか辿り着いた。さすがに左足の古傷が微かに疼いた。

城の門番は犬之助を知っている。

直ぐに城内へ通され、書院で待たされた。一楽と二楽は外で待つ。

すると、

「若僧、生きていたか」

声が掛かる。

「えっ」

犬之助はきょろきょろするが、姿が見えなかった。

呪文《じゅもん》が聞こえる。

然して、

「うわっ」

犬之助には書院が歪《ゆが》んで見えてきた。

「何だ」

焦る。

「うわっ、うわっ」

喚いていると、

「おい、段蔵。嬲《なぶ》るな」

入って来たのは業正だった。

書院の歪みが収まる。

はあ、はあ、と犬之助の息は荒い。

「犬之助、大丈夫か」

業正が案じる。

「信濃守様」

ほっとした。

「これで良く乱世を生きて来られたものだ」

頭上から声がする。

犬之助が見上げると、

「あっ」

天井裏にいる顔は松山の岩牢で会った男だった。

「お、お前は」

「加藤段蔵。飛び加藤の異名を持つ忍びだ」

業正が応える。

段蔵はもういなくなっていた。

犬之助は白湯を与えられて落ち着く。

「資正殿から儂の真意を問えと言い付けられたか」

業正にずばりと言われて、犬之助はぎくりとした。

「そのようだな。お主は素直だ。わかりやすい」

業正は苦笑する。

「案ずるな。儂は憲政様が関東管領の器ではないと見限っただけで、関東管領家を守り立てて関東を守ることに変わりない」

断言に犬之助は安堵した。

「ご存念、承りました。主に伝えます」

立ち上がろうとした時、

「今日はもう遅い。泊まっていけ」

と、業正は言い付ける。

犬之助は業正の言を聴くのに集中していたため陽が暮れているのに気付いていなかった。

二十二里を駆け来たり、その日のうちにまた駆け戻るのはしんどい。業正の厚意は有り難かった。

「恐れ入ります」

犬之助は箕輪城に泊まり、翌朝、帰路に着く。

夕刻、岩付へ戻り、資正に業正の真意を告げた。

「そうか。それは何よりだ」

資正も関東管領を支えていく意思を固める。

八

果たして、秋八月、北条勢は再び上野に襲来する。

前の攻勢から半年が過ぎていた。この間、氏康の思った通り憲政の為体《ていたらく》に愛想を尽かした家臣の退転が止まらない。諂《へつら》っていた上原兵庫ですら北条や武田の圧力を恐れて去ってしまった。

最早、憲政に従う家臣は六百人ばかりとなっている。

にもかかわらず憲政は諸事、配下任せにして淫蕩《いんとう》の日々を過ごしていた。この夜も愛《あい》妾《しょう》の千代の豊かな乳房に顔を埋めて眠りこけている。

惰眠が破られた。

屋敷の廊下を駆ける足音が喧《やかま》しい。

憲政は重い瞼《まぶた》を徐《おもむろ》に開いた。

「何事ぞ」

と、不機嫌そうに問うや間もなく、近習が襖《ふすま》の外に及び、

「北条勢が此方へ向けて兵を進めているとのことにございます」

急報する。

これを聞いて尚、憲政は、

「諸々、大膳に任せている。大膳に知らせて対処させよ」

と、相変わらず家臣任せで、近習を寵臣の菅野大膳の許へ走らせた。

四半刻ほどして近習が戻るや、息を整える間も惜しんで、

「大膳殿、出奔されました」

と、伝える。

「何っ」

憲政も漸く事態の深刻さに気付いた。

「ど、どうする」

狼狽《ろうばい》すること甚だしい。

このような逆境になっても曾我佑俊、本庄実忠《ほんじょうさねただ》は憲政から離れず忠義を全うしていた。

それがせめてもの救いである。

「お、落ちる」

憲政は慌てて逃げる仕度を急《せ》かした。

「何処《どこ》へ」

佑俊が問えば、

「岩付、いや、箕輪か」

憲政は思考が纏まらず、はっきりしない。

「岩付も箕輪も、ここから近過ぎます」

と、佑俊は諫《いさ》めた。

実は、業正や資正が憲政に失望し、見限ろうとしていることに勘付いている。

(春先の戦で長野も太田も兵を寄越さなかったではないか。太田に至っては岩付を攻められて北条に降っている。敵にならなかっただけ有り難いことだ)

内心、憲政の甘さに呆れるばかりだ。

それでもこの忠臣は憲政を見捨てず、

「越後《えちご》へ参りましょう」

と、打開策を告げた。

「越後?」

「然様、越後にございます。守護に代わって越後を取り仕切る長尾平三《へいぞう》(景虎)はまだ二十二歳の若さながら無類の戦上手と言われています」

「然れど、平三の父、弾正左衛門(為景《ためかげ》)は上杉の父祖、房能《ふさよし》公を討って越後守護職を奪い、先々代の関東管領、可諄《かじゅん》(上杉顕定《あきさだ》)公を死に追い遣った逆賊ぞ。信じられるのか」

「それは長尾の先々代の過ちにて、当代、平三は義に厚く、御上を敬うことこの上もなく、必ずや頼りになります」

佑俊に説得され、

「この期に及んでは致し方ないか」

憲政は越後落ちを決める。

「然れば、早々に逃げるぞ」

「龍若丸様は」

佑俊は嫡男を気遣ったが、

「采女《うねめ》に任せてある。采女がよろしく逃がすであろう」

と、傅役の九里采女らに任せ切り、仕度が整い次第、颯々《さっさつ》と平井城から逃げ出した。従う家来衆は曾我佑俊を始め五十人足らずでしかない。関東管領の権威は地に堕《お》ちた。

九

三戸景道は妻のとしやうを落とした後、手勢を率いて城外へ出て北条勢に挑み掛かった。自ら先陣を切って槍を振るい、奮闘する内、憲政が早くも逃げ去ったと知る。

（仰ぐ甲斐のない主君だった）

兵を促して、としやうの落ちて行った岩付へと駆け去った。

「主君の見てない戦で命を懸けることはない」

戦う気が失せ、
憲政は逃げ去り、主を失った平井城が北条勢の総攻めに抗し切れるはずもない。一日も持たず、落城した。

実の父親に見捨てられた龍若丸は北条勢が囲む前に城下へ逃れ、民家に潜んでいる。憲政が任せ切りにしている九里采女を始め、その子息の与右衛門に妻鹿田新助、長三郎、三郎助の三兄弟が付き添っていた。

采女もこれまで忠義を尽くしてきた主君に見捨てられたのである。その上、傅役であるため龍若丸まで押し付けられた。

(遣り切れぬ)

憲政の仕打ちに憤りを覚える。

龍若丸に聞こえぬところで与右衛門と妻鹿田三兄弟に、

「身を粉にして仕えてきた報いがこれかと思うと情けなくて仕方ない」

と、涙ながらに溢《こぼ》した。

それを受けて新助が、

「御上が我らを置き残して逃げたからには最早、龍若丸様まで護《まも》り奉《たてまつ》る義理はなかろう」

と、言い出す。そして、

「このままでは我らも命がない」

長三郎が現実を言い表し、三郎助が、

「巧くいけば、御上の嫡男を引き渡すことで、取り立ててもらえるかも知れない」

と、欲を出せば、五人は目を見合わせて頷いた。

采女が龍若丸に、

「早晩、北条方に見付かりましょう。そこで討って出て斬り死にするより、投降して服従を誓えば、命ばかりは召し上げられぬ見込みがございます」

と、お為《ため》ごかしに告げる。

龍若丸は幼い顔色一つ変えず、ただ、

「相判った」

と、応えた。

五人は龍若丸を連れて平井城を接収した北条宗哲に降参する。

宗哲は北条家随一の文化人であった。北条家は作法伝奏《てんそう》を業とする伊勢氏流であり、その後継者として宗哲の教養は深く、礼を重んじる。

宗哲は龍若丸が十三歳の若少でも関東管領家の嫡男として鄭重《ていちょう》に扱った。

龍若丸は広間で宗哲と対面する。この先どうなるかわからぬ身の上にもかかわらず気丈に端座する龍若丸の姿勢に、

（源家の名門、上杉の血かな。御父上とは品が違う）

宗哲は感嘆した。器量あればこそ、

（この御曹司を奪い返し、担ぎ上げて此方に弓引こうとする輩が出るやも知れぬ）

それを恐れる。

龍若丸を平井城に留め置くのは危うい。小田原へ移すことにした。

上野平井から相模小田原へは四十里（百六十粁）もある。駕籠《かご》では担ぎ手を替えつつ七、八日を要した。

龍若丸は駕籠に乗せられ、小田原へ向かう。

九里父子と妻鹿田三兄弟は駕籠を与えられず、徒歩で従わされた。五人は軽んじられ、不満ながら歩いて行く。

覗《のぞ》き窓から外を見れば、野には薄《すすき》の穂が揺れ、風は冷たく、肌寒さを感じる時候となっていた。

枯れ落ちる樹々の葉を見て、龍若丸は何を思う。

己れの運命を覚り、静かに時の流れるまま身を任せていた。

上杉の主従が小田原に着くと、龍若丸と共に九里父子と妻鹿田三兄弟は白州へ回される。罪人と変わらぬ扱いに五人は戸惑い、北条方へ投降したことを悔いもしたが、後の祭りだった。

氏康は五人から顚末《てんまつ》を聴くと、

「己が命惜しさに、あわよくば、恩賞に与る欲を出し、主君を売る不義者を引っ立てい」

有無を言わさず、石巻隼人に連れ出させる。

龍若丸だけ残った。

敵対勢力に担ぎ上げられないよう生かしては置けない。

「言って置くことはないか」

氏康は不憫《ふびん》に思い、優しく訊く。

龍若丸は語らず、穏やかな顔で首を横に振った。

(腑甲斐《ふがい》ない父親を恨むのだな)

氏康は笠原康朝に目配せして龍若丸を預ける。

この後、龍若丸は伊豆の修善寺へ送られ、幽閉された。もう残された時日は少ない。心静かに、その時を待つ。

神尾治郎左衛門が遣わされ、

「お仕度を」

と、告げた。

龍若丸は白装束に着替え、庭先に下りて正座する。

「然れば」

治郎左衛門に促され、首を垂れた。

(あの時は楽しかったな)

最後に思い浮かんだのは一楽と二楽のことである。龍若丸の短い生涯において数少ない心和む一刻だった。

(もう一度、あの犬たちに会いたかった)

それが心残りだ。

治郎左衛門が太刀を振り下ろした。

龍若丸の首が落ちる。享年十三。余りにも儚《はかな》い一生だった。

九里父子と妻鹿田三兄弟は高手小手に縛られ、小田原城下引回しの上、一色村の松原で磔刑《たっけい》に処せられる。この五人を哀れと思う者は一人もいなかった。

第八章　信州騒擾《そうじょう》

一

上野平井落城から逃れた三戸景道と妻としやうは武蔵岩付の資正を頼る。資正は北条勢と戦った妹夫婦を拒まず、快く受け入れた。

北条に身は屈しても、心までは折られていない。飽くまでも関東管領を立てていく信条に揺るぎはなかった。

北条のみならず武田の圧力にも堪える体制も整ってきている。家来衆も粒が揃っていた。浜野修理、高築次昴左衛門、大石憲重、小宮山弾正左衛門、内田孫四郎、高崎利春といった譜代の忠臣が太田家を支える。松山城を乗っ取られた時、広沢忠信を失ったのは悔やまれるが、その後を信秀が継ぎ力を尽くしていた。

上原朝光は資正と袂《たもと》を分かったが、岩付衆も三田五郎左衛門に河目資為、資好と四郎左衛門の三兄弟、恒岡資宗、佐枝信宗は残ってくれている。

比企の道祖土《さいど》康兼、越谷の会田資清、そして、浅羽左近の存在も心強かった。

（北条に屈したのは一時の方便だ）

放胆にも思っている。

関東管領を支えてきた三戸景道が加わったことも資正を強気にさせていた。

景道に嫁した妹のとしやうが無事、岩付に落ち着く。

としやうは犬之助に龍若丸の死を伝えた。

犬之助は絶句し、立ち尽くす。

「そうか」

一楽と二楽を可愛がってくれた龍若丸のあどけない笑顔を思い出すと、涙が零《こぼ》れた。

「まだ年端《としは》もいかぬのに」

悔やまれてならない。

「ご無念だったでしょうね」

としやうも貰い泣きした。

「龍若丸様の分まで清く正しく生きなければね」

と、諭せば、犬之助は涙を拭い、唇を固く結んで頷く。

しかし、

（少しは良い御仁だと思ったのに、龍若丸様を殺《あや》めるなんて）

被災した領地に善政を施す氏康を見直したばかりなのに裏切られた気分だった。

（やはり倒さなければならない相手なのか）

資正が協調しないのも仕方ないことかとも思う。

犬之助は一楽と二楽にも、

「お前たちを可愛がってくれた龍若丸様が亡くなった」

と、告げた。

一楽と二楽は座ったまま俯《うつむ》いている。心做《な》しか悄気《しょげ》ているように見えた。

「お前たちにもわかるのか」

犬之助は一楽と二楽の頭を撫で、共に龍若丸の冥福《めいふく》を祈る。

上杉憲政は平井城から脱け出た後、厩橋《まやばし》城から白井《しろい》城へと逃れ、長尾景虎が守護代として統治する越後に身を寄せていた。

景虎は秩序を重んじ、関東管領という権威を尊ぶ。憲政を受け入れること吝《やぶさ》かではなく、御館《おやかた》を造営して保護した。

「我が軍神とも思うぞ」

憲政は大袈裟《おおげさ》なほどに喜び、称《たた》える。

景虎は意志の強そうな凜《りん》とした端正な顔立ちに大天狗《おおてんぐ》とも呼ばれるほどに六尺近い偉丈夫であった。軍神という表現も外れてはいない。

そこまでは良かったが、

「平三こそ越後の守護職に相応《ふさわ》しい」

と、憲政は無責任に放言する。

守護職は将軍家が任免し、関東管領に権限はない。

「勿体《もったい》ないことでございます」

景虎は無難に応えた。

（何を言っている）

と、嘲《あざけ》りたいところである。

既に景虎は事実上の越後守護だった。

天文十二（一五四三）年八月十五日、越後守護代、為景の四男、虎千代は十四歳で元服し、長尾景虎と名乗る。

初陣は早くも天文十三年春に訪れた。父、為景から越後守護代を継いだが、病弱な兄の晴景を侮り、景虎を若輩と軽んじて謀叛《むほん》を起こした黒田秀忠らを巧みな采配《さいはい》で鎮圧する。

秀忠は性懲りもなく天文十四年十月、翌十五年二月にも反抗するが、いずれも撃退し、黒田家を滅ぼした。

黒田家を始め国人衆の反乱により晴景では越後を支えられないという機運が高まり、長尾家は割れる。これを天文十七年十二月三十日、越後守護、上杉定実の調停により晴景は景虎を養子とした上で家督を譲って隠退した。景虎は春日山城に入り、十九歳で家督を相続し、守護代となる。

そして、天文十九年二月、定実が後継を遺さずに死去したため、景虎は将軍、足利義輝から越後守護を代行することを命じられ、越後国主として認められていた。

そして、今、

（関東管領を戴《いただ》くことで東国平定の大義を得られる）

その思惑がある。

憲政に対して、

「今年中には上州（上野）から北条の軍勢を駆逐致しましょう」

と、大胆にも宣言した。

「ま、真か」

憲政は目を丸くし、腰を浮かすほど驚く。

景虎は平然と、

「毘沙門天《びしゃもんてん》に誓って」

正しく信仰する軍神の名において確約する。

然して、それは紛《まが》いなく現実となるのであった。

憲政が越後に棲み付いて三ヶ月、四月二十三日、景虎は従五位下弾正少弼に叙任される。

八月、平井城に居据わっていた北条長綱は上野を支配すべく、沼田へ侵攻した。景虎は平子孫三郎、本庄繁長を差し向けて北条勢を撃退し、さらに平井まで奪還する。北条勢を率いる長綱は上野から撤退し、武蔵松山へ退いた。

景虎の公約は果たされた。

二

北条は上野攻略に行き詰まっている。

対照的に甲斐の武田は信濃への侵略を活発化させていた。信濃を掌中にすれば、次に狙うは上野に他ならない。

相模の獅子が去り、甲斐の龍が来る。

資正は武蔵岩付から上信の情勢を観望していた。

（越後守護代は御上を戴く軍勢という大義を得た）

長尾と武田が相対すれば、大乱に及ぶ。その気運を感じた。

（越後のことは駿河が知らせてくれる）

上杉憲政に近しかった三戸景道が越後へ逃れたかつての同僚、曾我佑俊と繋がっている。景道を配下に迎え入れた効果が早くも表われていた。

（信濃は）

資正の許に一通の密書が届く。

岩付に信濃の情報が入る頃には最早、事態は移り変わっている。

適時に対応するには探りに行くしかなかった。

犬之助を呼ぶ。

「武田の動きを探ってくれ」

それを託した。


信濃が動いている。

天文二十二年四月、埴科《はにしな》の屋代政国と雨宮景信、更級《さらしな》の塩崎六郎次郎が真田幸綱に調略され、武田へ寝返った。

これを受けて武田晴信は甲斐を出で、信濃へ向かう。

晴信は甲斐と信濃を最短で結ぶ棒道《ぼうみち》なる軍用路を開通させていた。二十里を四日で踏破し、四月六日、葛尾城へ迫る。

埴科の屋代と雨宮、更級の塩崎の寝返りにより葛尾の後背を脅かされた義清は一計を案じ、四月九日、討って出て武田の軍勢を突き抜け、北へ逃げ去った。

北信濃は最早、晴信の手に落ちる日を待つしかないのか。


犬之助と一楽、二楽は一度、信濃入りしたことがあった。

此度も峠越えに難儀する。

犬之助はあれこれ考えながら左足の疲れを紛らした。

武田晴信という人物については、

(大膳大夫は実の父である陸奥守を追って甲斐国主の座を奪った)

と、犬之助は資正から聴いている。

(そして、今、版図を拡げる野心を露わにし、信濃を侵している)

悪逆無道の権化のようにも思えた。

だが、犬之助は晴信に会ったことがない。

(話に聞いただけだ)

それで判断するのは人物を見誤る恐れがあった。

会って話をするのは難しいが、

（まず、この目で見てみよう）
いや、見てみたい。
犬之助はいつしか痛みを忘れて道を急いだ。
途中、善光寺の焼け跡に立ち寄る。
浜野修理が善光寺に来ることとなっていた。
一楽と二楽が善光寺に及べるよう道を憶えさせる。

武田勢は葛尾城を陥れた後、塩田城も一拉《ひとひし》ぎにし、北進を続けていた。
その行く手には一に春山、二に尼巌《あまかざり》、三に鞍骨と謳われた信濃屈指の堅城が健在である。
春山城　井上清政
尼巌城　東条信広
鞍骨城　清野信秀
三将は義清が信濃から消えても城に拠《よ》り、抗《あらが》う構えを見せていた。
北信濃随一の村上義清が逃亡した今、春山、尼巌、鞍骨の三城を攻め落とせば、信濃が武田の手に入る。晴信は腰を据えて攻略に取り掛かった。
三城はいずれも千曲川以東に存立している。
（大膳大夫が陣を布くとしたら）

犬之助は千曲川左岸、更級の八幡辺りと踏んだ。ここを基点に北信濃諸城へ軍勢を展開できる。千曲川で隔てられているため敵の奇襲にも備えられた。

西に聳《そび》える聖山の中腹に立つ。

「おお」

犬之助は感嘆の声を上げた。

田植えも済んだ頃である。陽光を浴びて碧々《あおあお》と輝く棚田が眩《まばゆ》いばかりだった。

犬之助は見惚《みと》れていたが、首を振り、

（務め、務め）

武田勢の軍容を俯瞰《ふかん》する。

（一万は下らない）

と、犬之助は見積もった。

犬之助が武田の動きに見入っていると、

「一万か」

後ろから不意に声が掛かる。

犬之助は一瞬息が止まるほど喫驚《びっくり》し、ごくりと唾《つば》を飲み、徐に右へ振り向いた。

「えっ」

誰もいない。

左へ振り向いても見当たらなかった。

一楽と二楽が咆える。犬之助の慌て振りに呆れているようだった。

「う、後ろ？」

犬之助が振り向くと今度は加藤段蔵の姿を見付ける。

「脅かさないで下さい」

顔を顰《しか》めて怒るが、

「お前の背後にずっと張り付いていたのに気付かなかったのか。全く、いつまで経っても危なっかしい奴だ」

段蔵に呆れられ、面目なかった。

「まあ、俺の用もお前と同じだ。お前は頼りないが、犬共は使える。仲良くしようぜ」

と、貶《けな》すやら、褒めるやら、犬之助に馴《な》れ馴れしい。

段蔵は内心、

（純朴な奴は信用できる。これほど混じり気のない奴も珍しい）

犬之助を気に入っていた。照れ臭いので、口にはしない。

段蔵が長野業正の意を受けて武田の動きを探りに来たことは明らかである。

犬之助は弄《なぶ》られたようで癪《しゃく》だが、段蔵のような優れた忍びとの協働は決して損ではなかった。敵ではないこともわかっている。

(目途《もくと》は同じか)

割り切ることにした。

段蔵と犬之助は行動を共にする。

犬之助は訊いた。

「段蔵さんは松山城から抜け出す術を知っていた。にもかかわらず、囚《とら》われたままでいた。そもそも段蔵さんほどの幻術遣いが何故、捕まったのですか」

段蔵は、ふっ、と鼻を鳴らして応える。

「城内を探るためさ。牢番は暗示をかけられて鍵を差し出す。俺は城内を探り、牢へ戻り、牢番を正気に戻す。牢番は俺が逃げていないので、気付かない。お前が牢に入れられた頃はそろそろ城内を探り尽くしたので、逃げた。それだけのことだ」

平然と明かされ、犬之助は啞然とした。

(度胸が違う)

己れのひ弱さが情けなくなる。が、

「俺のようにはなるな」

と、段蔵は言った。

「えっ?」

「恐れを知ればこそ未然に危うきを察知することができるのだ。人に知らせることが適い、人を助ける。俺のように恐れを知らずば、敵中に入り、掻《か》き回すことはできるが、摑むのは攻めに有為《ゆうい》なことばかりだ。危うくなった時には俺も危うく、味方への知らせが遅れる。諜者には向かぬな」

「そのようなものでしょうか」

「そのようなものだ」

と、段蔵に説き伏せられて、犬之助は不得要領なまま頷くが、鋭い面貌の割に、

（存外、悪い人ではなさそうだ）

そう思う。


武田勢は八幡に留まっていた。

「得意の調略を仕掛けているのであろう」

と、段蔵は言う。

「尼巌の東条遠州（遠江守信広）は左少将（村上義清）の舅《しゅうと》だ。容易に調略されまい。春山城の井上次郎（清政）と鞍骨の美作入道（清野信秀）は掛かるかも知れぬ。特に美作入道は一度、武田に与している」

自ら諜者には向かないと言いながら良く調べ、分析もしていた。

果たして、武田の動静を窺うこと三日、

「やはり次郎が取り込まれたようだ」

と、段蔵が情報を摑む。

「急ぎ知らせましょう」

犬之助は一楽の首の小筒に紙縒りを仕込み、解き放った。

三

一楽に第一報を託した後も段蔵と犬之助は武田を見張り続ける。

小長谷山（現、冠着山《かむりきやま》、俗称、姥捨山《うばすてやま》）の長楽寺に寝泊りしていた。

この頃は荒廃し、見咎《みとが》める者は誰一人いない。八幡に武田勢が陣取っているため付近は人も寄り付かなかった。思いも掛けず段蔵という相方に遭遇したことを幸いに、夜は交替で仮眠を取りつつ武田勢から目を離さない。

境内に姨岩《おばいし》という高さは五十尺（約十五米）もの巨石がある。この石の上から見下ろす棚田に映る月は得も言われぬほど美しい。日中に見る棚田も良いが、夜の棚田は格別だった。

戌《いぬ》ノ刻（午後八時）過ぎ、満月が水の張った棚田を彩る。犬之助は目を奪われた。張り番として成ってない。

（田毎《たごと》の月には適わないな）

というのは言い訳にならないが、二楽が唸っているのに暫く気付かなかった。

二楽も業を煮やしたか、犬之助の着衣の裾を力任せに引っ張る。

「な、何だよ」

犬之助は顔を顰めて不機嫌そうに叱るが、

「えっ」

漸く人の気配を覚った。

今さら遅く、人気《ひとけ》はもう間近まで来ている。

犬之助は慌てて二楽と共に姨岩の上で腹這いになった。姿を見られないよう正しく岩肌に貼り付き、息を潜める。以心伝心、二楽も犬之助に倣って限りなく伏せ、喉も鳴らさない。

犬之助は見付からないよう用心して盗み見た。暗くて容姿は良くわからないが、身の丈は五尺半（百六十六糎）ほどか。異彩を放ち、数人を従えている。

田毎の月を愛でに来たらしい。

「話には聞いていたが、これほど見事とはな」

この雅客は棚田に映える満月を見下ろして感嘆し、従者たちに語り掛けた。

（早く行き過ぎないか）

犬之助は念じるが、雅客は棚田の月の観賞に耽《ふけ》り、中々過ぎ去らない。

(それにしても夜分、斯様《かよう》なところまで月を見物しに来るとは何者だ)

訝《いぶか》る内、

「この月も我が物になると思うと、感慨深いな」

雅客は胸中を吐露した。

「もう直《じき》でございます」

従者の一人が確信をもって応える。

犬之助にも声は聞こえていた。

(我が物になる?)

その言葉が気になる。そして、

(えっ)

雅客は武田晴信であった。

晴信は武骨という印象があるが、風流を解す。天文七(一五三八)年八月、京より公《く》卿《ぎょう》の冷泉為和を甲斐に招き、歌会を開いていた。この時の歌を『為和集』として纏めている。

戦時に月見とは北信濃勢など取るに足りないという余裕か。いや、殺伐とした戦場に倦《う》み、せめての慰めに美しきを目に映し、心を鎮めようとしていた。

犬之助に晴信の心情などわからない。突如、敵将に出交わして驚き、

「武田大膳大夫か」

思わず、その名を口走ってしまう。

近習は犬之助の声を聴き逃さない。

「何奴っ」

言い放った。

従者たちが姨岩を取り囲む。

犬之助は進退窮まった。

得物は匕首《あいくち》一つのみ、

（斬り抜けられない）

ここそこ逃げて見付かれば、怪しまれることこの上ない。ならば、一か八か、開き直って堂々と立ち退く。

犬之助は姨岩を下り、晴信らの前に姿を晒《さら》した。

従者が立ちはだかり、晴信とは距離を隔てられているが、

（これが武田大膳大夫か）

犬之助が月下に見る晴信は威厳に満ちた隆々たる体軀《たいく》ながら細面で爽やかな風貌である。

「何者だ。そこで何をしていた」

奥近習が問い質《ただ》した。

（童ではないか）

犬之助は眉を顰める。その近習、金丸平八郎（後の土屋昌続）は十歳にも満たないと思われるほど若いが、鋭い目付きで犬之助を見上げていた。

犬之助が思考を巡らせていると、

「何者か、何をしていた、と訊いている」

平八郎は生意気で取り付く島もない。

犬之助は随分と年下にもかかわらず尊大な態度にむかつくが、

「け、けんのすけ、と申します」

謙《へりくだ》って応えた。

「して、何故、此処にいる。此処で何をしている」

「武州から行商に出た父が行方知らずとなり探しています。この寺に行き着き、片隅で一夜を明かそうとしていたところ、余りに棚田の月が美しく、見惚れていました。この岩の上から見ると格別ですよ。如何ですか」

犬之助は如才なく返したが、平八郎はまだ訝っている。

すると、

「良い犬だ」

晴信が行儀良く伏せている二楽の前にしゃがみ込む。

犬之助は目を見張り驚いた。

晴信は二楽の頭から背を撫で、

「何という良い毛艶《けづや》だ。躾も行き届いている」

感心頻りである。

「犬連れで旅か」

と、訊いた。

犬之助は、

「父の臭いを嗅ぎ付けたら追わせようと思い、連れています」

と、いつもの口上で言い訳する。

晴信は頷き、

「そうか。それにしても良い犬だ」

晴信は二楽が大層、気に入ったようだった。

犬之助は内心、焦《じ》れる。が、努めて顔に出さないようにして、仕方なく、晴信が二楽から離れるのを待った。

その間を衝いて、

「武州の何処から来た」

平八郎が追及する。

犬之助はたじろぐが、

「い」

岩付と応えようとして、はっ、とし、言い淀《よど》んだ。

そこで、

「思い出した」

声が上がる。

平八郎の兄、平三郎であった。

「武州は真だが、岩付から来たのであろう」

と、指摘する。

「武州に探りを入れていた時、見たことがある。此奴は北条方岩付太田の間者です」

犬之助の正体を暴《あば》いた。

晴信の従者たちが緊張する。全ての目が犬之助に向き、取り押さえる態勢を取っていた。

絶体絶命である。

この犬之助の窮地に、ぴゅう、と口笛が高鳴った。

従者たちは一斉に振り向く。

闇に小さき焰立《ほむらた》つ。次第に大きくなっていき、従者たちは目を奪われた。

刹那《せつな》、

「喝っ」

　気合が放たれる。

　段蔵であった。

　一喝の後、呪文を唱えれば、従者たちは動けない。晴信も暗示に掛かっていた。

　犬之助は右往左往している。

「今だ！　早くしろ」

　段蔵が怒鳴り付けた。

　犬之助は我に返り、二楽と共に急いで岩を下りる。

　段蔵が怒鳴ったことで、一瞬、呪文が途切れた。従者たちが動き出す。しかし、再び段蔵が呪文を唱えたことで、また動けなくなった。

　だが、一人、平三郎は両耳を塞ぎ、呪文を聞かなかった。段蔵に向かって行った。

　犬之助は岩を下り、それを見て段蔵も逃げを打つ。

　呪文が切れ、従者たちが今度こそ元に戻る。目の色を変えて段蔵を追った。

　段蔵は手玉を地面に叩き付ける。石灰粉が弾け飛んで拡散した。

　従者たちは視界が閉ざされ、追えなくなる。

　犬之助は山道を滑るように下った。

だが、平三郎の方がより速かった。犬之助を捉えようとしている。

二楽が引き綱を食い千切った。平三郎に飛び付き、左足首に噛み付く。

「ちっ」

平三郎は舌打ちして太刀を抜いて斬り付けた。が、二楽は左足首に噛みついたまま目紛るしく動き、躱《かわ》している。

「二楽、二楽」

犬之助は叫ぶ。惰性で直ぐに止まれなかった。

犬笛を吹く。が、二楽は反応せず、平三郎に噛み付き続けていた。

犬之助は漸く止まる。

引き返そうとしたところ段蔵が追い付いた。

「何をしている」

段蔵は怒鳴り付け、犬之助の左腕を摑む。

「二楽が。二楽が」

犬之助は段蔵の手を振り解《ほど》こうとしたが、

「あうっ」

首根に手刀を叩き込まれて気を失った。

「二楽はお前を助けようと必死なのだ。二楽の心意気を酌《く》め」

と、段蔵は気絶した犬之助には聞こえずとも説く。犬之助を肩に載せて逃げ走った。

「この、この」

平三郎は二楽に手古摺《てこず》るが、ついに太刀が捉える。

その時既に段蔵と犬之助は逃げ果《おお》せていた。

二楽は平三郎を放し、段蔵と犬之助を追う。


平三郎は晴信の許へ戻った。

片膝を付き、頭を垂れて、

「申し訳ございません。取り逃がしました」

詫びを入れる。

晴信は穏やかな顔で、

「良い」

平三郎を赦し、

「仕方あるまい。天晴れな犬であった」

二楽の忠義と健闘を称えた。

だが、それだけでは済まされない。

「太田は北信と通じているとも思われます。此方の陣立てを北信方に知らされる恐れがあります。陣立てを変えるに如かずと存じます」

進言したのは軍師の山本勘助《し》だった。

「そうしよう」

晴信は八幡の陣へ戻り行く。

四

段蔵と犬之助は北へ逃れ、長谷寺に落ち着いた。舒明《じょめい》九（六三七）年開基の古刹《こさつ》だが、戦乱により荒廃し、狐狼《ころう》も棲むと言われている。それだけに人は寄り付かず、格好の逃げ場だった。

犬之助は気を失ったまま横臥《よこた》えられていたが、漸く、

「うう」

意識を取り戻していく。

はっ、として上体を跳ね起こし、

「二楽、二楽」

その名を呼ぶ。

「気付いたか」

段蔵が傍にいた。

「段蔵さん、二楽は？　二楽は？」

問い詰めるように訊く。

段蔵は首を横に振り、

「わからぬ。我らが逃げるのを援けるため武田の手の者に嚙み付いていた」

と、応えた。

「戻らなければ」

犬之助は起き上がる。

「まだ武田の者共が徘徊《うろつ》いているかも知れぬ。もう少し待て」

段蔵は止めたが、

「待てない。二楽を助けなければ」

犬之助は聞かなかった。

「二楽は何のために嚙み付いた。お前を逃がすためだ。ここで、お前が出て行って見付かったら二楽の献身が無駄になる」

段蔵が犬之助を押し止めて座らせようとした時である。二人は、

「くぅ」

か細い鳴き声を聞いた。

軒下に入って来たのは、

「に、二楽！」

である。犬之助は段蔵を押し退けて二楽を抱き止めた。

二楽は犬之助に会えて安心したのか。がくりと犬之助に体を預けた。

「ど、どうした？」

犬之助は二楽の異変に気付く。

「えっ」

右手が生温かく濡れているのを感じた。

犬之助は掌を見る。暗くて良くわからないが、血の臭いを嗅いだ。

「二楽！　二楽！」

呼んでも、反応がない。

「見せろ」

段蔵は二楽の体を触った。

脈がない。腹を深々と斬られているのがわかった。

「無念だ」

と、犬之助に告げる。

「そ、そんな」

犬之助は愕然とし、

「そんなあ」

声を上げて慟哭《どうこく》した。

「ただ、お前の臭いを辿ってここまで持ち堪えたのであろう。全く見事な犬だ」

段蔵は賛辞を送り、二楽の死を悼む。

犬之助は動かなくなった二楽を抱いて泣き尽くした。

段蔵は黙って見守り続ける。

一夜明け、四月二十二日、武田勢は間者に陣立てを探られたと知り、構えを移そうとしていた。松代へ進み、柵《さく》を仕立てて橋頭堡《きょうとうほ》とする軍略である。

然《さ》りながら、早暁、北方より夥《おびただ》しい人馬が駆け来る。

「来た」

段蔵は跳ね起き、寺の外へ出た。

丸に上の字の旗が駆け抜けて行く。

村上義清の軍勢であった。長尾景虎より兵五千を借り受けて舞い戻る。

「間に合ったようだな」

段蔵は義清の策戦が順調に進んでいることを確信した。

「勝てよ」

と、呟き、見送る。

前の戦いで義清は形勢不利と見切って一旦、武田勢から逃げた。兵力を充実させた上で再来し、村上勢を敗走させて油断している武田勢を奇襲するという戦法である。

一楽が犬之助の密書を浜野修理の待つ善光寺の焼け跡へ届けた。犬之助は信濃に入ると、まず善光寺に立ち寄り、八幡への途上、修理の着衣の切れ端で臭いを付けていた。修理は越後から南下して来た義清に更級八幡の武田勢の陣立てを知らせる。

犬之助が晴信と遭遇した時既に義清は武田勢の動きを把握していた。

然して、一日が始まったばかりで武田方の態勢は整っていない。

そこへ、

「突っ込めぃ」

義清の采が振られ、村上勢は一斉に躍り込む。

武田の諸将は義清が越後へ逃げたままだと思っていた。斯様《かよう》に早く復帰し、しかも武田勢の陣へ正確に襲い掛かって来るとは予想だにしていない。

武田勢は正に意表を衝かれ、浮き足立つ。

策は二重に張り巡らされていた。

果たして、

「裏切りぞ」

声が上がる。

村上方から離反した井上清政の陣からだった。清政は武田に服したと思わせて懐へ入り込んでいたのである。

武田勢は動揺甚だしく、混乱している。内から崩れていった。

その中で、

（これは勝てぬ）

晴信は冷静に現実を直視している。

ならば、

（此度の信濃入り、打ち切ろう）

潔く諦めてしまった。

「甲斐へ帰るぞ」

と、勘助に告げ、諸隊へ伝えさせる。

武田勢は信濃から撤退した。

翌四月二十三日、義清は葛尾城を取り戻す。

犬之助は葛尾城で修理と一楽に会えた。

「何と申せば良いのか」

修理も二楽の死を悲しむ。

一楽は動かぬ二楽の傷口を舐め続けていた。

「済まぬ。私が腑甲斐ない所為《せい》で、お前の弟を死なせてしまった」

犬之助は一楽を見ていられない。

やがて、一楽は二楽から離れた。犬之助に擦り寄り、座る。

「もう良いのか」

犬之助は訊く。

一楽が頷いているように見えた。

悲しいのは一楽だけではない。犬之助も一楽に劣らず、二楽の死を悔やみ切れなかった。

それが一楽にもわかるようだ。

犬之助は人気のない山奥に入り、二楽の骸《むくろ》を焼いた。焼け残った骨を一つ一つ丁寧に小袋の中へ入れていく。全て納めると立ち上がり、骨の入った袋を見詰め、

「岩付へ帰ろう」

と、話し掛けた。

一楽と共に二楽の魂を岩付へ帰すべく、信濃を後にする。

五

犬之助と一楽は修理に従って岩付へ帰り着く。

修理に次いで犬之助も資正に首尾を報告した。最後に、

「それにしても大膳大夫は呆気なく信濃から退いたものです」

疑問を呈す。

資正にはわかった。

「甲斐から信濃へ遠征したからには成果が求められる。一度、信濃入りした上は退くに退けず、踏み止まり、形勢を覆そうとする。況《ま》してや、村上勢を信濃から追い出し、勝勢にあれば、未練が残る。然れど、一旦、劣勢となった流れは容易に止められず、手出しすればするほど裏目に出るのが常だ。大膳大夫は僅かな見込みなど信じず、兵を大きく損なうことを避け、退いた。並の将にはできぬ進退である」

武田晴信という将を解析した上で、

「そもそも、端から大膳大夫は本気でなかったのかも知れぬ」

と、意味深に言う。

「然れば、此度《こたび》の信濃攻めは何のために」

犬之助は知りたかった。

「下見……かな。左少将が越後守護代を頼ったことは大膳大夫も知っている。大膳大夫にとって越後守護代は最も脅威だ。その出方を見たのではないか。越後守護代は左少将に兵五千を貸し、大膳大夫と戦う意思を示した。此度はそれを確かめるための出征だったのではないか。やがては陣容を整え、越後守護代と雌雄を決するための布石であろう」

資正の深慮に犬之助は感心するばかりだが、

(それしきの動きを探るために二楽は死んだのか)

割り切れるものではない。また塞《ふさ》ぎ込んだ。

日々心が優れない。

晴れた日、犬之助は二楽の遺骨の入った袋を握り締めて一楽と共に丘に上った。

岩付城の南へ三里ほど、太田家の領域で最も高いとされる丘がある。古の墳墓が横臥っていた。

丘の片隅に二楽の遺骨を埋める。

犬之助は目を閉じ、手を合わせ、

「安らかに眠れ。そして、岩付を、武蔵を、関東を見守ってくれ」

犬之助は祈り、願う。

資正も上って来た。犬之助の後ろから拝む。

「殿」

犬之助が気付いた。

「二楽は其方に可愛がられ、其方を援けられて本望だったと思うぞ」

資正に慰められ、犬之助はまた涙する。

そこで、

「ところで」

資正は話を変えた。

「付き合え」

と、言って、犬之助に誘い掛ける。

「は、はい」

犬之助は気のない返事をして付いて行った。

連れて行かれたのは資正の居館の庭である。

囲いが設《しつら》えられていた。その中を見て、

「こ、これは」

犬之助は目を丸くする。

八匹の仔犬が駆け回っていた。

「其方に育ててもらいたい」

資正は事もなげに言う。

犬之助はあんぐりと口を開けたまま暫く固まっていた。

その内、北条氏康にも一目置かれるほどの智将が関東に風雲急を告げる最中、犬に感《かま》けていると思うと、滑稽《こっけい》で、

「あはは」

笑いが込み上げる。

「頼まれてくれるか」

資正に童のような無邪気さで請われると、

「はい」

犬之助は笑顔で快諾した。

第九章　越後の虎《とら》

一

犬之助は資正から託された八匹の犬の飼育と教錬に余念がない。
一楽と二楽の二匹でも骨が折れたのに、八匹ともなると、大変だった。
憶えない。犬之助が指示しても外方《そっぽ》を向いている。
餌で釣って漸く動き出す始末だった。
一楽が端から見ている。
(気張れよ)
と、言いたげだった。
「ふん。お前らの方が面倒だった」
犬之助は目を眇《すが》めて苦笑いし、仔犬の頃の一楽を思い出す。

脳裡《のうり》に浮かぶ一楽の横には二楽がいた。

「二楽」

俯《うつむ》き、また涙する。

一楽が擦り寄って来た。右前足を犬之助の左膝へ載せる。

「こ、こら、ねだるのは駄目だろう」

犬之助は窘めて、泣き笑いした。

一楽は犬之助の悲しみを感じ取り、態《わざ》と不躾をして犬之助の気を紛らわしたのかも知れない。

「一楽は良い犬だな」

犬之助はつくづく思う。

「今はこの仔たちがいる」

心に言い聞かせ、仔犬たちの教錬に勤《いそ》しむ。

色々な土地に慣れさせるため大雨、大雪でもない限り毎日朝夕二度、外へ連れ出し、半刻ずつ歩く。暫くは走り去ってしまわないよう引き綱は必需だった。八匹一度に散歩させることはできず、二度に分けて四匹ずつ連れて行く。

糞をすれば、置き去りが常だが、汚いし、衛生的に良くなかった。犬之助は路傍に穴を掘って埋める。

日を重ねるにつれ仔犬たちは犬之助の指示する方向へ歩くようになっていった。教錬の第一段階といったところである。

犬之助は寝食まで共にするほど犬たちと過ごす日々を送っていた。

ところが、犬之助が仔犬たちを仕込み始めてから僅かに二ヶ月、信濃はまたしても武田の脅威に晒される。


萩の花もちらほらと見受けられる時候だった。

夏の暑さも収まりつつある朝、犬之助が日課の犬たちの散歩から戻ると、資正から呼び出しが掛かる。急ぎ伺候《しこう》すると、まず、

「仔犬たちは如何に」

資正は訊いた。どのような時でも犬のことが気になっている。

二ヶ月で一楽並みに仕込めるはずがない。犬之助は、

「言う通りに歩くようにはなりましたが、放して歩かせるにはまだまだです」

現状をそのまま応えた。

「そうか。其方なればこそ、二月で言うことを聞くようになったのであろう」

資正は成果を認め、犬之助を褒める。それを聴いたところで、

「ならば、良かろう。また其方も信濃へ行ってくれ」

と、本題を切り出した。

既に幾人か諜者を放っている。目の利く犬之助にも任務が回ってきた。

資正は険しい表情で、

「大膳大夫が動き出したようだ」

と、情勢の変化を告げる。

犬之助もいずれ武田が信濃攻めを再開することは予想していた。

諜報活動は犬之助の本分である。

「心得ました」

受け応えるも、

「然れど、仔犬たちは如何致します」

それが気になるところだった。

資正は即、

「考えている」

と、言い切る。が、どう考えているかはその場で聴かせてくれなかった。

翌朝、犬之助が犬舎へ行くと、

「と、としやう殿」

が囲いの中にいる。

としやうは仔犬たちの躾に熱心で犬之助に気付いていない。

「としやう殿」

犬之助が再び声を掛けると、漸く振り向き、

「あ、犬之助さん」

微笑み掛けた。

犬之助は、

「どうしましたか」

それが聴きたい。

としやうは不思議そうに、

「兄上から聞いていませんか」

反問した。

「な、何を？」

「犬之助さんが留守の間、私がこの仔たちの世話をすることです」

「えっ」

犬之助は驚いたが、直ぐに資正が考えていると言った意味を覚る。

しかし、突然、仔犬たちの仕込みを代わると言われても、直ぐには納得できない。二ヶ

月ばかりだが、仔犬たちを撫育《ぶいく》し、馴染んできた自負がある。

「としやう殿に務まりますか」

意地悪く言った。

すると、

「見ていて」

としやうは一匹の仔犬を選び、

「待て」

と、言い付けて離れていき、距離を置いて、

「来い」

と、指図する。

仔犬はとしやうに駆け寄り、座った。

「良し」

としやうは仔犬の頭を撫でて干し肉を与える。そして、犬之助の方を向き、

「どう?」

と、訊いた。

犬之助は仔犬が僅かな間でとしやうに懐《なつ》いて面白くない。が、眉間《みけん》に皺《しわ》を寄せるも、

「まあ、良いでしょう」

認めざるを得なかった。

犬之助は仔犬たちの仕込みをとしやうに任せ、信濃へ旅立つ。

二

犬之助にとって信濃行きは三度目だ。道中も慣れたものである。

途中、上野の箕輪に寄った。

資正から長野業正を訪ねて指図を仰ぐよう指示されている。

業正も武田の動きを気にしていた。資正とは会わなくても書状を遣り取りし、密に情報を共有している。

犬之助は城に着き、門番に来意を告げると、庭に回された。卑しんだということではなく、犬連れであることの配慮である。

業正は犬之助を見て目を細め、

「良う来た」

嬉しそうに歓迎した。

「前に会うた時より顔付きが引き締まったような気がする。歳はいくつになった」

と、訊く。

犬之助も懐かしく、

「二十歳になりました」

と、応える。

「ほお、そのような歳か。儂も老《ふ》ける訳だ」

と、業正は言う。確かに顔の皺も増えたようだが、六十歳を過ぎているとは思えぬほど精気があった。

「信濃守様を頼りに思う方々はまだまだ多うございます」

犬之助もその一人だ。

「頼りになるかどうかわからぬが、また手を打たなければならなくなった。大膳大夫が動き出した」

「はい、伺いました」

「此度《こたび》も武田の動きを見極め、越後へ知らせて欲しい」

「越後へ？　御上（関東管領）に知らせるのですか」

「少し違う」

「では」

「越後守護代長尾弾正少弼（景虎）殿だ」

「長尾弾正少弼様」

「まだ二十四歳とお若いが、智略優れ、この先、関東の秩序を保てるのは越後守護代殿を措いてないと儂は見る」

業正も武田晴信をして、長野信濃一人いる限り上野を攻め取ることはできぬ、と言わしめる名将だった。その業正が関東の治安を託せる長尾景虎とは、

「天文十三年、十五歳で初陣を飾り、その後、連戦連勝、四年後の十七年、越後守護代に就かれ、十九年、永徳院（上杉定実）様亡き後は将軍家（足利義輝）より越後守護を代行することを命じられ越後国主として認められた。然れば、内乱を悉く鎮め、二十二歳で越後を平定された」

この端的な紹介でも凄みが感じられる。犬之助も耳にしてはいたが、改めて聴かされ、若さに驚くばかりだった。

（私と四歳しか違わないのに越後の国主とは）

犬之助は己れが小さく思える。

そのような犬之助の胸中など業正は知る由もなく、

「越後守護代殿は御上を庇護《ひご》され、東国の治安を預かる大義を得られた。我らは越後守護代殿を援け、関東に及ぶ争乱を収める」

決意を表明した。

「そのため処々の情報に通じていなければならない。今は甲斐から信濃は目が離せぬ」

「段蔵は存じていよう」

「はい」

「はい、はい」

「また共に働いてくれ」

「は、はい」

「一人より二人の耳目だ。武田の動きをいずれかが此方へ、此方から岩付へ知らせよう。そして、もう一方は越後守護代殿の役に立ってもらう」

「越後守護代様へも逐一知らせるということでしょうか」

「まあ、そういうことだ」

「然れど、それほどの御方なら諜者も粒揃《つぶぞろ》いではないでしょうか」

犬之助の疑問は尤《もっと》もである。

業正が知らないはずはない。

「うむ。聞者《もんじゃ》という諜者がいる」

と、応えた。軒猿《のきざる》という異能が後世に知られるが、記録にはない。

「ならば、段蔵さんはともかく、私如きがお耳に入れるなど烏滸《おこ》がましいのではございませんか」

「越後守護代殿は様々な見方を望んでいる。越後者の目では逃しがちでも関東の者の目では見えるものがあると仰せだ。其方の耳目は確かと儂は思っている。臆せず務めに励め。但し、越後守護代殿は目も耳も肥えている。半端な情報を伝えれば、即座に放り出される。心せよ」

「はい」

犬之助は業正の訓諭を嚙み締め、箕輪城を後にした。


上野から信濃への道中、野には薄の穂が見える。秋を感じつつ犬之助は一楽と共に山道へ入って行った。

（段蔵さんも一緒と聞いたが……）

と、思っていたところ、

「相変わらず隙だらけだな」

声がする。

きょろきょろしていると、一楽が上に向かって吼えた。

木の枝から跳び下り、犬之助の前に立つ。

「段蔵さん」

犬之助は加藤段蔵との再会を喜んだ。

「笑っている場合か」

段蔵は顔を顰《しか》める。

「歩きながら話す」

と、言って、もう歩き出していた。

犬之助は慌てて付いて行く。

道すがら段蔵は話し始めた。

「四月の大膳大夫の信濃入りは下見だったようだな」

「ええ」

「武田勢にとって北信は未知だ。北信の山野を見て、どこに陣取り、どこで戦えば利があるかを確かめた。それだけではない。左少将がどう動くか。越後守護代を頼った。そして、兵を借りて城を奪い返し、武田勢を奇襲した。そのような時に越後守護代が出て来たら武田勢は大負けしかねない。大膳大夫は頃合を計って退いた。次は越後守護代が出て来る。その時に備えたのさ」

段蔵の解説に犬之助は頷《うなず》くばかりだ。

「此度は少し本気のようだ」

「大膳大夫が、ですか？」

「ああ、七月二十五日に甲斐府中を発してから棒道を使って信濃へ躍り込み、村上方の諸城を落として左少将の拠る塩田城を囲んだ」

「真ですか」

犬之助が岩付を出た時には伝わってなかった情報である。それほど武田勢の動きは速かった。

「我らが北信に着く頃には塩田城は落ちているかも知れぬ」

段蔵の予測は容易ならない。

「急がなければ」

犬之助は焦る。

「そういうことだ」

段蔵は犬之助と一楽を促して脚を速める。

然《しか》して、この頃、既に村上義清は城を捨てて越後へ逃れていた。

三

武田軍は布引城の楽巌寺雅方を調略した後、塩田城を再奪取し、宿敵村上義清を追い出した勢いに乗って佐久、小県の城を次々と落とし、北信濃を蹂躙《じゅうりん》していく。そして、川中島の方角に向かって進んだ。

段蔵と犬之助は武田軍を追跡し、陣容、武具の数量、そして、進み具合を見極める。

武田軍は更級の八幡に差し掛かると、足を緩めた。四月に奇襲され、撤退を余儀なくされた地である。慎重に通過して行った。

「一万か。四月と変わりないが、油断しなければ、してやられぬと踏んだか」

段蔵は見積もる。

然すれば、

「お前は善光寺へ向かえ。越後守護代の聞者と落ち合うことになっている。彼方《かなた》も武田の軍勢を見ていようが、お前はお前の見たままを伝えろ」

と、指示した。

善光寺は四月に一楽を走らせているが、景虎の聞者の臭いを知らない。犬之助も会ったことはないが、判別はできる。

ところで、

「段蔵さんは行かぬのか」

「お前が行けば、事足りる。それに儂は越後守護代に嫌われている」

「嫌われている？」

「ああ、越後守護代に拝謁した時、牛を呑《の》みこんで見せたり、瓠瓜《ゆうがお》の種を発芽させて扇で扇いで実を結ばせるなどして見せた。さらに、越後守護代に山岸宮内少輔貞臣の屋敷から太刀を盗んでくるよう言い付けられたが、容易《たやす》くして除《の》けた。すると、越後守護代は俺を危ぶみ、排除しようとした。不穏に感じた俺は絡繰《からくり》仕掛けの傀儡《くぐつ》に芸をさせ、目を引いている隙に越後から逃げ出した。という経緯《いきさつ》だ」

「何と」

犬之助は段蔵の逸話を聴く度に驚いていた。

「そういうことで俺は行けない」

「わかりました。段蔵さんは信濃守（長野業正）様だけに忠実なのですね」

「俺は怪《あや》かしの術を遣う故、どの大名にも遠ざけられた。そのような俺を信濃守様だけは認めてくれて、高く買ってくれた」

「そうですか」

「そうだ。俺は苦手だが、信濃守様は越後守護代を頼りにしている。だから、お前に頼む」

段蔵は犬之助を善光寺へ向かわせる。

一楽は善光寺への道を憶えていた。犬之助は一楽に導かれて善光寺へ辿り着く。

「さて、どこにいるのか」

景虎の聞者を探し求めた。

それも束の間、

「武州岩付太田の手の者か」

声が掛かる。その主は既に犬之助の後ろにいた。段蔵のように弄《なぶ》らないのは益《ま》しだが、度々気付かぬ内に背後を取られ、犬之助は、

(情けないな)

溜息をつく。

だが、自信を失くして消沈している間はなかった。

中肉中背、能面のような顔をした野良着の男に、

「越後守護代様のご家中ですか」

それを質《ただ》す。

能面はそのままの表情で、

「そうだ」

とだけ応えた。

犬之助は、

「太田資正家中、太田犬之助です」

名乗り、

「貴方は？　越後守護代様のご家中であるという証はありますか」

と、問う。

「愚か者め」

聞者は直截《ちょくせつ》に罵倒した。

「な、何と」

犬之助はいきなり愚か者呼ばわりされて目を剝く。心外だった。

しかし、

「忍びが名乗って、どうする。名を知られず、事を運ぶが本分だ。それに、お主は此方の素性を明らかにしろと言うが、お主こそ太田家の家人である証はあるのか。敵に囚われた時、素性を知られるような証を持ち歩く阿呆がどこにいる」

聞者に論破されて、犬之助は一言もなかったが、閉口してばかりもいられない。割り切って、

「ならば、聞者殿」

と、犬之助は呼ぶことにした。事務的に、

「武田の様子、互いの見聞を合わせたい」

本来の目的を果たすこととする。

これには、

「よかろう」

聞者も応じた。

犬之助と聞者はそれぞれが見聞きした事実を交換する。

犬之助は私見を一切交えず、事実のみありのままに伝えた。協調性に欠ける聞者も真摯《しんし》に耳を傾けている。

聞者が犬之助を認めた証拠に、

「御屋形（長尾景虎）様は既に春日山を発たれ、信濃へ向かわれている。お主は進軍途上の御屋形様に信濃の有様を伝え奉れ」

と、景虎への報告を託した。

「私が？」

犬之助には何故か、わからない。

「そうだ。お主は物が見えるとわかった。逆臣の相どころか、質朴極まりない。御屋形様は達見のある御方だ。お主の質を見抜かれ、疑われぬであろう」

聞者は少し接しただけで犬之助を評価し得た。段蔵と同じような評であり、悪意はなさそうだ。

一楽も唸りさえせず、静かに座って、じっと聞者を見ていた。

犬之助も良く言われたからではないが、聞者に少し好感を持つ。

「聞者殿はどうされる」

「我には別命がある。さあ、お主は行け」

聞者は犬之助を追い立てるように促した。

「然《さ》れど、貴方の名を告げねば、私が貴方の代わりでもあることを長尾の方々にわかってもらえぬではないか」

犬之助の言う通りである。

「ならば、中西《ちゅうぜい》とでも言え」

と、聞者は言った。

「ちゅうぜい？」

「ああ、関東の中ほどより西の見聞きを託されているということだ」

「わ、わかった」

「わかったら、早う行け」

「一楽、行くぞ」

走り出す。

四

長尾軍が飯山城で満を持す。来たるべき武田軍との対戦に備え、将は策を練り、兵は心身を休め、態勢を整えていると知った。

景虎の所在を知った犬之助は飯山へ向かう。

左手に仰ぎ見る斑尾山《まだらお》は紅く染まり、陽に映えて眩《まばゆ》く、犬之助の目を楽しませてくれた。まだ冠雪はしていないが、もう半月もすれば、白くなっていくことだろう。

この当時の飯山城はまだ砦《とりで》の域を脱していない。後世、雪国の小京都と呼ばれる城下だが、寺社の数は僅かでしかなかった。長尾景虎が上杉謙信となり、本格的な城下造りに着手するまで十年の歳月を待たなければならない。

城を任されているのは景虎に与する高梨政頼《たかなしまさより》の属下、尾崎重歳《おざきしげとし》であった。

犬之助は門番に、

「武州岩付太田家中、太田犬之助と申す。上州箕輪の長野信濃守様にお指図を受け、また、貴家の聞者役、中西殿より武田の軍容を越後守護代様へ伝え致すよう言付かり候《そうろう》」

と、告げる。

伺いが立てられ、程なく犬之助は入城を許され、曲輪に通された。

広間で長尾軍の策戦が練られている。

上段に座る武将は威風堂々と異彩を放っていた。鼻筋の通った涼しげな風貌で、赤褐色の地裂に細身の銀糸で文様を表わした紙衣《かみこ》陣羽織を颯爽《さっそう》と着こなしている。

近習の本庄清七郎が、

「越後守護代、長尾弾正少弼様であらせられる」

と、告げた。

本来、犬之助は越後守護代に直言できる身分ではない。予想外に目通りが適い、

「ははあ」

犬之助はいよいよ頭を低くする。

「武州岩付城主太田源五の家の者、太田犬之助にございます」

清七郎が景虎に素性を知らせた。

景虎は軽く顎《あご》を引く。わかったということだ。

「御屋形様は直に見聞きした者の口からご聴取になりたいと仰せだ。武田の様子を伝え申せ」

宿老の直江《なおえ》実綱《さねつな》が犬之助に言い渡した。

（そういうことか）

犬之助は景虎が上下の形式に捉われず、現実により近しい情報を欲する智将と知る。

ならば、私見を交えず、見たままを伝えた。

景虎は目を閉じ、聴き入る。

聴き終えて、目を開き、

「大儀」

と、言葉を掛ける。

言葉はそれだけだった。

(ご不満なのか)

犬之助は報告に不備があったかと不安げに退く。

だが、景虎の意中は違った。

(見たままに伝えよった)

それを気に入る。

景虎にとって余分な私見は必要なかった。策を考えるのは景虎であり、そのための事実だけ知れば良い。

聞者も複数放っていた。その報告とも犬之助の報告は符合する。

(我が耳目となり得る)

景虎は諜者として犬之助を評価した。

そして、

(もう少し追い使ってみたい)

楽しみにすら思う。

一楽は犬之助が広間で報告する間、外で樹に繋がれて大人しく座って待っていた。

犬之助は一楽を樹から外し、城を出ることとする。

景虎の気に召したとは知らず、

（どうするか）

善光寺以南へ戻って、さらに武田の動きを探るか。景虎へ知らせるという務めを果たした上は岩付へ戻るか。

思案していると、

「太田犬之助」

名を呼ばれる。

振り向くと景虎の近習の清七郎が立っていた。

「陣中に留まるように、と御屋形様は仰せだ」

と、言い付ける。

「えっ」

犬之助は耳を疑った。

「明日、此処を発つ。仕度して待つように」

と、清七郎に告げられ、犬之助は訳もわからず言われるままに長尾軍の陣中に留まることとなる。

五

果たして翌朝、越後の虎は動き出した。

犬之助は景虎に呼ばれる。城門の外に跪《ひざまず》いて待っていたところ、黒小札紫糸威之具《くろこざねむらさきいとおどし》足を身に着けた景虎が出て来た。犬之助を見付けて立ち止まる。

「大膳大夫に犀川《さいかわ》を渡らせてはならぬ。武田の動き、確と見届けよ」

と、言い付けた。

ただ一度、報告しただけである。交わした言葉はない。それだけで景虎は犬之助の物見の才を見抜いた。

（信濃守様も称える越後守護代様に認められた）

犬之助は感動し、

「ははっ」

本分を尽くすことを心に期す。

長尾軍の先手は柿崎景家が三百騎を率いて務める。

犬之助は景家に、

「和泉守《いずみのかみ》（柿崎景家）様の御身に着けた布切れなど頂けないでしょうか。私の見聞きしたことを逸早《いちはや》く、このものが和泉守様へ知らせます」

と、言って、一楽を紹介した。

景家は片頬を歪め、

「ほお、面白い。御屋形様から犬之助なる者が敵情を知らせると聞いている。よかろう」

手拭いを犬之助に与える。

犬之助は恭《うやうや》しく受け取り、

「必ずや有用な知らせを届けます」

と、請け負った。

「頼んだぞ」

景家も犬之助に期待する。

犬之助と一楽は南へ向かった。

然して、武田軍はまだ前回、進出した八幡にも至っていない。

犬之助が武田軍の動きを追っていると、

「鈍いだろう」

背後から声を掛けられた。

聞き覚えのある声で、

「もう驚きませんよ」

犬之助は苦笑して振り返りもしない。

「詰まらぬの」

段蔵だった。犬之助を驚かせることが適わず、面白くない。

犬之助は構わず、

「鈍いだろうと言われるのは何かご存知なのでしょうか」

それが聴きたかった。

「中西に会うたであろう」

段蔵はその通称を口にする。

「はい」

「その中西の仕業だ」

「そう言えば、別命があると言っていました」

「中西は武田の兵に化けて懐に入り、寝返ったと見せ掛けて実は内から切り崩そうとしている者がいる、と風聞を流し、広めたのさ。井上左衛門尉《さえもんのじょう》（清政）の例がある。更級八幡の戦いで武田は痛い目を見ているからな。武田の将兵は疑心暗鬼を生じ、信濃衆を疑い始めている。折角、調略して引き寄せた信濃衆だが、大膳大夫は、真偽が明らかになるまで軍勢に数えるな、と家来衆に言い付け、遠ざけるようになったようだ」

「信濃衆は除《の》け者にされている、ということですか」

「そうだ。楽巌寺雅方などは真に降ったであろうに信用されず、数に入れられていない。とはいえ内通している証はなく、切り捨てもできぬ。ここで切り捨てれば、此の後、信濃衆の方が大膳大夫を信用できなくなり、調略が適わなくなるからな」

「用心して信濃衆の様子を窺いつつ兵を進めている故に武田の動きは鈍いのか」

「そうだ」

「見積もったところ一刻二里ばかりですね」

「ほお、早くも計ったか。やはり、お前は使える」

「大したことではないですよ」

犬之助は褒められて照れつつも懐紙に認《したた》めて紙縒《こよ》りにし、一楽の首に括り付けた。

「頼んだぞ」

一楽を放つ。


此度、一楽は行ったり来たり、またしても川中島への道を走った。

（二楽がいれば）

犬之助は改めて二楽を失った大きさを思い知る。

果たして、犀川の南岸で漆黒の軍団に出遭う。

先陣は蕪《かぶら》の旗印、猛将、柿崎景家率いる長尾軍先手三百騎に相違なかった。飯山から十里ほどもある。目を見張る迅速さだった。陣を布き、武田軍を待ち受けている。

一楽は咆《ほ》えた。

景家が気付く。一楽を受け入れ、首の小筒から紙縒りを取り出した。読み下し、

「御屋形様へ知らせろ」

後陣の景虎へ使番を出す。

程なく使番が戻り、

「仕掛けよ、とのことにございます」

と、伝えた。

然れば、是非もなく、九月一日、

「これより武田を討つ」

景家は兵を前進させる。

犀川の河岸より南へ一里、布施に柿崎隊は陣取った。

武田軍の先衆、晴信の舎弟、信繁の軍勢が襲来する。その猛威に柿崎隊は押し遣られ、後退して行く。

武田軍先衆は勢いに乗り、柿崎隊を犀川の河岸まで追い詰めた。

甲斐の将兵は信越国境近くまで初めて足を踏み入れる。未知の領域であり、地理に疎《うと》い。

信濃衆を蔑ろにしたことで、手探りで進まなければならなかった。

果たして、左右の草叢《くさむら》から一斉に伏兵が湧《わ》き起こり、武田軍先衆の両側を衝き、退路を遮断する。

さらに、

「返せ〜」

景家は後退し続けていた柿崎隊を反転させ、武田軍先衆へ仕掛けた。

武田軍先衆は四方から攻め立てられ、進退窮まる。

「退けぃ」

信繁は先衆へ指図したが、長尾軍に取り囲まれ、動きが取れなくなっていた。

長尾軍は新手を投入し、武田軍先衆を包囲殲滅しに掛かる。

この窮地を救ったのは真田幸綱だった。

幸綱は武田軍先衆を取り囲む長尾軍の大外から仕掛け、態勢を崩す。その裂け目から信繁は血路を開き、危地を脱した。

しかし、先衆の潰乱は全軍に波及し、裏崩れして敗走する。

長尾軍は余勢を駆って八幡へ進出し、荒砥《あらと》城を落として三日には青柳《あおやぎ》城を攻め付けた。

さらには武田方の今福友清《いまふくともきよ》に奪われた苅屋原《かりやはら》城を窺う。

然れば、晴信は苅屋原城救援のため飯富藤蔵を送り出した。

そこで、

「荒砥城に夜襲を掛け、我が軍の退路を断とうとしています」

犬之助が武田方の動きを摑み、一楽を放って景虎に急報する。

景虎は一旦、八幡まで兵を退き、態勢を立て直して晴信が本陣を置く塩田城まで迫った。

塩田城は二千尺（六百米強）余りの弘法山そのものを城塞化《じょうさいか》し、山城の多い信濃でも随一の堅牢《けんろう》を誇る。

武田軍は長尾軍の攻勢に対して持ち堪え、二十日が過ぎた。

やがて、信濃の山々の頂が白く彩られ始める。

冬が来た。

降雪で補給路が遮られたら長尾軍は信濃で自滅しかねない。

景虎は犬之助に飯山辺りまで天候を見に行かせた。

「既に奥信濃の山々は中腹まで雪が積もり始めています」

犬之助の報告は他の聞者と一致する。

村上の領地回復は適わなかったが、北信の国人衆が悉く武田氏に靡《なび》くことは防ぎ、長尾方優位という結果も残した。さらに欲を搔《か》いて長滞陣すれば、足許《あしもと》が危うくなる。

元々此度の出征は武田晴信の手の内を見ることも狙いであり、戦況が停滞した今、

「そろそろ手仕舞いするか」

景虎は決断した。

九月二十日、俄《にわ》かに塩田城の囲みを解き、陣を払う。

越後へ帰る途上、処々に兵を伏せ、武田軍の追撃に備え置き、引き揚げて行った。

武田軍の中には追い討ちを主張する将もいたが、晴信は、

「布施の戦いで懲りたはずだ。弾正は必ず仕掛けを施している」

と、自重し、十月十七日、塩田城を去る。


犬之助と一楽も武蔵へ帰り行く。

道中、北寄りの風が冷たく感じられた。

途上、宿場で綿の入った衣を仕入れて着込む。犬は寒さに強いと言われるが、一楽も元気に歩み進んで行く。その姿に励まされ、

「負けぬぞ」

犬之助も気張った。

上野に入ると空っ風が山から吹き下ろし、大地の砂塵《さじん》を巻き上げる。視界が遮られるどころか、砂が目に飛び込んで来て瞼《まぶた》を開けていられない。

風が吹いていては樹木の陰に隠れ、止んでは歩み進んだ。

「この時期に上州を旅するものではないな」

犬之助は一楽に話し掛けながら上野を通り抜けて行く。

難儀な道中で、漸く岩付に帰り着いた時にはもう十一月になっていた。申《さる》ノ刻（午後四時）にもなると、もう薄暗い。

犬之助は荒川の河原に資正と並んで腰を下ろし、西の山の向こうに沈み行く夕陽を見ながら信濃戦線の経緯を報告した。

資正は終始笑顔で耳を傾ける。

「越後守護代殿自ら出馬されたのは大きい。武田大膳大夫のみならず北条左京大夫も心静かではいられないだろう」

愉快そうに言う。

「然れど、北信を除き信濃は武田に侵されたままです」

犬之助は現実を憂えた。

資正も考えている。

「越後守護代殿はこのままにして置くまい。再び兵を出し、武田を打ち払うであろう。我らは越後守護代殿を信じて待つ。越後守護代殿から声が掛かれば、いつでも動けるよう心しよう」

景虎の関東鎮撫《ちんぶ》に大きな期待を寄せていた。

いよいよ本格的な冬となる。

如何に犬たちが寒さに強いと言っても冬の夜は凍《い》て付く。

犬之助は犬たちが凍えぬよう大量の藁《わら》を犬舎に仕込んだ。

これより十年余りも続く長尾景虎と武田晴信による北信戦線、川中島攻防の幕開けとなった天文二十二年が暮れていく。

第十章　川中島の戦い

一

武田晴信が信濃に留まらなかったのには理由があった。

信濃を制圧するため越後の長尾の他に敵を作りたくない。それには駿河の今川、相模の北条と盟を結び、背後の脅威を取り除く。そのための段取りが先決だった。

然して、天文二十三（一五五四）年三月、今川家の謀僧、黒衣の宰相の異名を取る大立者、太原崇孚《たいげんすうふ》雪斎の肝煎《きもい》りで駿河の善徳寺に武田晴信、北条氏康、今川義元が会し、盟約を交わす。ここに甲相駿三国同盟が成立した。

この情報は当然、岩付の資正の耳にも入る。

（越後守護代殿も難儀なことだ）

景虎の苦衷が思い遣られた。

武田は信濃へ、北条は武蔵から上野へ、版図拡大を目論んでいる。これを阻止するため景虎は多面的に対処しなければならなくなった。

しかし、今尚変わらず、

（越後守護代殿が鎮撫《ちんぶ》に乗り出す時、我らも万全で支えたい）

関東管領を奉じる景虎に大義ありと思っている。

資正が北条に恭順してより六年の歳月が流れていた。岩付領内の寺社の保護、国衆の掌握など統治に力を注いでいる。

その上で北条と敵対関係にある常陸の佐竹を抑え、伊達など奥州勢との外交も担っていた。

氏康も資正の功績を認め、満足している。

四月、朝廷より従五位下美濃守に任じられた。資正を懐柔するため北条が手を回したようだ。

さらに、北条と太田の絆を固くするため氏康は三女と資正の嫡男、資正の名乗りを継いだ源五郎（後の氏資）の縁組を進める。

資正は表向き北条に従っているが、心服はしていなかった。

（越後守護代殿が関東に降臨されるまで波風は立てられぬ）

今は忍従の時と心得え、謹んで縁組を受ける。

犬之助は信濃布施の戦いの諜報活動から帰還してからまた、犬たちの教練に励んでいた。体を動かしていれば、嫌なことも忘れる。

八匹の犬たちが来てから一年が過ぎていた。立派な成犬に育っている。

愛情深く向き合えば、犬たちは真綿が水を吸い取っていくように憶えていった。

それでも八匹もの仕込みは楽ではない。

一楽も犬之助を助け、犬たちが言い付けを聞かず動かない時などは尻を叩くように鼻で突いてくれた。

「随分と逞しくなったものだ」

資正は時折、犬たちを見に来る。来る度に成長している犬たちと触れ合って癒されていた。

四月の陽気の中、八匹を相手に動き回れば、汗を掻く。犬之助は資正の姿も見付け、休憩を入れた。

「よし、少し休もう」

資正は教練から解放された犬たちを撫でながら、

「この犬たちを使わなくても良いなら、泰平ということだ」

沁々《しみじみ》言う。

資正も憶えていた。

「もう一年か」

そう呟くと、犬之助は悲しげに頷いた。

四月二十一日は二楽の命日である。

「兄上、犬之助さん」

としやうがやって来た。

「頼む」

資正はとしやうに犬たちを任せる。

「行こうか」

犬之助を促し、一楽も連れて城外へ出て行った。

行き先は決まっている。

城南三里、二楽の眠る丘だった。

資正と犬之助は無言で一刻余り初夏の岩付を歩き、丘を上って二楽の墓前に立つ。

瞑目して手を合わせ、二楽の冥福を祈った。一楽も静かに座り、じっと墓を見詰めている。

武蔵は今のところ平穏だった。

上武を窺う北条は常陸の佐竹や下野の宇都宮、安房の里見とも敵対している。先代の氏綱から二代にわたって東武まで拡げた版図を脅かされては放って置けなかった。北武より上野は資正ら武蔵衆を押さえとし、東武の憂えを取り除きに掛かっている。


北条に引き換え、武田は三国同盟を有効に利用していた。

西に今川、東南に北条、今やこの脅威はなく北方への版図拡大に集中できる。

当面の目標は信濃完全制覇だが、越後の長尾景虎の介入により頓挫《とんざ》していた。

武田総帥、晴信は、

「いっそ越後を内から崩すか」

信濃を飛び越え、越後へ手を出そうとしている。

これを諜報に長ける真田幸綱に諮《はか》ったところ、

「刈羽の北条弥五郎（高広）が手頃かと存じます」

という応えが返った。

大胆極まりない。刈羽と言えば、犀川を越えるどころか長尾家の本拠、春日山の遥か北東十里、越後も中央に位置している。しかも、

「北条弥五郎は器量、骨幹、人に倍して無双の勇士と謳われ、武名は甲斐にも轟いている。越後守護代の下、戦功を積むこと比類ない重臣ぞ。寝返るとは思えぬ」

と、訝った。

これに対して幸綱は、

「弥五郎は家中一の粗忽者《そこつもの》で越後守護代も気を揉《も》むことが多いと聞きます。越後守護代の譜代、安田越中（景元）とは仲が悪く、越中辺りに、弥五郎に叛意《はんい》あり、とでも風聞を流せば、食い付くに相違なし」

自信をもって献言する。

然《さ》れば、晴信は、

（適わずとも元々）

と、期待しないで幸綱に調略を託した。

果たして、十二月、謀叛の風聞を耳にした安田景元が景虎に注進すれば、高広は窮し、嘘から出た真となって反乱を起こし、年を越す。

景虎は即応して天文二十四年二月に高広を降したが、越後衆まで武田へ靡いたことで信濃衆を動揺させた。

晴信の思う壺《つぼ》となる。

謀叛の流れは信濃に波及し、善光寺の別当、栗田永寿が武田に寝返った。信濃衆の信仰の拠り所たる善光寺が武田方の勢力下に入り、長尾方諸家は震撼《しんかん》する。

四月、景虎は善光寺奪回を期して善光寺平に向けて出陣した。

これを知り、資正も諜者を放つ。

景虎からの与力要請はなかったが、天下をも望む武田晴信の動きは知って置く必要があった。有用な情報に接すれば、景虎に知らせるつもりだ。

犬之助も諜者の一人として信濃へ向かった。

四度目の信濃入りであり、最早一楽も単身で岩付まで駆け戻れるだろう。

（これで越後守護代と大膳大夫の対戦は二度目か。一度目は互いに様子見の感があったが、
此度は雌雄《しゆう》を決するか）

犬之助は心して戦いを見極めようとしていたのだが、長尾と武田は犀川を挟んで対峙《たいじ》し
たまま二百日余りも動きがなかった。

その間、犬之助は二度、別の諜者と交替して岩付に帰り、資正に状況を報告している。

岩付に帰り、また信濃に戻る度、

「まだ睨《にら》み合ったままか」

呆れるばかりだった。

信濃戦線が停滞している間にも天下は動いている。

遥《はる》か西国の安芸厳島において十月一日、毛利元就《もうりもとなり》が周防《すおう》守護大内《おおうち》家の実権を握る陶晴賢《すえはるかた》
を奇襲して破った。ここから元就は中国の覇者となる道を駆け上る。

そして、また一ヶ月、閏《うるう》十月となり、冬が来た。

甲斐府中から信濃の善光寺平は二十五里と遠い。棒道を使っても甲信の山々は雪深く、

武田軍は兵站が苦しくなる。

長尾軍も同じことが言えるが、春日山から善光寺平は十五里と武田軍より増しであり、しかも越後衆は雪に慣れていた。

しかし、加賀の一向一揆《いっこういっき》を抑えていた越前の朝倉《あさくら》家の名将、宗滴《そうてき》が亡くなり、北国に乱が広がる恐れがある。

このまま戦い続けても互いに益がない。

然れば、同月十五日、駿河の今川義元の仲介で和睦《わぼく》し、両軍は撤兵した。


犬之助は岩付に帰り、漸く落ち着く。

資正に此度の戦いの経緯を語った。

「四月、武田勢の援兵三千が鉄砲三百、弓八百を旭山城へ運び込み、栗田刑部（永寿）を迎えて籠もりました。これを封じるため越後守護代様は善光寺の北西、葛山に城砦を築かれました。そこで大膳大夫は旭山城の後詰として川中島へ出陣し、犀川を挟んで両軍は対峙します。七月に入り、大膳大夫が一万二千の軍勢を従えて着陣しました。越後守護代様が率いる軍勢は八千、七月十九日に犀川を渡河して仕掛けました。しかし、兵が動いたのはそれ切りで、以後、膠着《こうちゃく》し、両軍滞陣したまま二百日余が過ぎました。ついには決着せず、冬を迎え、閏十月十五日、今川駿河守（義元）の肝煎《きもい》りで和睦しました。大膳大夫は旭山城を破却して撤退し、さらに、北信の国人衆の旧領を復するという条件を飲んで国許へ帰りました。その上、越後守護代様は善光寺の本尊や仏具を春日山へ移されました」

「大膳大夫にしては諦めが良いな」

「西信の木曾左馬頭（義昌）殿が兵を起こしました。信濃出征中の武田勢を衝くか、大膳大夫不在の甲斐府中へ襲来するか。いずれにせよ、大膳大夫は背後、足許を脅かされることになります故早々に引き揚げ、木曾勢を討伐しなければなりませんでした」

「そうか。越後守護代殿の勝ちに等しいか」

資正は此度の長尾と武田の戦いをそう締め括る。

取り敢えず長尾景虎と武田晴信の二度目の戦いは終わった。

この年十月二十三日、戦乱甚だしく災異により弘治《こうじ》に改元されている。

二

弘治元年は一月余りでしかなく年明けて弘治二年、乱世にあって珍しく、武蔵は穏やかな正月を迎えていた。

岩付も太田の家来衆の年賀で賑わう。

浅羽左近も参上し、資正に拝謁した。

その後、犬之助を訪ねる。

教練の最中だった。

「一楽、達者で何よりだ」

左近が囲いの外から声を掛ける。

犬之助は聞き覚えのある声に笑みを浮かべて振り向き、

「おい、私より先に一楽かよ」

と、文句を言うが、久々に莫逆《ばくぎゃく》の友と会えて嬉しかった。

一楽も左近に駆け寄り、行儀良く座る。

他の八匹は左近を知らず、囲いの中を走り回っていた。

「一楽の方がお前より使えるからな。お前も、まあ、元気そうだ」

左近の愛情ある雑言《ぞうごん》に犬之助は苦笑し、

「お前などあの八匹にも敵わぬ」

と、遣り返し、

「休め」

八匹に言い付け、一楽と共に囲いの外へ出る。

そして、左近の後ろにいる鼻筋の通った綺麗《きれい》な顔立ちのうら若い乙女に気付いた。

「今巴だ。十三歳になる」

と、左近は告げる。

「幼児だった今巴殿か。美しくなったな」

犬之助は世辞なく賛嘆した。

今巴は愛想なく、ぺこりと頭を下げ、離れて行く。幼い頃、犬之助に会ってはいたが、憶えていなかった。木陰に腰を下ろし、何をか思う。

「隻眼《せきがん》であることが負い目となり、余人に心を開かないのだ」

と、左近は言う。

犬之助は、

「一楽」

目で合図して引き綱を解いた。

一楽は犬之助の意中を察したか、今巴に駆け寄り、顔を覗《のぞ》き込む。

今巴は暫《しば》し表情なく一楽を見ていた。が、一楽の全く邪気のない目でじっと見詰められ、優しい顔になっていく。そして、

「遊ぼうか」

と、一楽に問い掛けた。

一楽は一声上げ、走り出す。

今巴は立ち上がり、追い掛けた。

追いつ、追われつ、今巴と一楽は遊び戯れる。

これを眺めて、

「犬は偉大だな」

左近は嬉しそうに呟《つぶや》いた。何人も開けなかった今巴の心を開いてしまう。

「当たり前だ。私の相方だからな」

犬之助は胸を張って自慢する。

左近と今巴は一刻ほど過ごした。

帰り際、

「また、一楽と遊んでも良い？」

今巴が小さな声で訊く。

犬之助はにんまりとして、

「いつでも」

快諾した。

今巴は恥ずかしそうに、ぺこりと頭を下げ、急いで駆け去った。

「一楽の御蔭《おかげ》で犬之助とも今巴は打ち解けたようだ」

と、左近は言う。

「犬好きに悪人はいない。心に少し靄《もや》があるだけで良い娘御《むすめご》ではないか」

犬之助の心に刻まれた。その上で、

「憶えているか」

左近に訊く。

「何をだ」

「私が今巴殿を嫁にすると申したことだ」

「童《わらべ》の時の戯言《ざれごと》ではないか」

「いや、本気だ」

「其方が弟になるなど、怖気《おぞけ》がする」

左近は言い腐し、

「では、また」

と、言い残して今巴を追い掛けた。心の内では、

(有り難う)

隻眼の妹を貰ってくれるという犬之助に感謝している。

犬之助は左近の後ろ姿が視界から消えるまで見送った。

「可愛い娘ね」

声を掛けられ、はっとする。

後ろに、としやうが立っていた。にやにやしている。犬之助の仄《ほの》かな恋心に気付いてい

た。

「好きなの」

悪戯っぽく訊く。

「左近の妹です。好きも嫌いもありません」

犬之助は口を窄《すぼ》めて誤魔化した。

三

弘治二年となって三ヶ月、武蔵が平穏なのには理由がある。

三月、安房の里見義堯が水軍を率いて三崎沖に現われた。北条氏康も水軍を繰り出して迎え撃つが、海戦に長《た》ける里見軍に圧倒されて潰走《かいそう》し、三浦半島への上陸を許す。

四月には常陸の覇権を懸けて結城政勝が小田氏治麾下、平塚長信の拠る海老ヶ島城を攻める。結城と盟を結ぶ北条氏康は援軍として太田資正に派兵を求めた。

岩付で指図を受けた資正は閉口する。

（戦は家を疲弊させる）

願い下げだった。

しかし、

（まだ、北条と事を構える時ではない）

堪えて氏康に逆らわず、致し方なく兵を出す。

結城の援軍として武蔵から遠山綱景、下野から壬生綱雄、佐野豊綱、そして、資正が集結する。

相模から北条綱成が向かっていた。

政勝の養嗣子、晴朝が海老ヶ島城に取り掛かる。

資正たちは長信救援のため山王堂に陣取る小田氏治の軍勢に備えた。

結城勢は猛攻凄まじく城外に展開した平塚勢を粉砕し、突き入る。

そこへ城方は弓矢、木石を降らせ侵入を阻んだ。

城の周囲は湿地が広がり、寄せ手の動きを鈍らせる。

先陣の結城勢が突出して剝き身になる陣形となり、城方の格好の標的となった。城方の援軍に参陣していた小田勢が山王堂から駆け下りて襲い掛かる。

結城勢は浮き足立ち、混乱した。

小田勢の抑えとなっていた太田勢も湿地に難儀している。しかし、

（このままでは共倒れになる）

資正は犬之助を呼び、

「次昴左衛門の許へ行き、小田を横合いから衝けと告げろ」

と、命じた。

「はい」

犬之助と一楽は直ちに動く。

兵を掻き分け、高築次昴左衛門の姿を求める。

次昴左衛門も湿地に足を取られ、苦労していた。そこへ、

「次昴左衛門様」

犬之助が声を掛ける。

「おお、犬之助か」

次昴左衛門は資正からの指図ありと覚った。

「殿は次昴左衛門様に小田を横合いから突き崩すべしとのことにございます」

犬之助の伝令を受けた次昴左衛門は、

「相判った」

と、快諾し、湿地に苦しみながらも切り抜け、戦線を大きく迂回《うかい》して小田勢の側面に出る。

小田勢の救援を得て城方も討って出て結城勢を挟撃しようとしたところだった。

次昴左衛門は、

「掛かれ」

兵を鼓舞して小田勢を横撃する。

小田勢は動揺し、大いに崩され、城方の救援どころではなくなった。己れの生き死にに も関われば、混戦からの離脱を図る。

戦勢は結城方に傾き、海老ヶ島城は落ちた。

この後、小田の潰乱は止まらず、氏治は土浦まで逃げるほどの大敗を喫す。

資正は氏康に対する忠勤を果たし、泰然と岩付へ戻った。

四

越後で魚沼郡の国人衆が騒がしくなっている。

妻有郷節黒《つまりごうふしぐろ》の上野家成と妻有郷千手《せんじゅ》の下平吉長が領地の境界を巡って争っていた。下平吉長には本庄実乃、吉長には大熊朝秀という長尾家の重臣が加担し、景虎が仲裁に乗り出しても双方応じない。田植えが済み、秋が立っても収まらず、騒動は長引いていた。

そのような時、犬之助が長尾家に呼び出される。

資正は守護代の景虎を支持して関東管領を守り立てることを本義とし、頼りにしてくれていることも意気に感じ、喜んで犬之助を遣わす。

犬之助と一楽にとって越後は初めてだった。

武蔵の岩付から越後の春日山まで七十五里、飯山までは二年前に来ているが、その北は未知である。しかし、妙高の高原は夏でも涼しく、山道も苦にならなかった。

箕冠山《みかぶりやま》を過ぎると平野が開ける。青々と広がる田畑の向こうに見える峰こそ長尾景虎の本拠、春日山に相違なかった。

春日山城は実城と呼ばれる主郭の周囲に数多の曲輪を段々と廻《めぐ》らせた難攻不落の要害である。

六百尺（百八十米強）の春日山の天守台からは頸城《くびき》の平野を一望し、北海（日本海）が眼下間近に広がる。その北海の水運により諸国の物産が集まり、城下は賑わっていた。

山麓の御館に関東管領、上杉憲政が棲み暮らしている。

（御上の御屋敷か）

犬之助は関東随一の権威を景虎が保護していることを実感し、襟を正す。

ところで、犬之助が通されたのは景虎の姉婿、長尾政景の屋敷だった。

二度の川中島の戦いで長尾家の家来衆の幾人かを知っているが、政景は初めて会う。

景虎の四歳年上の重臣は三十路《みそじ》に入ったばかりだが、落ち着いた夫子であった。

犬之助は平伏して、

「太田美濃守家中、太田犬之助にございます。お呼び出しに応じ、参上致しました」

と、告げる。

政景は、

「長尾越前である」

と、名乗り、犬之助を見極め始めた。

犬之助は決まり悪そうに品定めに堪える。

それが暫く続き、

「良かろう」

政景は頷いた。

何が良いのか。わからぬまま、

「御屋形様が出奔した」

と、政景は犬之助に驚くべき事実を唐突に打ち明けた。

「えっ」

犬之助は耳を疑う。

「家来共は内輪で揉《も》め、国人共は次々と離れ、武田との戦いも滞っている。御屋形様は嫌気が差し毘沙門堂に籠《こ》もることが多くなっていた。今年の三月には仏門に入りたいと仰せになっていたのだが、よもや真に出家されるとは」

説く政景が面喰《めんくら》っていた。

「出奔したのは六月二十八日、高野山へ向かったというが、行方が知れない。そこで其方に捜して欲しい」

「私が、ですか」

犬之助は仰天する。

「何故、余所者《よそもの》の私に斯様な大事を」

まず、それが知りたかった。

「清《す》んだ良い目をしている。偽ったり、謀ったりせぬであろう」

政景は犬之助の人物を見極めるため品定めしたのである。

「何より太田美濃殿が重用する諜者《ちょうじゃ》と聞く。口は堅かろう。犬を遣い、人探しにも長《た》けていると聞く。どうか頼む」

それも決め手だった。さらに、

「其方は他家の臣だが、であるからこそ良い。御屋形様は当家の臣を信じられなくなっている。信濃での戦の折、其方は気に入られ、追い使われていたと泉州（和泉守柿崎景家）が申していた。御屋形様の覚えがめでたい。頼まれてくれぬか」

ここまで長尾家の重臣に信用され、懇請されては断わり切れぬ。

「適うか、どうか知れませんが、力を尽くします」

犬之助は引き受けた。

「越後守護代様がお使いになられていた手拭いなどあれば、お貸し頂けませんか」

一楽を連れて景虎の臭いを追う。

犬之助は景虎の捜索を請け負ったが、正しく藁《わら》をも摑《つか》む心境で、

（何処の方角へ向かえば良い）

まず、そこからだった。

春日山の四方八方、景虎の臭いが付いている。

（守護代様は信心深い）

由緒ある伽藍《がらん》に籠もって祈禱《きとう》に耽《ふけ》っていることは間違いなかった。

（高野山に向かったと言う）

景虎は二十四歳の時、高野山に上り無量光院で真言宗に入信している。ならば、取り敢えず、方角は、

（南か）

犬之助は目を付け、真言宗の伽藍を求めることにした。

一楽を先立てて北国道を南へ向かう。

五

春日山城から一里も行けば、景虎が戦勝祈願する宝蔵寺や源義経が奥州へ下る途中に立ち寄った華園寺など真言宗の寺院も多い。

しかし、

（城下には御座《おわし》ますまい）

直ぐに見付かりそうなところにいるはずはなかった。何より一楽が反応しない。

犬之助は手当たり次第に真言宗の伽藍を訪ねた。

果たして、春日山より南へ七里も下った時である。

一楽が立ち止まり、唸った。

妙高山麓に伽藍あり。

犬之助は一楽に導かれて門を潜った。

中は広く、鬱蒼《うっそう》として霊気が漂う。

「関山権現か」

堂内から読経《どきょう》の声が聞こえる。

犬之助は一楽を堂の外に座らせて、扉を開いた。ふう、と息をつく。

「守護代様」

剃髪《ていはつ》し、僧衣を纏《まと》った景虎がいた。髪がない分、端正な顔が際立っている。

振り向き、目を眇めて犬之助を見遣《みや》った。

「其方は確か……武州岩付は太田の手の者か」

憶えている。

「はい。太田犬之助です」

犬之助は中に入った。

景虎の後ろに平伏して、前置きもせず、

「御家来衆が案じていらっしゃいます」

と、訴える。

景虎は向き直り、

「面を上げろ」

対面を許す。

犬之助が頭を上げると、景虎はまじまじと顔を見詰めた。

やがて、ふっ、と破顔し、

「我が家来共とは違う。清んだ良い目をしている」

政景と同じことを言う。

そして、

「家来共も、国人共も、どいつもこいつも己れのことしか考えぬ。信じられなくなった」

と、本心を吐露した。

「守護代様は何故、私などにお心の内を打ち明けて頂けるのですか」

「生き物は正直だ。心が無垢《むく》であればあるほど慕われる。犬に慕われる其方は信用できる。物を見る目も確かだ」

「有り難うございます」

犬之助は素直に嬉しい。が、それはそれ、

「御家来衆に知らせます。よろしうございますな」

と、告げ、懐紙に景虎の居場所を記して紙縒りにした。

外に出て一楽の首に紙縒りの入った小筒を括り付け、

「越前様に届けろ」

解き放つ。

一楽は来た道を駆け戻って行った。

春日山から政景が来るまで犬之助が景虎の話し相手となる。

景虎は出し抜けに、

「犬が好きか」

と、訊いた。

「はい」

犬之助は本心から応える。

「名は何と言うたか」

景虎は名を問う。

犬之助は既に名乗ったはずで心外だったが、

「犬之助です」

一往、応えた。

「違う。それは其方の名であろう。犬の名だ」

そういうことである。

「一楽でございます」

「一楽か。其方に良く懐《なつ》いている」

「はい。一楽も私が情をもって願えば、必ず応えてくれます。尤も言うことを聞けば、干し肉を貰えるからかも知れませんが……」

「いや、それも其方のために何かすれば、褒美を貰えるという信頼があってこそだ」

「そのようなものでしょうか」

「そうだ。我が家来共も一楽の如くであれば、苦労はせんのだが……」

「越前（政景）様などは良い御家来衆と存じます」

「まあ、良臣もいる。が、悪臣もいる」

それまで言って、景虎は話を止め、押し黙った。


二刻後、政景が一楽の先導で馬を飛ばし、関山権現に駆け付ける。

「御屋形様」

踏み込むように堂内へ入った。腰を下ろして景虎の前に端座する。

「で、では、後は御家中で」

犬之助は遠慮し、外へ出た。一楽と話し合いが終わるまで待つ。

景虎は政景と向き合った。

「帰らぬぞ」

頭ごなしに言う。

「御屋形様が御座まさねば、越後は立ち行きませせぬ」

政景は説得に掛かるが、

「我が仲立ちしても国人共は一向に争いを止めぬ。我を侮るにも程がある」

景虎は臍《へそ》を曲げ、聞き入れない。

それでも政景は説き続けた。

「御心中は察し致しますが、御屋形様あってこその越後でございます。今、出家されたことが世に知れ渡れば、武田や北条が上武信を取り込み、越後へも攻め込みましょう。民は苦難を強いられ、越後は荒廃します。どうか、ご決意を翻し、お戻りになって、越後の安泰を図って下さい。家臣一同そう願っています」

懇願しても、景虎は剃《そ》り上がった頭を撫でて、

「最早、この通り出家した身なれば、御免蒙《ごめんこうむ》る。其方のような智恵者がいれば、儂などいなくとも家内、万事巧く回るであろう」

と、取り合わない。

政景が懇々と説いても景虎は首を横に振り続けるだけだった。

ところが、

「御屋形様がお隠れになってから、甲斐の武田大膳大夫が信濃を恣にするばかりか、越後まで窺っています。既に大熊備前（朝秀）へ調略の手が伸びているようでございます」

これには景虎の眉が動く。聞き捨てならなかった。

「真か」

景虎は腰を浮かして驚く素振りを見せながら内心、

（出たか）

冷静に状況を思考している。

この反応を見て政景は、

「家臣一同に誓詞を差し出させます」

とまで言い及んだ。

景虎は表情を変えず政景を見続ける。

そして、

「良うし、皆に誓詞を差し出させろ。誓詞など形ばかりだが、ないより良い」

と、折り合いを付けるようなことを言った。

「必ず」

政景は確と頷く。

「ところで」

景虎にはまだ訊きたいことがあった。

「備前の他、調略されそうな愚か者はいるか」

それが最も知りたい。

「中西に調べさせています」

政景の回答に景虎は満足し、

「さて」

腰を上げた。

八月十八日、景虎は春日山城に帰る。

六

犬之助は岩付に戻り、資正に次第を話した。

「越前様たち御家来衆の誠意が通じました」

そう言うと、

「何、守護代殿の狂言よ」

資正は苦笑した。

「きょ、狂言ですか」

犬之助には意味がわからない。

「二つに分かれていた御家来衆で守護代様に忠なるか、不忠なるか、それを篩《ふる》い分けるため、出家するなどと仰せになったのだ。大熊備前（朝秀）など叛意《はんい》のある臣を切り捨てられた」

資正の眼識と景虎の遠謀に犬之助は唸るばかりだ。

果たして、景虎が春日山城に復帰すると政景は長尾家家臣団に召集を掛ける。言うまでもなく、景虎に対し誓詞を差し出させるためだった。

越後処々より家来衆が春日山に参集する。

だが、

「やはり備前は来ぬか」

景虎の聞き知る通りであった。

「他には」

政景に訊けば、

「城和泉（景茂）も出仕していません」

と、応えが返る。

長尾家中の膿《うみ》が搾《しぼ》り出されていった。

城景茂は微官だが、大熊朝秀は越後の段銭《たんせん》収納を務める要職である。

「御屋形様に目を掛けられながら武田に寝返るとは不埒《ふらち》極まりない」

政景は憤然として言い募った。

「大熊は越後守護上杉の段銭方であったからな。守護代の長尾など対等くらいに思っているのかも知れぬ」

景虎は客観的に朝秀の心情を分析する。

「譜代の美作とは反りが合わなかったようだしな」

美作とは本庄実乃、景虎を幼少から支え、七手組大将を務めていた。早くから景虎の才を見抜いた軍学の師でもある。

上野家成と下平吉長の魚沼郡の領地争いで実乃と朝秀は対立していた。

朝秀は景虎に従っているが、越後守護上杉家の被官としての自負がある。長尾家の臣下に過ぎぬ実乃などに先んじられたくなかった。

長尾家重臣の直江景綱も実乃を支持すれば、

「家中に身の置き所を失ったか」

景虎は朝秀の立場を慮《おもんぱか》る。

去る者は追わず。

割り切って現実と向き合う。

然れば、景虎が春日山に戻って僅か五日、八月二十三日、朝秀は武田晴信に呼応し、居城の箕冠城を捨てて越中へ乱入した。一揆を扇動して武田の援軍を待つ。

景虎の思惑通り隠遁《いんとん》中の手薄に乗じて蠢き出した不穏分子を取り除く。

素早く兵を立ち上げて越後へ傾《なだ》れ込んだ朝秀の軍勢を駒返で撃退した。朝秀は敗走して甲斐まで逃れ、晴信の許に身を寄せ、武田に臣従する。

斯くして家中の膿を出し切った景虎は武田晴信との三度目の決戦に臨む。

弘治三年正月、景虎は更級八幡宮に願文を捧げて、武田討滅を祈願した。

対して二月十五日、武田晴信は長尾方の前線、葛山城を落とし、高梨政頼の拠る飯山城に迫る。


犬之助はまたまた景虎に呼び出された。

武蔵から上野へ、上野から信濃へ、そして、越後へ。犬之助と一楽にとって最早、勝手知る道中となっていたが、春先の越後は初めてである。

春日山は百花咲き競い、晴れ渡った空は清浄明潔と表して過言でなかった。

景虎は日々毘沙門堂で祈禱し、夜は欠かさず酒を嗜《たしな》む。

今宵は犬之助相手に、

「飲め」

と、盃を突き付けていた。

越後守護代長尾景虎の手酌である。犬之助は恐る恐る受けた。

「げほっ、げほっ」

犬之助は酒が飲めない。直ぐに噎《む》せた。

「何だ、飲めぬのか。それならそうと早く言え」

景虎は気が差す。

「も、申し訳ございません。守護代様に御酒を頂くなど、身に余る誉《ほまれ》にて断わることなど到底できませんでした」

犬之助は正直に言う。

景虎は、ふっ、と笑い、

「変わらず純朴だな。皆が腹を探り合う乱世にあって稀有《けう》だ。気に入った。その純朴をいつまでも持ち続けろ」

と、楽しそうに言い置いた。

「は、はい」

犬之助は戸惑いつつも応える。そのたどたどしさに景虎はまた好感を持つ。

「だが、その純朴に付け込む輩《やから》は多い。気を付けろ」

景虎は釘を刺した。

景虎の家来衆は食により出陣を知る。日頃は倹約に努め質素に過ごす景虎が戦の前になると飯を山のように炊かせて山海の珍味を並べ、将兵に振る舞った。

将兵は豪勢な馳走《ちそう》を喜び、結束を固める。お立ち飯と言われていた。

四月十八日、景虎は善光寺平に兵を進め、二ヶ月で北信濃の武田方諸城を攻略する。

犬之助は間者と協働して武田方の動きを探っていた。

然《そ》して、六月十八日、

「地黄八幡《じおうはちまん》来陣」

と、犬之助は景虎に伝える。

由々しきことに相模の北条が同盟により武田に援兵を送って来たのであった。しかも地黄八幡、相模最強、北条綱成の軍勢が上田に着陣する。

景虎は飯山まで軍勢を下げ、武田全軍との臨戦態勢に入った。

七月五日、武田軍は安曇郡の小谷城を攻略し、川中島へ進む。

景虎も軍勢を進め、横山城に陣取った。

八月二十九日、上野原において長尾軍と武田軍は相見《あいまみ》える。だが、互いに出方を窺い、対峙が続いた。

長尾軍は諸隊に薪を集めて備えさせる。

「長滞陣の仕度をしている」

と、甲斐兵に化けた中西らが武田軍に広めた。

その夜、長尾軍の陣中で積み上げた薪の山から失火し、炎上する。長尾軍の将兵は消火に追われ、混乱していた。

これを見て武田軍諸将は、

「これぞ好機、討ち込むべし」

と、騒いだが、

「我らを誘っているのだ。この時ぞとばかり討ち掛ければ、左右から兵が起こり、叩かれる。斯様な美味《うま》い汁は吸わぬものだ」

晴信は取り合わず、微動だにしない。

案の定、長尾軍は秘かに鶴《つる》が翼を大きく広げたるが如く陣形を展開し、武田軍が攻め込めば、包み込んで殲滅《せんめつ》する策を講じていた。

「武田方に動きなし」

と、犬之助たちは景虎に伝える。

「動かざること山の如《ごと》し、か」

景虎は晴信の信条を口にして恐れ入った。

第十一章　相州出兵

一

川中島の戦いは膠着状態に入っている。

しかし、晴信も全く動かなかった訳ではなかった。

斥候を長尾陣の寸前まで張り出させている。これには真田衆の忍びが適していた。

真田衆は長尾陣の近辺でこれ見よがしに徘徊《はいかい》する。

凡将なら堪らず駆逐の兵を出す。然して、武田方の救援が入る。

凡将はさらに兵を出す。武田方も加勢する。

これを繰り返し、ついには凡将の軍勢は武田方の術中に嵌《は》まって敵陣まで攻め込み、逆襲を食らって手痛い損失を被るという筋書きが常だった。

しかし、犬之助たちが、

「見えすいた策だ。この儂が掛かる凡将と見るか」

「先々に伏兵あり」

と、景虎に伝えれば、

「見え透いた策だ。この儂が掛かる凡将と見るか」

吐き捨てるように言い、黙殺する。

そのような中、変化があった。

変化を起こしたのは、動かざる山の晴信の方である。

長尾軍が主力を置く横山城や飯山城を直接に攻めることはなかった。

犬之助は武田軍から多勢の千曲川渡河を見る。

（横山や飯山の方角ではない）

見定めるため距離を置き、付かず離れず追跡した。

（北東？）

それを覚る。取り敢えず、さらさらと懐紙に認め、

（頼んだぞ）

一楽の首に括り付けて放つ。

自らは武田軍を追う。

武田方は小さく駆け足で進んでいた。それに犬之助は合わせて走る。

その間、横山城に一楽が辿り着く。

「おお、お前は」

番兵も見知っていた。直ぐに政景へ知らせる。

政景は紙縒りを解き読み、

「千曲川を渡り、北東か」

それを景虎へ伝えた。

景虎は思考が速く、

「戸神山か。これを押さえ、この横山と飯山、大倉の繋《つな》ぎを断つつもりだな」

と、見抜く。

だが、この武田方の動きに対し、政景へ、

「捨て置け」

と、命じた。

政景が首を傾《かし》げると、景虎は、

「武田は多勢を戸神山の押さえに繰り出している。本陣は手薄である。其方は武田本陣を護る諸隊を攻め、掻き乱せ」

そう指示する。

政景は五百騎を率いて討って出た。

犬之助の許に一楽が戻る。

既に北東へかなり移動していたが、一楽は一旦、分かれた千曲川河岸へ戻り、犬之助の臭いを辿って追い着いた。

一楽が首を傾け、括り付けられた小筒を見せ付ける。

犬之助は筒から紙縒りを取り出し、読んだ。

「どういうことだ」

戸神山は構いなしと言う。

「武田本陣へ討ち込む故、追い着け、と言っている」

犬之助は智恵を巡らせ、

「武田が動いた今こそ雌雄を決す時ということか」

と、理解した。

「越後守護代様が武田の野望を撃ち砕く。後れは取れぬ」

犬之助は勇躍し、武田陣へ向かって駆ける。

政景の軍勢が武田陣へ突っ込む。

不意の急襲に武田方は慌て、対応が遅れた。

政景の軍勢は武田陣前衛に突っ掛かり、掻き乱す。

千軍万馬の武田方も長尾方の恣にはさせなかった。態勢を立て直し、応撃する。
混戦となった。が、
(此方の人数では限りがある)
五百騎の奇襲では攻撃力に限界がある。将兵に疲弊も出てきた。
政景が行き詰まりを感じたところで、
「あ、あれは！」
善光寺の森に、「毘」を印した旗を見る。
「お、御屋形様の御出馬ぞ。者共、勇め」
政景のみならず奇襲隊の将兵は息を吹き返し、攻め手が蘇《よみがえ》った。
敵将、武田晴信は本陣から少しも動かず、将兵に下知して泰然と構えている。
犬之助は景虎の本隊に追い着いていた。
「大膳大夫の居場所を突き止めろ」
景虎は犬之助に命じる。
長尾軍は一丸となって武田軍へ猛攻を仕掛けた。
戸神山占拠に向かっていた武田方が本陣の異変に気付き、駆け戻る。
乱戦となった。
双方一進一退の攻防が続く。

均衡を崩したのは長尾方新発田綱貞率いる軍勢であった。

新発田勢は武田方高坂弾正の陣を圧し、道を切り拓《ひら》く。

その様子を、

「新発田伯耆様、高坂弾正の陣を切り崩しています」

という文で一楽が景虎の許へ齎《もたら》した。

「そこだ」

景虎は機を逃さない。手勢を率いて駆け出した。

「通せ」

武田方諸勢と渡り合っている長尾軍諸隊へ下知する。

景虎のために道が開かれた。

前線では犬之助が敵勢の中を擦《す》り抜けている。

景虎が着陣した。

犬之助は、

「あれへ」

武田菱《たけだびし》を染め抜いた軍旗を指し示す。

正しく武田晴信の本陣だった。

「良し」

景虎は討ち入ろうとしたが、犬之助に左手を取られる。

「罠《わな》です」

犬之助は知らしめた。

気を研ぎ澄ませば、晴信への行く手には伏兵の臭いがありありと嗅げる。

景虎は晴信を完膚なきまでに叩きのめしたかった。その晴信が目の前にいるのだが、ここは、

（欲を掻けば、墓穴を掘る。六分の勝ちで良しとすべきか）

自制した。

「退くぞ」

全軍に命じる。

長尾軍は勝勢にあり、将兵は承服しかねたが、景虎の命は絶対だった。その智謀は下々の及ぶところではなく、皆、従う。

景虎は横山に戻った。

そこへ足利十三代将軍義輝からの御内書が届く。

景虎は目を通し、暫し沈思した後、

「引き揚げる」

と、言った。

三好長慶により近江朽木谷《おうみくつきだに》へ追われていた義輝が権威回復のため景虎の上洛《じょうらく》を熱望し、武田との戦いを停止するよう求めてきたのである。

「将軍家には逆らえぬ」

景虎は不本意ながら撤兵し始めた。

景虎は越後へ引き揚げ、晴信も十月に甲斐へ帰る。

犬之助も引き取った。

帰り際、良からぬ噂を聞く。耳に入れたのは中西だった。

岩付への帰路、

「おい、太田の」

不意に声が掛かる。

犬之助がきょろきょろしていると、

「ここだ」

中西は真横を歩いていた。

「あ」

漸く気付いた犬之助に対し中西は呆れ顔をする。

「全く隙だらけだな。良く生き延びて来られたものだ」

そう言われて、

「段蔵さんと同じようなことを言うな」

犬之助は自らの抜かりを余所に苦笑した。

中西は歩きながら、

「その段蔵だが、死んだぞ」

容易ならざることをあっさり告げる。

「えっ」

犬之助は俄《にわ》かに理解できなかった。

中西は、

「武田の陣に忍び込み、大膳大夫（武田晴信）の命を狙ったところ金丸平八郎に討ち取られたという」

淡々と語る。

犬之助は愕然として立ち止まってしまった。思わず、足を西へ向けようとする。

「最早、行っても何も残っていない」

中西は現実を突き付けた。

その通りである。

呆然とする犬之助に中西は、

「忍びは常に死と隣り合わせだ。段蔵も覚悟の上のことだ」

そう言い置き、風のように立ち去った。

犬之助を事あるごとに貶《けな》しながら援けてくれた段蔵が死んだ。

しかし、悲しみが湧かない。

（段蔵さんは生きている）

と、思えてならなかった。

二

資正の犬好きは最早、病である。

犬之助が関東甲信越の処々での諜報を果たして岩付に戻る度、

「またですか」

犬が増えていた。

「これでもう六十四ですよ。育てる私の身にもなって下さい」

恨み言の一つも言いたい。

「殿はこの岩付を始め足立、比企の八林郷、三保谷郷、井草郷に入間河越の古尾谷荘の御領主ですよ。如何に今は北条の手出しがないとはいえ、犬に執心とは。人々に何と言われているか、ご存知ですか」

眉を顰《ひそ》めて問い詰めた。二十五歳に成長していたが、童顔は変わらぬものの歳にも増して小姑《こじゅうと》のようである。

資正は肩を竦《すく》めるも平然と、

「太田美濃は虚《うつ》け者、役にも立たぬ犬を数多《あまた》に飼っている、であろう」

応えた。人々の陰口を知っていたのである。

「そ、そうです。然様なことを言われぬよう自重して下さい」

犬之助が諫《いさ》めると、

「其方は犬たちを任されて迷惑なのか」

資正は済まなそうに訊いた。

「そ、それは……」

そのようなことはない。犬之助は資正に負けず犬好きだった。太田家中なら誰もが知っている。

犬之助が返す言葉に詰まり、資正が決まり悪そうにしていると、

「犬之助、そのくらいにして差し上げろ」

現われ、歩み寄って来たのは浜野修理だった。

「殿は犬にご執心だが、農耕殖産を奨励し、荒川の舟運を盛んにして比企に伝馬《てんま》を設ける

など領内の政《まつりごと》も疎かにしておられぬ。民を愛し、国人衆を大事にし、寺社も保護された。そのことは其方も存じていよう」

諭され、犬之助も、

「は、はい」

頷く。理解はしていた。

ただ、六十匹もの犬たちの教練は尋常でない。それを人の気も知らないで次々と犬を連れて来る資正に文句を言いたかっただけなのだ。

既に舎人《とねり》孫四郎に野本与次郎という犬の世話役も付けてくれていた。

ここでまた、

「益戸助四郎、本間小五郎、川崎赤次郎だ。犬の鍛え方を教えてやってくれ」

と、さらに三人も加わり申し分ない。

五人はいずれも十二、三歳と若かった。

犬之助は初めて一楽、二楽と会った頃を思い出す。

「よし、待つことはできているようだな。では、木枝を取って来させよう」

新たな三人の指導に取り掛かった。

資正は犬之助を目で追う。

修理が傍らに寄り添い、

「犬之助は殿が悪《あ》し様《ざま》に言われるのが我慢ならなかったのです」

と、心情を説き明かした。

「わかっている。幾つになっても純朴な奴だ」

資正は目を細めて見守る。

岩付に関東平定の波が及ぶのは二年の後のことだった。

三

弘治四年正月、越後に景虎を憤怒させる情報が齎される。

景虎は上方より送られて来た書状を読み、打ち震えた。

武田晴信が信濃守護に任じられたのである。

（儂との戦から兵を退く条件として信濃守護補任を将軍家に求めたのであろう）

経緯が手に取るようにわかった。

だが、景虎は沈黙する。

ここで事を荒立てれば、景虎が将軍の意に叛《そむ》く逆臣にされてしまう。それも晴信の目論見であると察せられる。

（将軍家の決められたことだ）

将軍を支えて天下を平定する姿勢に変わりなかった。

それについては将軍義輝の要望に応え、上洛を考えている。

将軍を差し置いて政権を握る三好長慶がまたしても義輝を蔑《ないがし》ろにする暴挙に出た。

前年九月五日、後奈良天皇の崩御に伴い、正親町《おおぎまち》天皇が践祚《せんそ》している。そのため弘治四年二月二十八日、年号は永禄《えいろく》に改元された。

京から離れた近江の朽木谷に追い遣られていた義輝は改元を知らず、朝廷に抗議する。改元は朝廷と幕府の協議の上で行われてきた。朝廷は義輝に相談せず、長慶に相談して改元したのである。

義輝としては一日も早く景虎が上洛し、将軍を蔑ろにして政権を恣にする勢力を取り除いて欲しかった。が、景虎にも武田、北条という関東の秩序を乱す勢力を野放しにできぬ事情がある。

義輝は越後の景虎に対し、

「関八州を鎮撫《ちんぶ》し、京へ上るべし」

という御教書を送った。

北条氏康が足利義氏を古河公方に擁立して関東で幅を利かせている。

景虎は義輝の願いに応えるべく、関東平定に取り掛かった。

越後の不穏分子を押さえ込んだ上で軍勢を仕立てて関東の北条方討伐に向かう。会津の蘆名盛氏《あしなもりうじ》と示し合わせて下野へ進出した。

上野箕輪の長野業正や下野安蘇の佐野豊綱は関東管領方である。

武蔵岩付の太田資正は表向き北条に従っていることから中立を保っていた。それでも犬之助ら諜者を放ち、情勢を見取るよう指示はしている。

「越後守護代殿が不利とならば、直ぐに知らせろ」

と、言い含めていた。

長尾軍は祇園城、壬生城を攻め落とし、宇都宮家の領内へ押し入る。

しかし、永禄元年五月二十九日、宇都宮家中一の侍大将と評される多功長朝率いる軍勢に要撃され、先陣の将、佐野豊綱が討ち取られると一気に崩れ立った。長尾軍は潰走し、上野白井まで追い込められる。

犬之助と一楽は付かず離れず長尾軍の動きを見守っていた。

劣敗は景虎の威厳を損なう。そうさせぬため、

「殿へ知らせてくれ」

正しく景虎の不利に一楽が走った。

白井から岩付まで二十五里、遠いが、どこまでも平原が続いている。一楽は巣へ帰る本能で犬之助の手を離れてから二刻で上武の野を駆け抜けた。そして、首尾良く岩付の資正に景虎の窮地を知らせる。

「出ずばなるまい」

資正は直ちに腰を上げて上野入りして仲裁の労を取り、和睦へ導いた。

これにより景虎の資正に対する信頼は益々深まる。来たるべき北条との決戦には、

（先陣を任せたい）

と、思わせる。

景虎に期待される資正も或る考えに行き着いていた。

（越後守護殿が大権を帯びるしかない）

絶対的な権威をもって諸勢を従わせるということである。

既に資正の謀は動き出していた。


関東管領上杉憲政は春日山の麓、御館に棲んでいる。

上野平井では酒色に浸る日々を過ごしていたが、景虎に保護されている身としてはさすがに慎んでいる。

上野平井を追われて逃げる途中、千代がいなくなり、行方知らずになっていた。

関東管領を籠絡《ろうらく》するという務めを果たし、景虎の膝元での隠密は危ういと判断して消えただけなのだが、憲政は知らず未練を残している。

（千代は何処に行った。真に死んだのか）

悶々《もんもん》と過ごす夜が続いていた。

天井板がすうっと開く。影が微かな音も立てずに降り立った。眠りこける憲政の顔を覗き込み、苦無《くない》を首筋に当てる。

「ひっ」

憲政は気付き、目を剝いた。殺されようとしている。

「声を出せば、首を搔き切るぞ」

と、影は脅した。

憲政は恐ろしさに震え、目に涙さえ浮かべる。

刹那《せつな》、礫《つぶて》が飛来し、影の苦無を持つ右手に当たった。

影は苦無を取り落とし、憲政から飛び除く。

礫を放ったのは中西だった。

「曲者だ」

声を上げる。

御館は俄かに慌しくなり、家人が出合い、燭《しょく》で辺りを照らした。

影が顕わになる。柿色装束に身を包み、顔も隠していた。

煙玉が畳に投げ付けられ、白粉が拡散し視界を閉ざす。

「おまんが関東管領である限り狙い続けるずら」

と、白煙の中に言い残して柿色装束は消え去った。

駆け付けた山岸光祐は、

「甲州訛《なまり》か」

それを聞き逃していない。

「武田大膳大夫の放った三ツ者のようだな」

と、特定した。

憲法は戦慄《せんりつ》し、この日より、

「余は関東管領を下りる」

と、言い出す。

「余に代わって関東管領になってくれぬか」

景虎に打診もした。

これを人伝に聞いて北叟笑んだのは上野箕輪の長野業正と武蔵岩付の太田資正である。

上杉憲政は関東管領の器にあらず。長尾景虎が関東管領となり、大義を得れば、自らの意志で平定に乗り出せる。

甲州訛を使い、武田の異能に見せ掛けて憲政を襲ったのは加藤段蔵だった。殺すつもりはない。憲政が関東管領である以上、命を狙われると脳裡に刷り込んだ。

段蔵は弘治三年、甲斐で土屋昌続に討たれたと言われていたが、変わり身を使い、生きていたのである。今も長野業正の下で暗躍し、資正と共謀して憲政に景虎へ関東管領を譲るため仕組んだ。

中西が居合わせたのも出来過ぎているが、景虎も暗黙に了解していたかは定かでない。

時勢は刻々と動いていた。

永禄元年十一月、将軍義輝は政権を取り戻すため近江の六角義賢の支援を受けて三好党と戦い、十一月に和睦《わぼく》して京に復帰する。

上杉との和睦の条件として信濃守護に就かせたにもかかわらず、武田晴信は派兵を続けていた。義輝は晴信を詰問する御内書を発する。これに対し晴信は十一月二十八日、陳弁を行い自らの正当性を主張した。

義輝は景虎に信濃出兵を認め、晴信を守護の座から下ろそうと目論む。

永禄二（一五五九）年二月、晴信は出家し、徳栄軒信玄と号す。

四月、景虎は上洛し、将軍義輝に上杉家及び関東管領相続の意向を問うた。

京において将軍の権威の回復を図り、その背景をもって関東平定に臨もうとする。

さらに、景虎は越後下向の相談を持ち掛けてきた関白近衛前嗣と肝胆相照らし、将軍をも凌《しの》ぐ後ろ楯を得た。

景虎に追い風が吹いている。

四

自然は時に争いを止めない人間に鉄槌《てっつい》を下す。

永禄二年、例年にない冷夏となり、関東全土は未曾有《みぞう》の大飢饉《だいききん》に襲われた。人々は蓄えを少しずつ消費して苦境を乗り切ったが、翌永禄三年も飢饉に襲われ、その上、疫病も流行《はや》り、民は困窮に喘《あえ》ぐ。

景虎は、

「民に米を施せ。城中の米は全て出せ」

と、英断を下して越後の領民を救済した。

民は景虎の善政に涙し、敬って止まないが、越後の備蓄は底を突く。

然りながら八月二十五日、景虎は、

「飯だ」

賄い方に山ほど飯を炊かせた。黒米飯に芋茎《ずいき》や牛蒡《ごぼう》の集め汁、野鳥や魚介の炙《あぶ》り焼き、芋の胡桃《くるみ》浸しなど山海の幸を将兵に振る舞う。北海に面する越後ならでは鮮魚を、酒と梅を煮詰めて酢と合わせた煎《い》り酒につけて食べさせた。

越後の将兵は出陣の時を覚る。

果たして八月二十六日、景虎は関東管領として乱を齎した北条を征伐するという大義をもって下野に向けて出陣する。

裏がなくもなかった。

越後も深刻な飢饉に陥っている。関東出兵は秋の収穫期に越後国内の口減らしと他国での兵糧確保という狙いも否めなかった。綺麗事だけでは片付けられない事情もあるのだ。

出兵を後押しする天下情勢の変化もあった。

永禄三年五月十九日、駿遠三の太守、今川義元が尾張の桶狭間《おけはざま》において弱小と侮った織田信長に討たれ、軍勢は敗走している。今川家の面目は潰れ、他家から侮りさえ受けていた。

（この機に信玄は駿遠三の切り取りに掛かる。海のない甲信を領する信玄にとって交易の適う湊《みなと》は是非にも欲しかろう。甲相駿三国の盟約など彼の者にとって何の障りにもならぬだろう。平然と蔑ろにするに違いない）

と、景虎は読む。

安房の里見も、北条の関東侵食が甚だしいと泣き付いてきている。関東諸勢を糾合し、

「今こそ北条征伐の時ぞ」

景虎は気負い、起ち上がった。

景虎は越山し、公約通り東国へ来臨した関白近衛前嗣も加わり、公然と官軍を称して進撃する。

八千の軍勢を率いて三国峠を越え、厩橋、沼田、岩下城、那波など上野の北条方諸城を次々と攻略していく。

対して安房の里見義堯を攻めていた氏康は包囲を解いて九月に河越へ出陣、十月には松山城へ入り、主要な諸城へ指図した後、本拠の小田原に帰り、迎撃態勢を取る。

十二月、征討軍は下総古河御所を包囲して押さえ込んだ後、上野厩橋城にて越年し、永禄四年二月、松山から破竹の勢いで武蔵を南下して相模に入り、鎌倉鶴岡八幡宮に勝利の願文を捧げた。

海沿いに藤沢、平塚を経て小田原に攻め込んだ。

三月になって参陣の遅れていた北関東の諸将も集結し、征討軍は実に十万を超える。

先陣は三日、当麻に着陣、八日には中筋へ達し、大槻、曾我山、怒田で北条方の軍勢を鎧袖一触《がいしゅういっしょく》し、小田原城に迫った。景虎は三月末、小田原城を指呼の間に望む酒匂川河岸で陣を張る。

此度、太田資正もついに長尾景虎を支持して北条氏康と敵対する旗幟《きし》を鮮明にし、相模へ参陣していた。

犬之助は景虎の陣にあらず本来の持ち場で本分を尽くす。

資正は武蔵に蔓延《はびこ》る北条方の勢力を窮地に追い込んで行った。

まず、入間へ進み、岩崎（埼玉県所沢市山口辺り）を塞《ふさ》ぎ、北条方の河越、松山両城と小田原の連繋《れんけい》を断つ。

そして、

「豊島の石浜（東京都荒川区南千住辺り）は江戸の湊と東武を結ぶ大川舟運の要衝でございます。これを押さえれば、東武の北条方に物資は行き届かず、立ち枯れましょう」

犬之助の物見に基づいた進言を容れ、石浜に武を布き、宗泉寺に制札を発給した。

さらに、荏原《えばら》で品川湊（東京都品川区南品川辺り）を確保し、北条方武蔵東南の要衝、江戸城を脅かす。

資正は北条の痛いところばかりを衝いて相模に入った。

五

小田原城は西相の八幡山に築かれた難攻不落の要害である。

景虎が予《かね》てから目論んでいた通り先陣を資正に任せた。

資正は犬之助を呼び、

「弱きは何処ぞ」

と、訊く。

犬之助の調べは付いていた。

「巽《たつみ》（南東）の蓮池門こそ薄いと存じます」

見解を告げる。

然れば、三月十三日早暁、太田勢三千は蓮池門へ攻め掛かった。

夥《おびただ》しい火矢を撃ち込む。三ノ丸の侍屋敷の棟々で火の手が上がった。

城方は消火にも人を取られ、防戦一方となる。

「衝けぇ」

資正の采が振られ、太田勢は丸太を押し立てて蓮池門を強打した。

蓮池門が軋《きし》み、図太い閂《かんぬき》が折れ、ついに押し開かれる。

太田勢は蓮池門を突破した。

寄せ手が二ノ丸へ躍り込む。

犬之助たちも小田原城の縄張りの細部までは調べが付いていなかった。

資正は嫌な予感を覚える。

「待て」

止めたが、遅かった。

蓮池門を始め城門は枡形虎口《ますがたここう》であり、通路は箱状に仕切られ直進できない。城兵が詰め、突入して来た敵兵に前後左右から矢を浴びせ掛けた。

さらに櫓《やぐら》からも矢を撃ち下ろす。

寄せ手が堪らず退くと、城方は俄《にわ》かに門を開いて突出して打撃を与え、素早く退いた。

この後、城方は時折、小さく討って出るが、努めて門を固く閉ざして専守防衛に徹した。

「さすがに大北条の軍勢ぞ。締まっている」

資正は城方の敢闘を称えて止まない。

午《ひる》が近くなり、白頭巾《しろずきん》で頭を覆った景虎が柿崎景家と直江実綱の両重臣を従えて陣中見舞いに現われた。

「堅いか」

と、訊く。

「はい」

それより資正は返す言葉がなかった。成果のないことを恥じる。

「まあ、斯様に殻を閉じられては仕方あるまい」

景虎は理解があった。

「昼餉《ひるげ》でも取りながら城方の手並みを見物するとしよう」

と、暢気《のんき》にも言い出す。

景虎は蓮池の端に毛氈《もうせん》を敷き、大胆にも弁当を使う。

城方は景虎の放胆に暫《しば》し唖然としたが、直ぐに騒ぎ出した。

鉄砲衆十人が狭間《はざま》に並び、景虎を狙う。

刹那、犬之助たちは磨き上げられた鉄板を掲げて前に出た。

銃声が上がり、十発の弾丸が景虎を襲う。

だが、弾丸は逸《そ》れ、一発も景虎に当たらなかった。

続けて十発が放たれる。

これも全弾、逸れた。

犬之助たちの押し立てた鉄板が陽光を反射して城方鉄砲衆の目に入り、狙いを定められなくしたのである。

景虎は悠然と昼餉を終え、茶を三杯喫して何食わぬ顔で引き取った。

城方は景虎に弄《なぶ》られたのである。

並の将の臣下なら熱《いき》り立ち、眼前の景虎を討ち取ろうと突出するところだが、城兵は氏康にきつく戒められていた。決して寄せ手の挑発に乗らず、固く城門を守り通す。

城方の善戦に征討軍の滞陣は長くなった。

犬之助は一楽を連れて諸陣を見て回る。異変があれば、直ぐに資正へ知らせるよう注意を怠らなかった。

（兵の気が弛み始めている）

それが有々とわかる。

然様な中、

「見回りか。苦労」

長野業正が犬之助の姿を見付け、声を掛けてくれた。

「信濃守様」

犬之助は懐かしく、満面の笑みを浮かべる。

「どうだ。弛んでいるであろう」

業正も懸念していた。

犬之助は言い辛そうにしながらも、

「上野の由良信濃守（成繁）様、下野の宇都宮下野守（広綱）様、武蔵の成田下総守（長泰）様の御陣が少々……」

と、応える。

業正は、

「少々ではなかろう」

鼻を鳴らした。

「御上（関東管領）のみならず関白殿下まで奉じて五万、六万と膨れ上がっていった官軍に逆らえず、仕方なく従ったというところであろう」

と、詰《なじ》るように言う。

「まあ、余程の懈怠《けたい》があれば、美濃守殿が巧く裁いてくれるだろう。そのため確と見届けてくれ」

「はい」

犬之助は快く応え、見回りを続けた。

然して、上野から来た白倉丹波という一将の陣は締まりのないこと甚だしい。

これを見て一楽が唸った。

「二心ありか」

と、犬之助が問えば、一楽は唸り続けている。

「良し」

犬之助は直ちに太田勢の陣へ戻り、報告した。

この後、資正は丹波と手勢を拘束し、征討軍から隔離する。

資正は一楽が唸った将を抑えていき、寄せ手の秩序を保った。

六

北条の籠城は続き、征討軍は包囲し続けたまま時を費やしていく。

小田原城下に火を放つなどして挑発するが、氏康は固く門を閉ざして動かない。

上杉軍の将兵は景虎の訓令行き届き、弛んでこそいなかったが、倦《う》みが出ていることは否めなかった。城方の動きを警戒してはいるが、隙はできている。

征討軍の兵の中に風魔が紛れ込んでいた。越後、上野、下野、武蔵、常陸、下総の各国から将兵が集まっている。敵味方を選別し切れなかった。

風魔が暗躍する。

狙うはただ一つ、景虎の命だった。

暗殺は夜陰に乗じるのが常道と思われる。しかし、遠征先に特設された宿営は周囲に守備兵が多く、侵し難い。

事は白昼に起こった。

景虎は日々諸陣を巡回し、将兵を励ます。

犬之助も目を付ける弛みの見える成田長泰の陣だった。

少し離れたところで騒ぎが起きる。兵たちの間で揉め事があったようだ。人々の気が取られた。

兵の一人が抜刀し、景虎に向かって斬り込んで来た。

「慮外者」

護衛たちが立ちはだかる。

刺客は一人でなかった。

二人、三人、四人、四方から景虎に斬り付けていく。変幻自在に動く風魔であった。

護衛たちは身を挺《てい》して景虎を囲み、刺客を寄せ付けない。

だが、二曲輪猪助と並ぶ風魔の手練《てだれ》、横江忠兵衛は護衛の一人を討ち、その前のめりに崩れた体を踏み台にして跳び、景虎に及んだ。

景虎は超然と忠兵衛を睨み据えて動かない。護衛を信じていた。

然れば、刃と刃が搗《う》ち合う音を聞く。

護衛の一人が忠兵衛の太刀を太刀で受け止めていた。

疋田文五郎は長野業正の臣、上泉信綱配下の新陰流の遣い手である。業正が景虎の身を気遣い、護衛として付けていた。

(できる)

忠兵衛は文五郎の技量を覚り、二太刀目を諦める。文五郎の肩を蹴り、反動で跳び下がり、後方に着地するや脱兎《だっと》の如く駆け出した。征討軍の中を擦り抜け、逃げる。

「追え」

犬之助は一楽を放った。

一楽が忠兵衛を追う、追う、追う。

しかし、一楽は捉え切れず、力尽きて立ち止まってしまう。

忠兵衛は逃げ果《おお》せた。

「一楽」

疲れて、よろよろと歩く一楽を見て啞然とした。

一楽が獲物を取り逃がしたのは初めてである。十五歳、人間なら古稀《こき》を過ぎていた。

「一楽、大事ないか」

犬之助は一楽を労《いた》わりつつ太田の陣へ戻って行く。


征討軍の小田原攻めは膠着し、閏三月十六日、景虎は鎌倉まで陣を下げた。鶴岡八幡宮において関東管領就任の儀式を執り行う。そして、上杉の名跡を継ぎ、政虎と名乗りを変えた。

一方、武田信玄は北信へ兵を出す。征討軍に包囲された北条を遠隔に援護するという名目だが、その実、己が利を得るためだった。

景虎がいぬ間に抜かりなく、川中島に海津城を築く。この城は川中島で既に三度、武田軍と戦った政虎にとって脅威であり、対策を講じなければならなくなった。

さらに越中で武田方の扇動により一向一揆が蜂起《ほうき》する。

「信玄を倒さねば、関東平定に専心できぬ」

政虎は信玄と雌雄を決するため、小田原へ戻らず、鎌倉から軍勢を越後へ返した。

越後への帰途、四月には北条へ寝返った上田朝直の松山城を瞬く間に奪い取る。

政虎は此度の征討において武蔵の要所を押さえ、小田原では先陣を務めた資正の功に報いた。

「松山は其方に任せる。元々は其方の領地であれば、勝手も知っていよう」

これにより十三年振りに資正は松山城主に返り咲く。

「有り難き幸せ。関東管領の御名の下、精勤に励みます」

資正は岩付に加え、松山も取り戻し、最盛の期を迎えていた。


上杉政虎は十ヶ月に及んだ関東遠征を終え、越後に帰る。

実は政虎の具合が悪くなっていた。大の酒好きにより胃を患《わずら》っている。腹痛が続いていた。

越後への帰途、暫し上野に留まったのは草津で湯治するためだったのである。

政虎は武田信玄との決戦も控え、注意を相武へ向けている場合ではなかった。

第十二章　三楽の犬

一

岩付の囲い犬はついに百匹となっていた。

百匹ともなると囲いも広大である。それでも犬たちに窮屈な思いをさせず、ゆったりと過ごさせることは難しい。

資正は犬之助に、

「半分、松山へ移そう」

と、持ち掛ける。

資正は小田原攻めの功により関東管領となった政虎に松山領有を認められていた。

「松山ですか」

犬之助は暫《しば》し考え、

「それが良いかも知れませんね。孫四郎や与次郎も随分と扱いが巧くなってきましたから」

同意する。

犬之助は一楽と二楽を連れて何度か岩付と松山を行き来していた。しかし、五十四を一度に移動させるのは至難である。

十四ずつ五度に分け、岩付と松山を往復した。

犬が止まってしまったり、道を逸《そ》れようとすれば、一楽が追い立てる。

「無理をするな」

犬之助は老いの域に入った一楽を気遣う。

一楽は犬之助の役に立ちたい一心で老体に鞭打《むちう》って走っているようだった。

途中、荒川（元荒川）を渡河しなければならない。犬たちは巧く渡れるだろうか。

それは杞憂《きゆう》だった。犬は水に入れば、流されないように本能で泳げるようになる。一楽が介添えしながら難なく対岸へ辿《たど》り着けた。

犬之助と一楽だけなら三刻で行けるところ片道五刻も掛かり、漸く松山へ辿り着く。

松山は三田五郎左衛門、高築次昴左衛門、広沢信秀、高崎利春が扇谷上杉家の生き残り憲勝を支えて維持している。

河越夜戦で朝定が討死して以来、絶えていた扇谷上杉家再興を目指し、旧臣も頼って集まり備える兵は千を数えていた。

五郎左衛門は犬之助が移し終えた五十匹の犬たちを見て、

「また良く集めたものだな」

呆れている。

「其方もこれほどの数の犬を任されて苦労するな」

犬之助を慰めてくれた。

「恐れ入ります。然《さ》れど、犬が好きですから苦にはなりません」

犬之助は五郎左衛門の労わりに感謝するものの犬の世話を嫌がりはしていない。

「犬たちを宜《よろ》しく頼みます」

五郎左衛門たちに犬を預け、岩付への帰途に着いた。

少し回り道になるが、浅羽に寄る。

浅羽家の屋敷の庭先で、

「えいっ、やあ～」

薙刀《なぎなた》を振るう女武者がいた。男衆と同じような装束を着け、髪を仔馬《こうま》の尻尾のように後ろで束ねて軽快に動いている。

弁天のような綺麗《きれい》な顔立ちだが、左目を閉ざしたままでいた。

浅羽家の姫、十七歳になった今巴である。美しく成長していた。

犬之助は薙刀の舞いに見惚《みと》れて立ち尽くす。

「どうだ。美しくなったであろう」

声を掛けられた。

はっ、として気付けば、左横に左近がいる。

「あ、ああ」

犬之助は素直に頷《うなず》いた。

今巴が犬之助と左近に気付く。手を止めた。相変わらず無愛想に頭を下げ、そそくさと立ち去ってしまう。

「済まぬの」

左近は年来の友に対して恐縮した。

「男勝りに育ってしまったが、根は優しいのだ」

と、言い遣《や》れば、

「わかっている」

犬之助に蟠《わだかま》りはない。

それよりも左近は伏せている一楽が気になった。

「どうした。いつも凛々《りり》しく立っていたのに」

と、指摘する。

犬之助は顔を曇らせた。

「近頃、疲れやすくなっているのだ」

それを明かす。

「そうか。一楽も良い歳だからな」

「ああ、適う限り無理をさせないようにしている」

「私が言うまでもなかったな」

犬之助と左近は伏せたままの一楽を優しく見守った。

「時に」

左近は話題を変える。

「左京大夫様は怒り心頭と聞くぞ」

と、容易ならざる風聞を告げた。

犬之助は驚かない。

「であろうな。御上の軍勢に加わって相模へ攻め入ったのだからな」

予想はできた。

「御上は義の御方だ。北条が武蔵へ手を出せば、また越山して追い払ってくれるのであろう」

左近は期待するが、

「今、北条が武蔵へ兵を出しても御上は動けぬ。甲斐の武田が川中島に城を築いた。放っては置けぬであろう。御上は武田との戦に備えなければならぬ」

犬之助は現実を受け止めている。

「ならば、岩付はともかく、漸《ようや》く取り戻した松山は援軍なく、北条の多勢を迎え撃たなければならなくなるぞ」

「その通りだ」

「浅羽も家が大事だ。手を差し伸べることはできぬぞ」

左近は言い辛くも確《しか》と告げた。今は浅羽も北条の麾下《きか》に収まっている。そうしなければ、滅ぼされていた。

「わかっている」

犬之助も理解している。

「どうするのだ」

左近は味方できぬと言いながら太田家が心配だった。

「殿にお考えがあるようだ。我らは信じるしかない」

犬之助は腹を据えている。

二

左近の忠告通り北条氏康が黙っているはずはなかった。

「太田美濃、許すまじ」

資正に報復するため出兵を決す。

政虎は小田原の大本を落とせば、北条方を悉《ことごと》く屈服させられるという戦略で動いたため武蔵の支城の多くを遣り過ごしている。河越や江戸は未だに北条方であり、南武への進出は容易だった。

永禄四年十月、北条氏康は嫡男の氏政、四男の氏照、そして、家中随一の闘将、地黄八幡の綱成を将として三万の軍勢を、何度も奪い奪われた松山城へ差し向けた。

北条軍出陣の報は岩付に齎《もたら》される。犬之助の耳にも入った。

犬之助は資正の居館へ駆け込む。

資正は庭にいた。赤く色付いた紅葉を楽しんでいる。

犬之助は資正の傍らに跪《ひざまず》き、

「既にご存知でしょうが、北条が武蔵へ向けて兵を出しました」

それを告げた。

資正は驚きもしない。

「そのようだな」

やはり知っていた。

犬之助は思わず、

「勝てますか」

不躾《ぶしつけ》にも訊いてしまう。

「わからぬ」

資正はあっさり応えた。

その顔を見て犬之助は、

(清々《すがすが》しい顔をしている)

と、思う。

すると、

「死も覚悟し、法名を考えた」

資正は言った。

「何と」

犬之助が問えば、

「三楽」

と、資正は懐紙に書き、犬之助に見せる。

「三楽様ですか」

「儂は一楽と二楽の働きに遠く及ばぬ。よって、三楽だ」

思いを告げた。吹っ切れた顔をしている。

「ついては犬之助、其方《そなた》に策を授ける」

北条の大攻勢を真っ向から迎え撃つ。


犬之助は期す。

北条との戦いに及べば、

（必ず彼奴《きゃっ》と仕合うことになる）

二曲輪猪助との駆け引きは避けて通れない。

だが、

（このままでは敵わぬ）

傷付いた左足は回復したが、全盛ではなかった。

（どうにか補えないものか）

常々考えていた。

農村の田園風景を眺めながら散策していた時である。

坂上に飼葉を積んだ荷車が止まっていた。主は用足ししているようだ。

突如、車の留め具が坂下への重力に堪え切れずに弾《はじ》け飛ぶ。坂道で荷車が暴走した。

主の農夫が慌てて追い掛けるが、坂から平地へ至っても勢いは止まらない。所謂《いわゆる》、惰性運動であるが、

「これだ」

犬之助は思い付いた。

直ぐ家に戻り、木材を集める。

鋸《のこぎり》で適当な大きさにして、

（こんな感じか）

思うまま器用に鑿《のみ》で削り、やすりを使って形を整えていく。

然《そ》して、長さ二尺五寸（七十五糎強）、幅七寸（二十糎強）の厚板に四つの木製滑車が取り付けられた。

地面に置き、左足を載せて軸として右足で地を蹴り、加速し、右足も板に載せ、両足を板の上に揃《そろ》えて推し進む。勢いが付けば、足で駆けるより遥《はる》かに速い。

初めは安定しなかったが、次第に慣れていく。

犬之助は滑車板を使い、速さを取り戻した。

三

犬之助が五十四の犬たちの最後、五組目の犬たちを岩付城から連れ出そうとした時、

「犬之助さん」

としやうが声を掛けてきた。

赤児を抱えている。景道の嫡男だった。

犬之助はとしやうに仄《ほの》かな恋心を抱いていた時期があり、景道との仲睦《なかむつ》まじさを見て寂しさを感じたこともある。が、今は、

「可愛い子だね。良い跡継ぎになるよ」

素直に言えた。

「有り難う」

としやうも嬉《うれ》しい。

(好きな人ができたのね)

女の勘で、そう思った。

(ならば、努々《ゆめゆめ》死んではなりません)

そう願い、

「毘沙門天《びしゃもんてん》の御加護を」

としやうは景道にも増して上杉政虎と昵懇《じっこん》にしている。毘沙門天は犬之助も敬服する政虎が自らの化身とも崇める軍神であった。その名をもって北条との戦いに臨む犬之助の武運を祈る。

「私は刀槍《とうそう》で戦ったりしません。いえ、死ねません。この犬たちが私の最上の武器です。この犬たちがいる限り私は死にません」

犬之助は心して臨戦態勢の松山へ向かった。その胸には資正の秘策を蔵している。

此度《こたび》も浅羽に立ち寄った。

「いよいよだな」

左近は死地に赴く犬之助を真正面に見据える。

「ああ、其方とももう会えぬかも知れぬ」

犬之助は、としやうに死なぬと言ったが、強大なる北条との対戦に死をも厭《いと》わぬ覚悟はできていた。左近に会っておきたかったのだ。

それが左近にもわかっていながら、

「我らを見限るということか」

敢《あ》えて口悪く言う。

「そうかも知れぬな」

犬之助も負けずに返す。

二人は愉快そうに笑った。

一頻《ひとしき》り笑ったところで、

「今巴殿に会えぬか」

それを犬之助は願う。この前は軽く会釈しただけで話もしていない。

「おお、会ってくれ」

左近から頼みたいくらいだった。

犬之助を連れて行く。

今巴は相変わらず薙刀の修練に没頭していた。

「今巴」

左近が声を掛けると、今巴は手を止めて振り向く。犬之助に気付くと、また逃げるように立ち去ろうとした。

「待ってくれ」

犬之助は追い掛ける。

今巴は裏の小高い丘に上り、関東の平原を見渡していた。

「大地に比べると、人など小さなものだな」

犬之助が声を掛ける。

今巴は応えない。

犬之助が嫌いだからではなかった。寧《むし》ろ好ましく思っている。兄の左近から犬之助が今巴を嫁にしたいと言っていると聞いてから気になっていた。会っても意識して顔を正面に見られないのだ。

「私が嫌いか」

と、犬之助は訊《き》く。

「えっ」

今巴が反応した。慌てて首を横に振る。

「そうか。良かった」

犬之助が嬉しそうに言うと、今巴は顔を赤らめた。

「この広い大地に小さな人々が寄り添って生きている。私は其方と寄り添いたい。戦《いくさ》が終わり、武蔵から北条を追い払ったら、其方を嫁に迎える」

と、犬之助は言い固める。

今巴は思わず犬之助の顔を見た。

生まれつきの隻眼《せきがん》故に女としての幸せを諦《あきら》めていたが、改めて犬之助の口から求婚され、

(嬉しい)

と、素直に思う。

しかし、心とは裏腹に、
「か、からかわないで」
目を逸らした。
犬之助は今巴の手を握り、
「真《まこと》だ」
心から言う。
今巴は目を見張り、そして、瞑《つむ》り、立ち上がる。
唇を噛《か》み締め、走り去った。
ふう。
犬之助は溜息《ためいき》をつく。
最早、生きて還《かえ》れるか知れぬ最後に、
(思いは届かなかったか)
寂しくはあった。が、
(どの道、添えぬなら、これで良い)
自らに言い聞かせる。

四

資正は岩付城で犬之助からの知らせを待っていた。

「犬之助の奴、大丈夫でしょうか」

浜野修理は北条の大軍の動きを見極め、松山から岩付へ犬たちを走らせるなどという前代未聞で荒唐無稽《こうとうむけい》な策を線の細そうな犬之助に務まるか危ぶむ。

資正は岩付城の櫓上から西の空を見詰め、

「犬之助は大丈夫だ」

鷹揚に構えて頷《うなず》いた。

「壁に当たれば鬱屈《うっくつ》し、悩んで落ち込みっ放しで中々立ち直れない。厄介な奴だ」

と、貶《けな》しながらも目を細める。

「左脚が思うように動かず、試練は並々ならなかったが、良く精進した。一楽と二楽の御蔭でもあるが、犬之助も芯《しん》が強くなった。必ず成し遂げる」

犬之助を信用していた。

その犬之助は松山に留まり、犬たちの教練に精を出す。

犬たちにも素質というものがあった。憶《おぼ》えの良い犬と、悪い犬がいる。岩付から連れて来たのは仕込み始めてから二年以上経《た》った犬たちだった。その中で、

「十匹か」

使えそうな見込みのある犬が見えてくる。

(行けるか)

資正の秘策を実践する目途《めど》は立った。

だが、犬たちの主将たるべき一楽の動きが近頃、思わしくない。老いによる衰えは明らかであり疲れが見えると、

「少し休め」

犬之助は労《いた》わり、無理をさせなかった。

餌《えさ》の食い付きは悪くない。食欲があれば、

(病んでいる訳ではないのだ)

安堵《あんど》できた。

犬之助が十匹の精鋭を選び抜いた頃、果たして、北条軍の第一陣が枯野となった松山の平原に襲来する。

城方二千五百に対して寄せ手は三万、五倍の兵力を要すると言われる攻城には十分過ぎ

る軍勢だった。

北条軍第一陣は岩付城と松山城が連繋《れんけい》しないよう東山道の要所を封鎖する。松山城は三万の軍勢に隙間《すきま》なく取り囲まれていった。

城方は上杉憲勝を大将と仰ぎ、本丸に三田五郎左衛門、高築次昴左衛門、二の丸に広沢信秀、高崎利春が備えて満を持す。

北条軍の先陣が市野川に差し掛かった。

高崎利春の手勢二百が城外へ張り出して進撃を阻まんとする。

「来たか」

犬之助は緊張した。

犬たちの伝令如何《いかん》に松山城の命運が掛かっていると言っても過言ではない。果たして犬たちは首尾良く岩付へ辿《たど》り着けるか。

(無事、切り抜けられるか)

犬たちの安否が気になり、放つに放てないでいる。

思い詰め、後ろの人の気配も感知できなかった。

犬之助の汗ばんだ右手を白く柔らかな右手が取り握る。

「大丈夫。貴方《あなた》ならできる」

と、微笑《ほほえ》み掛けられて犬之助は漸く気付き、その手の主を見れば、

「今巴殿」

であった。

「ど、どうやって城入りできた」

それを問う。

今巴は、

「北条勢が囲む前に入りました」

ちろっと舌を出して応えた。いつも無愛想だったが、今は茶目っ気がある。

逆に犬之助は顔を強張《こわば》らせていた。

「何故。最早、この城は囲まれてしまった。もう出られませんぞ」

「わかっています」

「死にたいのですか」

「えっ？　犬之助さんは生きて私を迎えに来てくれるのでしょう。でしたら、ここで私が死ぬことはありませんよね」

「そ、それは」

「さあ、お務めを果たして。障《さわ》りにならないよう私は曲輪《くるわ》の中にいます」

今巴はそう言って、もう曲輪へ向かっている。そこにはもう心虚《こころむな》しい娘はいなかった。

「ははは」

犬之助は苦笑し、犬たちと向き合う。

一楽と十匹の犬の首に密書を仕込んだ竹の小筒を結わえ付けた。

「頼んだぞ。皆を岩付へ導いてくれ」

一楽に犬たちの先導を託して城外へ放つ。

一楽が快走する。これまでの弱々しさが嘘《うそ》だったかのように全盛を思い出させるばかりの走りっ振りだった。

その姿を見て犬之助は破顔し、

「そうだ。一楽まだまだこれからだ」

喜びを溢《あふ》れさせ、駆け去るのを見届ける。

北条軍は松山城の東から南、西へと攻囲陣を構えていった。そして、北も北条方の武蔵衆が張り込んでいる。松山城は完封された。城方の兵が突き出れば、忽《たちま》ち捉えられて叩《たた》き潰《つぶ》される。

北条軍は荒川の右岸に陣取っていた。

荒川を犬が泳ぎ渡っている。

「何だ」

北条軍の兵たちは目を擦り、凝視した。

川のあちこちから犬が河岸に上がり、走り行く。

「犬か」

兵たちは気が抜けた。

「城が囲まれ、犬も身が危ういと逃げ出したか」

どの兵も嘲笑《あざわら》い、見過ごす。

一楽と十匹の犬は北条軍の囲みを擦り抜け、ひた走った。

だが、見逃さなかった者がいる。

「犬を使って伝令か」

見破り、追ったのは二曲輪猪助だった。

「逃さぬ」

自慢の俊足で追い掛ける。

その猪助の左手に一陣の風が通り過ぎて行った。

犬之助が滑車板を駆って疾走する。

「こいつか。犬は囮《おとり》か」

猪助は勘繰《かんぐ》った。

「釣られぬぞ」

転換し、犬之助を追う。

犬之助は加速し、洞窟《どうくつ》群へ駆け込んだ。幅、高さ共に二間ほどの洞窟へ入る。

猪助も突っ込んで追う。

中は昼でも暗い。が、犬之助は慣れている。曲がりくねっていても駆け抜けられた。滑車板は岩場では使い難い。洞窟は平坦《へいたん》ではないが、前もって大きな石塊《いしくれ》をほとんど取り除いていたので、巧みに扱える。

猪助は、

（音でわかる。滑車の音の止まった時が突き当たりだ。その時、捉える。それまでは音を追って走り続ければ良い）

北叟笑《ほくそえ》む。夜目も利くようになってきた。犬之助の後ろ姿が薄っすらと見える。

ところが、

「何っ」

滑車の音がするのに犬之助の後ろ姿の影が消えた。

猪助は勢いに乗って止まらない。

「あぐっ」

土壁に激突した。

犬之助は滑車板を駆使して洞窟の内壁を駆け上り、勢いのまま推進力に任せて逆さまに滑走し、上壁を伝って猪助の後方に降り立つ。

「うわっ」

天が崩れ、猪助が土砂に埋まった。

洞窟の崩落は続く。

犬之助は滑車板を急ぎ操り、洞窟から抜け出た。

東を望み、

（一楽）

その首尾を祈る。

二曲輪猪助という難敵を排除したが、まだ松山城が窮地に立たされていることに変わりなかった。

五

兵力で圧倒する北条軍は高崎利春の手勢を押《お》し除《の》け、苦もなく市野川を渡り切り、松山城に肉迫する。先陣の氏照は勢いのまま押し捲《ま》くった。城門突破を敢行する。

この有様を広沢信秀が櫓上から注視していた。

北条軍が最接近したところで、

「撃てっ」

その掛け声と共に狭間《はざま》から百発の銃弾が降り注ぐ。

北条軍は撓《たお》れる兵が続出し、浮き足立った。

そこへ、

「撃て」

さらに百発の銃弾が見舞われる。

城方は二百挺《ちょう》の鉄砲を備え置いていた。

鉄砲は威力があるものの一発撃つと次の銃撃まで弾薬の装塡《そうてん》に間が空く。故に天下の群雄は実用性に首を捻《ひね》り、大きく取り入れているのは尾張の織田信長くらいなものだった。

それを二百挺も揃え、また射手を二段に分けることで銃撃の間隔を短くしている。紀伊雑賀《きいさいか》と根来《ねごろ》から取り寄せ、戦法も仕入れた。野戦では兵が絶えず動き続けているため銃陣を組み難いが、城での防戦なら腰を据えて狙《ねら》い撃てるため有効に機能する。

太田家は丹波から発祥し、諸国へ流れる。武蔵岩付の太田家と紀伊雑賀の太田家は遠いながらも縁続きだった。雑賀の一郷を支配する太田家の若衆、宗正と根来の鉄砲名人、津田照算が関東まで足を運び、指導していたのである。

太田の鉄砲衆の的確な銃撃も照算の指図によるところだった。

百発が間断なく撃ち下ろされ、北条軍は堪《たま》らず退いて、城から距離を置く。

北条軍が松山城を攻め倦《あぐ》む間、冬の寒風が武蔵の野に吹き荒《すさ》ぶ中、一楽を始め十匹の伝令犬は一匹も脱落せず岩付城へ駆け着いた。

昼が最も短い季節であり辺りはもうすっかり暗くなっている。

舎人孫四郎が犬たちを迎え入れ、首に括り付けられた小筒を外し、中から紙縒《こよ》りを取り出した。そして、急ぎ城の奥で静かに時を待つ資正に紙縒りを届ける。

資正が紙縒りを開くと白紙だった。

「水を持て」

桶に水を溜めて持って来させる。

白紙を水に漬けた。絵と文字が浮かび上がる。

松山城を取り囲む北条軍の陣立てが書かれていた。

資正は立ち上がり、

「陣触れをせよ」

と、近習に命じる。

忙しく戦仕度をして廊下をつかつかと渡り、表に出た。

既に馬が曳《ひ》かれている。

資正は飛び乗り、

「出陣ぞ」

声を上げ、城から駆け出た。

兵が百、二百と追い付き、綾瀬川の右岸に至った時には五百が従っていた。

日はもうすっかり暮れている。

だが、岩付と松山を何度も往復した将兵は道を知っていた。

暗闇《くらやみ》の中、太田軍が平原を駆け抜ける。

六

太田軍は松山へ向かって駆け通し、二刻もすると、水の音が聞こえてきた。

荒川の流れである。松山は近い。

しかし、資正は荒川を暫し下流へ進んでから渡河した。

全兵が渡り切ったところで将兵に、

「息を整えろ」

と、命じて落ち着かせ、万全の戦闘態勢を取る。

「然れば、行くぞ」

資正は将兵を促して粛々と移動した。夜陰に乗じて市野川河岸に陣取る北条軍本営、大将、氏政の陣の背後へ回り込む。

北条軍は夜営して手薄になっていた。

草木も眠る丑《うし》ノ刻（午前二時）、資正は馬上、采《さい》を振り上げ、

「掛かれ」

振り下ろす。

「弓組、撃て、撃ち捲《ま》くれ。槍組《やりぐみ》、突っ込め」

太田軍が北条軍の背後から襲い掛かった。

北条軍は不意を衝かれて混乱甚だしい。後手に回って応戦し切れず、次々と兵が討ち取られていった。

そこへ、

「我らも働くぞ」

広沢信秀が手勢を率いて討って出る。

信秀は天文十七年の松山城の攻防で父、忠信を失っていた。松山城に対する思い入れは人一倍強く、気合が充溢《じゅういつ》している。

北条軍の将兵は挟撃を回避しようとするが、三万の軍勢の中、渋滞して思うように動けない。篝火《かがりび》が倒れて陣幕などに炎が移り、燃え上がっていた。

北条軍は戦いにならず大崩れする。

果たして、

「上杉だ。上杉弾正少弼の軍勢が押し寄せて来た」

と、喚《わめ》き声が上がった。

北条軍の処々《ところどころ》に触れ回っている。

犬之助と諜者《ちょうじゃ》たちの仕業であった。

このような取るに足りない策が、

「そのようなことはあり得ない」

名将、北条綱成には通じるはずもなく、

「狼狽《うろた》えるな。上杉など来ぬ」

と、怒鳴って将兵を鎮めようとするが、陣中に動揺は広がるばかりである。

北条軍の将兵は夜の闇で援軍を確認できない。見えないから不安になり、上杉政虎が本当に来陣したのかも知れない、と考えてしまう。

太田勢の策略を見破る目を持つ二曲輪猪助はもういない。

だが、目の利く人材はいた。綱成の弟、弁千代福島勝広、今は綱房が河越夜戦の際、伝令の務めを果たし、北条方に勝利を齎《もたら》した有能である。

「あ奴」

北条陣中で暗躍する犬之助を見咎《みとが》めた。

息を潜めて秘かに犬之助の背後へ近付く。その刃が犬之助に突き付けられる刹那《せつな》だった。

「うっ」

綱房は延髄に衝撃を受け、昏倒《こんとう》する。

どさっと綱房の体が地に倒れ込む音を聴いて漸く犬之助は気付き、振り返った。

「あっ」

敵将が倒れている。その前に立っていたのは、

「お前、相変わらずだな」

段蔵であった。

犬之助の顔が綻《ほころ》ぶ。

「やはり生きていた」

「お前のように抜かりはない」

段蔵は微笑み返した。


太田勢の策略を見抜いた綱房も除かれ、もう北条軍は耳目を失う。

崩れに崩れ、討ち取られた将兵も半端ではなかった。

「兵を纏《まと》めろ。引き揚げる」

氏政は撤退を決し、将兵の収拾を図る。

北条軍の将兵が松山城から離れ、纏まるまでかなりの時を要した。

夜が明ける。

北条軍は松山から撤退した。

資正は北条軍に大勝し、また名を上げる。

後に松山城攻防戦の仔細を越後で聞いた政虎は、

「太田美濃は稀代の不思議な名人だ」

絶賛したと言う。

七

太田家主従は北条軍を撃退した。

資正は松山城に入り、三田五郎左衛門、高築次昴左衛門、広沢信秀、高崎利春たちを労《ねぎら》い、

「良く持ち堪えてくれた」

功を称える。

「皆に酒を振る舞え」

と、松山城の賄方《まかないかた》に指示し、勝利を祝った。

勝った後の酒は美味い。皆、酔い痴れた。

そこに犬之助は加わらない。

「どうした。このような時くらい飲め」

と、五郎左衛門は引き止めた。

犬之助はもう三十路《みそじ》に近い。飲めないことはなかったが、

「今巴殿を浅羽に送って参ります」

と、そちらを優先する。

今巴は、

「あら、私も酒《ささ》を頂きます」

と、言う。

「えっ、酒飲めるのですか」

「ええ」

「そ、そうですか」

「私を送るよりすることがあるでしょう」

「えっ」

「岩付で一楽が待っていますよ」

「え、ええ」

「さあ、早く行ってあげなさい」

今巴は犬之助の背中を押した。

犬之助の気持ちはその通りである。

「で、では」

急ぎ身仕度をして、一人、岩付へ向かう。

「行ってらっしゃい」

今巴が声を掛けた。

犬之助は、

「行って来ます。浅羽で待っていて下さい」

と、返す。

「はい」

今巴は幸せそうに応えた。

だが、これより二十九年、犬之助と今巴が会うことはなかった。

関東平野は全く平らではないが、概《おおむ》ね平坦で、でこぼこは少ない。

犬之助は滑車板を使い、快調に大地を疾走する。

犬之助が松山から岩付への道を一人で行くのは久々である。常に一楽がいた。

（早く会いたい）

その一心で足を速める。

もう日が短い。岩付に着くと間もなく日が暮れた。

一楽が出迎える。

犬之助は屈《かが》み、

「良くできた」

一楽を撫でた。

「そろそろ夕餉だな。共に食べよう」

と、言い、一楽の雉肉《きじにく》と握り飯を取って来る。

一楽は雉肉を瞬く間に平らげた。

「おい、私はまだ食べているぞ」

苦笑するも、一楽の食欲に安堵する。

この夜は納屋に藁を敷き詰めて一楽を抱いて寝た。

夢を見る。

一楽が野を駆け回り、二楽もいた。

一楽と二楽は楽しそうに追い掛け合っている。

犬之助は幸せだった。

翌朝、目覚めた時、一楽はまだ蹲《うずくま》っている。

「良く働いたからな。余程疲れたのか」

そう思ったが、

「えっ」

一楽は息をしていなかった。

「一楽、一楽」

犬之助が何度も揺すり、声を掛けても一楽は反応しない。

そこへ、犬たちの世話役の一人、舎人孫四郎が現われた。

「どうしました」

良からぬ事態を感じ、眉を顰《ひそ》めて訊く。

「一楽が、一楽が息をしていないのだ」

犬之助は泣き喚いた。

孫四郎は立ち尽くすが、やがて、

「一楽は天寿を全うしたのです」

と、言って目を閉じ、手を合わせる。

「一楽、一楽」

犬之助は現実を直視できず、何度も揺すり、声を掛け続けた。

「一楽は見事務めを果たし、犬之助殿の役に立ち、旅立った。良い顔をしているではないですか。本分を尽くし、幸せな生涯だったと思います。あの世で二楽に自慢しているでしよう」

孫四郎は心から思う。

犬之助は小さく頷いた。それは認めている。が、割り切れない。

二楽を失った時、まだ一楽がいた。その健気さに救われた。

しかし、今はもう、その一楽もいない。拭いようのない喪失感が犬之助を無気力にしている。


犬之助は数日、ぼおっと武蔵の山野を眺めていた。

ある日、仔犬《こいぬ》がよちよちと現われ、犬之助に寄り添う。

仔犬の頃の一楽、二楽と重なった。

犬之助は仔犬を撫で、久々に微笑《ほほえ》む。

資正が来ていた。

「この仔犬たちが待っている。一楽や二楽のような良い犬に育てなければな」

と、言い付ける。

「はい」

犬之助は応えた。

吹っ切れるものではない。が、

（一楽と二楽に恥じぬよう仔犬たちを育てなければ）

気持ちは前に向いていた。

終章　小田原の陣

時は移り東国の覇権を賭けて鎬《しのぎ》を削った戦国の三傑、上杉謙信、武田信玄、北条氏康はもういない。その後、天下に武《ぶ》を布《し》いた織田信長も横死し、時代は卑賤《ひせん》から身を起こして累進した羽柴秀吉の時代となっていた。

天正十八（一五九〇）年、天下をほぼ掌中にした羽柴秀吉は十五万の軍勢を率いて北条の本拠、小田原城を包囲する。

この軍勢に太田資正も加わっていた。

二十九年前、北条軍から松山城を守ったが、北条勢三万と、武田勢二万に来援されては堪らず、永禄六年、陥落する。太田家の本拠、岩付も北条氏康の娘を室とする嫡男の氏資に叛かれ、追放されてしまった。

その後は常陸の雄、佐竹義重を頼り、客将として小田氏治との抗争に明け暮れ、北条と敵対し続け、今、秀吉の呼び掛けに応じて小田原にいる。

小田原城は二十九年前、謙信が十万の兵を仕立てて攻めても落とせなかった。それが今正に、秀吉によって落ちようとしている。

北条と敵対し続けた人生だった。

来年には古稀《こき》を迎える。

（生きて北条の終焉を見届けられるとは思わなかった）

感慨一入だった。

（儂も最後の一働きか）

気を引き締める。

（二十九年前、この小田原を囲んだ時だったな）

戦意のない白倉丹波を排除したことを思い出していた。

長滞陣で惰気が生じれば、大軍勢とて足を掬《すく》われかねない。

そのような失態を資正は何度も見てきた。

資正は寄せ手の諸陣を見て回る。

秀吉は力攻めしない。重厚に包囲して城方の涸渇《こかつ》を待ち、降服させる戦略だった。

寄せ手はただ陣を構えるだけで一切手出ししない。

長引けば、将兵は倦《う》み、弛《ゆる》みが出る。

秀吉は自ら愛妾《あいしょう》の淀ノ方を呼び寄せ、諸将にも妻妾の帯同を許した。屋敷を設けさせ、不自由なく過ごさせて、懈怠《けたい》なきよう配慮している。